追放された冒険者たちは Hなダンジョンでなりあがる！1

内田弘樹

BRAVENOVEL
ブレイブ文庫

プロローグ【壁尻／スライム】

「ボクの身体、どうなってるのぉぉぉぉ!?」

人間、想定外の状況に陥ると、思考が停止してしまうことがある。

今の俺、ダイチ・アリハンがまさにそうだ。

目の前には、女の子のお尻だけがある。

筋肉質で張りがあり、プリプリに柔らかそうで、まさに『むっちり』なお尻。

穿いているのがきつい角度のビキニのボトムス、かつ布地が少ない紐みたいなタイプなので、ほぼお尻しか見えない。

少しでも横にずれれば、お尻の窄まりが見えそうだ。というか、すでに穴の周りの皺が見えてる。

そんな極上のお尻が、蠢きながら喋っている。

「ちょ、パパ、これ、どうなってるの!?」

「バッ……！　だから、パパじゃなくて先生と呼べって言ってるだろ、コルク！」

「こんなタイミングでそれを言う!?　言っちゃう!?」

コルク。本名、コルク・ロートシルト。

俺の目の前のお尻……もとい、少女の名前だ。

種族はエルフ。年齢は一七歳。

かつて冒険者だった俺が現役を退いた後、ひとりだけとった弟子だ。

今では独り立ちして、一介の冒険者となっている。

パパ、という呼び名は、修行中にコルクに許していた俺の呼び名だ。

俺とコルクは師弟の関係だが、同時に親子のように暮らしてきた。

とはいえ今の俺との関係は、かつての師弟関係と似ている。パパ呼ばわりは良くない。

「コルク！　今の俺はお前の指南役なんだから、せめて先生って呼べ！」

「ううっ、パパのいじわるぅ……！」

涙声で抗議するコルク。すぐに観念したのか、言葉を改めて尋ねる。

「せ、先生、今、ボクの身体、どうなってるの!?」

「え、ええーと……」

俺は改めて、喋るお尻を注意深く観察した。

「……壁尻？」

「かべしり!?　意味分かんない！」

「ええと、お尻以外の部分が、壁にめり込んで、お尻だけが壁の外に出ている……？」

「そ、それなら確かに壁尻……って、それどゆこと!?　なんでボク、そんな状態に!?」

「分からん！　いきなりそうなった！　俺は壁が出現した瞬間に弾き飛ばされたらしい……お前は、というかお前の上半身はどうなっている!?」

「ええと、腰から下と両足が壁にめり込んで、移動できない状態かな……。けど、腰から上は自由に動かせるよ！　剣も手に持ったままだから、振り回せる！」

コルクの役職は魔法戦士。だから、剣も使えるし、魔法も使える。

下半身のビキニも、ビキニ型の鎧（よろい）……ビキニアーマーの一部だ。

魔法戦士という、肉弾戦をこなす職業のコルクがどうしてビキニアーマーという露出度の高い防具を装備しているのかについては、いろいろと深い事情がある。

「何が起こったの!?　ボク、宝箱開けようとしただけだよね!?」

「トラップだ！　宝箱を開けようとすると、一瞬で身体が壁に固定される！」

「そんなトラップ聞いたことがないよ!?」

「ここはエロトラップダンジョンだ！　何が起こるか分からん！」

そう、ここはエロトラップダンジョン。

Hなトラップが満載の、神秘と謎に満ちた『生きた迷宮』だ。

ダンジョン内では、いつ、どこでスケベなトラップが発動してもおかしくない。

と、次の瞬間、天井から何かが降ってきて、地表にべちゃっと張りついた。

樽くらいの大きさの、青いゼリー状の物体。内部には臓器のようなものが浮かんでいる。

「ッッ！　やっぱり出たか!?」

「へっ!?　先生、何が出たの!?」

「スライムだ！　お前に近づいてきている！」

「えええっ!?　何でこんなタイミングで……」

「このままだとお前、身動きが取れないまま、好き放題に尻を触られるぞ！」

「そんなぁ……」

お尻がぷるんぷりんと跳ねる。全身をバタつかせているらしいが、どうにもならない。

スライムは触手のように身体の先を伸ばしながら、コルクに近づいてきた。

「コルク、今すぐ壁を破壊して脱出しろ！　あと少しで接触される！」

「ヒイイイ！　本当!?　そうなったら、何されるの……!?」

「そりゃあ、いろいろと弄られたりするだろうな。お尻のまわりを……」

「つまり、ボクはこれから、並の冒険者なら瞬殺できる雑魚モンスターに、無様に凌辱されちゃう、と……」

「そ、そうなるかな……」

「その一部始終を、パパに見てもらえると……」

「……コルク？」

妙に平坦な声で呟く元弟子。俺は強い不安を覚える。

「触手でビキニを横にずらされて、大事な部分があらわになって、ボクのふたつの穴に触手が伸びて、パパの目の前で、あんなことやこんなことをされて……えへ、えへへ、へへへぇ……」

やばい！　コルクの特殊な性癖が出てきた！

「コルク、気をしっかり持て！　今の俺では、お前を助けられないんだぞ！」

動きを止めた壁尻もといコルクに叫ぶ。

「ここでモンスターに捕まったら、めちゃくちゃに犯されて、快楽漬けにされて……行きつく先は苗床だぞ!?」

「わ、分かっているけど……苗床？　ずっと淫らな行為で、ずっと気持ちよくしてもらえるの？　そんなボクの惨めな姿をパパに見られるって想像すると、ゾクゾクしてきちゃって、それもいいかなぁって……」

「いや良くないだろ!?」

「だから、このまま、このまま……！　ボク、我慢できないっっー！」

「コルクー!?」

スライムの触手が、今まさにコルクのお尻に、ビキニに触れようとしている。

だめだ、間に合わない。

どうして、こんなことに？

答えはすぐに思いつけた。

きっかけは、コルクと交わした、半日前の約束だった。

第一章【丸呑み肉袋／グロ触手クリーチャー】

1

「ダイチさん、起きてください。ダイチさん！」

「んあ……？」

自分の名前を呼ばれた気がして、俺は虚ろに瞼を持ち上げた。

霞む視界の先には……いつもの自分の店の中。

膨大な数の魔法道具が、狭い店内を埋め尽くすように占領している。

顎を上げると、そこには、ひとりの人影。

長いブラウンの髪を三つ編みにまとめた、儚げで、少し熟れた雰囲気の女性。

「はっ！　す、すみません、アマツさん！」

「もう。まだお日様が出ている時間ですよ、ダイチさん」

慌てて背筋を伸ばした俺に、アマツさん……アマツ・シュヴィスタは不機嫌そうに告げる。

アマツさんは、このアトラスの街の、冒険者ギルドの本部職員だ。

冒険者ギルドは、パーティの編成を希望する冒険者に他の冒険者を紹介したり、商人からの仕事を冒険者に仲介役として斡旋したり、功績に合わせて資格を付与したり、冒険者向けのアイテムを安価で提供したりしている、冒険者の相互扶助組織だ。

今、アマツさんが俺の店にいるのも、ギルドで取り扱う魔法道具の注文のため。

俺は予定をすっかり忘れて、昼寝をしていたわけだ。

俺の魔法道具店はアトラスのメインストリートから数ブロック離れた閑静な住宅街にあり、お世辞にも繁盛しているとは言いがたい。

「まったく……。今回の発注書、目の前に置いてありますから」

プリプリと怒りながら腕を組むアマツさん。しかし、口調はいくらか穏やかになっている。

俺に小言を言って気が晴れたらしい。

発注書に書かれた商品の大半は、俺の店で扱っているものだった。

「……ポーションや毒消し草のような、初心者向けのアイテムがまた増えましたね」

「はい。相変わらず、ギルドへの登録者が増えていまして……」

アトラスは『冒険者の街』との渾名(あだな)があるほど、大勢の冒険者が集まる場所だ。

理由はこの街が、『東方辺境』に近く、そこに旅立つ冒険者たちの拠点になっているから。

『東方辺境』は大陸の四分の一を占める未開の領域で、いまだ人の手が及ばない多数のダンジョン、巨大な塔・城などの遺跡が存在している。

かつての『東方辺境』には高度な魔法文明が栄えていたとされ、ダンジョンや遺跡はその残滓(ざんし)と伝わる。『東方辺境』には強力なモンスターの生息域も多いが、それらも古代文明の遺産だと囁(ささや)かれている。

ダンジョンや遺跡には、いまだ多数の財宝が眠っており、また、強力なモンスターを倒せばそれだけ高価な素材が手に入る。

冒険者たちは『東方辺境』で得られる富と名誉を求め、大陸中からアトラスに集う。

俺の店のような、何の変哲もない場末の魔法道具店に、わざわざアマツさんが注文をもってきてくれるのも、そうした冒険者たちの需要に応えるためだ。

アマツさんはため息交じりに続ける。

「たくさんの冒険者がアトラスに集い、冒険者ギルドに加入してくれるのはありがたいのですが、最近はブームが過熱ぎみで……いろいろとトラブルが絶えません」

「例えば……？」

「目立つのは功績争いですね。倒せば高価な素材を得られるレアなモンスターの討伐をめぐって、パーティ同士がケンカになったり……」

「あー、分かる。モンスターの生息域への道中で鉢合わせするパターンだ。レアモンスターの数が少ない場所だと、だいたい同じ個体を狙いますものね」

「おかげで、討伐対象の目の前でケンカを始めて共倒れになったり、モンスターではなく、モンスターを倒した後のパーティを襲ったり……」

「まぁ、モンスターと戦うより、モンスターを倒してレア素材を入手した後の、手負いのパーティを襲ったほうが楽な場合もありますからね……」

「ギルドとしても、そうした状況を放置はできないのですが、具体的な抑止策となるとなかなか難しく……。ただでさえパーティが人知れず全滅するのはよくあることですし……」

　そこまで口にしてアマツさんは、はっと右手で口を押さえた。

「あっ……すみません、ダイチさんの前で、こんな話……」

「気にしないでください。あと、生きたマムシ一〇〇〇匹って……数が多すぎません？　確かにマムシの干物は薬品の調合に使いますし、俺のコネなら入手はできますが……」

「それは、その……分かりません？」

「……はい？」

「もうっ！　ダイチさん、男ですよね⁉」

「男？　あっ、まさかこれ、強壮剤に……⁉」

　大陸の西では蒸留酒にマムシを漬け、強壮剤……精力増強剤にしていると聞く。

「……冒険者の増加に伴って、女性の冒険者も増えて、パーティ内でカップルになる男女も多いみたいなんです」

　恥ずかしそうに顔を赤く染めながら、アマツさんは答える。

「けれど、冒険者は冒険が生活のメインで、恋愛だの何だのに割いている時間もなく、夜の生活をするにも、冒険で体力を使ってしまうのが常なので……」

「なるほど、だから強壮剤……」

「最近は色恋沙汰が原因のトラブルもよく聞きます。それが原因でパーティを追放される冒険者が増えているようで……」

「まぁ、さもありなんというか……」

冒険者がパーティを追放されることは、アトラスではよくあることだ。

基本的に冒険者は個人事業主。

ほとんどの冒険者は自分の夢の実現が冒険に挑む動機となっている。仲間を集めてパーティを組むのはその手段に過ぎず、パーティの和を乱すものは必然的にパージされやすい。

「あと、ここだけの話ですが、強壮剤はエルフの冒険者たちにも、需要が大きいようで……」

「エルフが？　どうして？　……って、ああ、そういうことか……」

エルフは俺のような人間に外見が近いヒトの一種だ。人間と比べて耳が長い、生まれながらにして魔力に富む、平均寿命が一・五倍、山林の里に好んで住む、などが特徴となる。

まさに人間の上位種だが、代わりに男女の出産比率が三対七とかなり歪で、エルフの里の多くが跡継ぎの不足に悩まされていると聞く。

「どうも、里帰りのお土産として、エルフの冒険者たちが大量に買い込んでいくようです。森のエルフたちは人間と関わりたがりませんから、貴重な入手経路なんでしょうね。人口を増やしたい他のヒトにも、需要が広がっているとか……」

アトラス周辺ではエルフのほかに、ハーフリングや獣人などが暮らしている。どのヒトも能力に一長一短あり、結局、平均的な能力の人間がもっとも繁栄している。

俺もアマツさんもとうに三〇を過ぎた年齢。こんな話をしても特に気恥ずかしさは覚えないが、立場上、なんとなく遠慮した表現になってしまう。お互い、相手もいないし。

アマツさんは申し訳なさそうに応じた。

「すみません。こういう素材の収集を請け負ってくれる冒険者は少なくて、私としても、ダイチさんくらいしか頼れる人がいなくて……」

「気にしないでください。確かにこれは、大きな店には注文できませんし」

アトラスは『冒険者の街』らしく、自由を大切にする気風がある。ただし、公序良俗については街の政治を取り仕切る執政院の指導により、それなりの健全さが求められている。

冒険者の流入でアトラスが経済的に潤っているのは事実だが、冒険者たちが街の風紀を乱せば、住民の反感を買い、肩身が狭くなる。

今回の注文も、ギルドとして冒険者の需要には応えたいが、執政院(おかみ)の目がある以上、おおっぴらにはしにくい……という思惑が透けて見える。

「承知しました。納品日までに用意します」

「助かります」

アマツさんは頭を下げると、不意に店内を見回し、ぽつりと言った。

「ダイチさんがこの店を受け継いで、もう一五年以上になりますね。私、まだ覚えているんですよ。この店が先代によって営まれていた頃……現役の魔法使いだったダイチさんと私が、初めて出会った頃のことを」

遠くを見るように、アマツさんは続ける。

「伝説の冒険者パーティ『ブリーシング』。何十もの古代遺跡やダンジョンを攻略し、何百もの凶悪なモンスターを屠(ほふ)った本物の英雄たち。『冒険者の街』アトラスの名を大陸中に広め、街の発展の基礎を作り上げた、全ての冒険者たちの憧れ」

アマツさんは、机の端に置かれていた、小さな額縁の絵画を見つめる。

そこには、女神のように美しい、長い金髪の女性のエルフの姿が描かれていた。

俺はそれに気づかないふりをする。

「本当に冒険には復帰されないんですか？　私たちは、いつだってダイチさんを……」

俺は何も答えなかった。アマツさんなら、それで俺の本心は察してくれる。

ややあって、アマツさんは申し訳なさそうに頭を下げる。

「……すみません、過ぎたことを口にしました」

「いえ、大丈夫ですよ。俺も忘れます」

「はい……では、私はこれで」

アマツさんは寂しそうな微笑みを浮かべ、店を出て行った。

足音が遠ざかったのを確認して、俺はため息を吐く。

アマツさんの言葉……かつて俺が属したパーティが、「何十もの古代遺跡やダンジョンを攻略し、何百もの凶悪なモンスターを屠った」というのは、本当の話だ。

俺たちはおかげで英雄として、アトラスの人々から褒め称えられた。

だが、全ては過去の出来事だ。

今の俺に、あの頃の情熱はない。

今はただ、この寂れた魔法道具屋を営みながら、静かに暮らしたい。

唯一の心の慰めは、俺のただひとりの魔法の弟子が、冒険者として独り立ちしたことだ。

「ボク、絶対にパパ……ああっと、先生やママのような立派な冒険者になるから、期待して待っていて！」

五年前、あいつはそう高らかに宣言して、新たに師事する剣の達人の下に巣立っていった。

そして今、彼女は宣言どおり、アトラスで冒険者となって活躍している。すでにいくつもの戦功をあげているようで、先日読んだ冒険者ギルドの広報では、新進気鋭の冒険者のひとりとして紹介されていた。

隠居同然の俺にとって、これ以上に嬉しい話はない。

少しだけ残念なのは、あいつの成長した姿をいまだに目にしていないことだ。

あいつは幼い頃から、机の上の額縁の絵に描かれた母親……俺のかつての仲間にとてもよく似ていたから、今では美しいエルフになっているだろう。

そう、ちょうど今、俺の店に「パパ、ただいまー！」という元気な声とともに入ってきた、長い金髪をサイドにまとめ、マントで身体を覆った、美しい顔立ちのエルフの少女のように。

「って、えっ……？」

俺は自分の目を疑った。

本当に、俺の弟子が成長したような……その母親にそっくりの少女が、目の前にいる。

「へ、えええええええ!?」

思わず声をあげる俺。少女も俺の姿を認め、ぱぁっと顔を綻(ほころ)ばせている。

幻覚でも、夢でもない。

目の前にいるのは、俺が育てた、たったひとりの弟子の……。

「コルク……コルク・ロートシルト……？」

「パパ！　久しぶりーーーーーー！」

「って、おおおおおおおおい!!」

喜色満面の笑顔を浮かべ、その場からダッシュして俺に飛びかかるコルク。

俺はどうにかそれをキャッチし、腰の上で抱きしめる。

「ちょ、コルク……おぶふっ！」

抱きしめた瞬間、とんでもなく柔らかで弾力のある感触が顔面を塞ぐ。

気持ちいい……が、それ以上に息ができなくて苦しい！

「ふぐっ、ふぐぐ！」

「パパ！　ボク、帰ってきたよ！　ずっと会いたかった……！」

顔面への圧力が増す。コルクが俺の頭を力いっぱい抱きしめている。苦しくて何もしゃべれない。

「うぶっ、おうふっ！」

「家を出てから三年間は剣の修行漬けだったし、それからは冒険の毎日だったし！　でも、ようやく、ようやく……！」

さらに締め付けが強くなる。コルクの心臓の高鳴りが伝わる。

俺はようやく圧力の正体に気づいた。

俺の顔面は今、コルクの胸に挟まれている。

マントで分かりにくいが、こいつ、人並み以上の胸の大きさだ。

本当にこいつ、俺の知っているコルクなのか……？

しかし、そんな思考も、あまりの息苦しさにかき消されていく……。

って、このままではまずい！

「あれ、どうしたのパパ？　急に反応が……きゃあっ！」

俺は無理やりにコルクを引きはがした。床に落下して尻餅をつくコルク。

「いったぁ……パパ、何するんだよ!?」

「こっちの台詞だ！　窒息するところだったわ！　それに、他の客に見られたらどうする!?」

「お客さんなんかほとんど来ないじゃない！　ボク、ここにいた頃、どれだけ店番で暇をもてあましたことか！　パパのケチ！」

コルクは不満そうに頬を膨らませるが、俺は構わず説教を続ける。

「あと、俺の呼び名は先生！　子供の頃から言っているだろ！　いい加減に直せ！」

「やだ！　パパはパパだもん！　先生と呼ぶのは修行のときだけ！　そもそもボク、パパから教わった魔法は全部覚えたから、もう修行中じゃないし！」

「いつまでたってもガキみたいなことを！　身体ばっか立派に育ちやがって……！」

「ボク、もうガキじゃな……え、今、何て言った？」

しまった、口が滑った。

コルクは、してやったりとニヤつく。

「えへへ、そっかぁ、分かっちゃったんだ、今ので」

「な、何のことで……」

「ボクがもう、大人の女性だってこと！　ボクのおっぱい、気持ちよかった？　ドキドキしちゃった？」

「……っ！」

「顔が赤くなった！　図星！　ま、当たりだよね！　ボクはこの五年で魅力的なエルフの女になったわけだし……。ふふふ、これでもう、ボクのことを子ども扱いはできないねっ！」

腕を組み、勝ち誇ったように微笑むコルク。

今思い出したが、子供の頃からこいつはこういう性格だった。

いつも元気いっぱいで、笑顔は向日葵（ひまわり）みたいに明るくて、いつも前向きで俺に対してはやんちゃで我儘（わがまま）で、俺のことを実の父親のように慕ってくれて……。

そうか。こいつ、身体は立派に育ったが、中身はまだ、俺の知るコルクなんだな……。

そう思うと、今さっきの違和感が、嘘のように消えていった。

「あ、顔色が元に戻った。ちょ、パパ、何考えてるの!?」

「いや、相変わらずお前は、ガキっぽいんだなって」

「む～！　だから、ボクはもう子供じゃないって！　もう大人！　心も身体も！」

「はいはい、そうかもな」

「適当に流さないでよ！　今の話、帰ってきた理由にも繋がるんだから！」

「理由？」

そういえば、今のコルクは、アトラスでも名うての冒険者だ。

加えて、コルクの役職は魔法戦士。

魔法戦士はその名のとおり、魔法を使える戦士だ。

魔法の体系には、攻撃魔法、回復魔法、召喚魔法、補助魔法の四つがある。

魔法戦士はこのうち、炎や稲妻など、さまざまな属性を持つ攻撃魔法を剣撃に付与する『魔法剣』を主なスキルとしている。『東方辺境』のモンスターの多くは弱点属性があるため、『魔法剣』は絶大な威力を発揮する。

一方で、冒険者が魔法戦士となるには、剣と魔法の両方に子供の頃から習熟する必要がある。このため、魔法戦士はレアな役職であり、冒険者パーティでは重宝されることが多い。

そんなコルクが、家に帰ってきたということは……。

「……何かあったのか？」

「うん。ちょっと、パパに相談したいことがあって……」

「冒険者パーティを追放されたぁぁぁ……!?」

俺は素っ頓狂(すっとんきょう)な声を上げていた。

場所は料亭『鹿笛亭』。俺とコルクが昔から利用していた、古馴染みの店だ。

時間は昼過ぎ。店内はランチ目当てのお客さんでいっぱいだ。顔見知りもちらほらいる。

が、それでも俺は、声を上げざるを得なかった。

コルクは、困ったように笑っていた。

「え、えへへ……、やっぱり、驚くよね、パパでも……」

「そりゃ驚くというか……。いったい、何があったんだ？」

アトラスでは貴重な腕利き魔法戦士のコルクを手放すなんて、普通はありえない。アマツさんとの会話が思い出される。

「……もしかして、色恋沙汰のトラブルとか……？」

「ああー、そういうめんどくさいのじゃないかなぁ」

「じゃあ、仲間に実力を疎まれてとか、装備に金がかかりすぎるからとか？」

「そういうお約束のパターンじゃなくて、その……」

そして、コルクが躊躇(ためら)いがちに告げた言葉は、俺の想像を斜め上にぶっちぎっていた。

「実はボク、アトラスの街中を、夜中に全裸で歩き回っちゃう癖がついちゃって……」

「は？」

コルクが、夜中に全裸で、アトラスの街を歩き回るようになった？

俺のたったひとりの愛弟子で義理の娘が？　一七歳の将来有望な冒険者が？

は、はぁぁぁぁぁ!?

当の本人は「えへへぇ」と深刻さとは程遠い顔で苦笑を浮かべている。

「いわゆる露出癖ってやつ？　ボク、そういう行為がすごい快感になって、何度も繰り返すようになっちゃって……で、パーティのみんなにそれがバレて、追放されたわけ」

「は、はぁ……」

「で、これが証拠の、今日発行されたばかりの冒険者ギルド日報」

コルクはマントの下から紙の束を取り出す。

冒険者ギルド日報はアトラスの冒険者ギルドが毎日発行している冒険者向けの新聞だ。『東方辺境』の調査報告や新発見されたモンスターの紹介、レストランや宿の宣伝、果ては風俗街のちょっとHなレビューなど、さまざまな情報が掲載されている。

さっきのアマツさんとの会話でこの話は出なかったが、アマツさんは本部職員として忙しいから、まだ今日の分を読んでいなかったとしても不思議ではない。

件の記事は、よりにもよって第一面にでかでかとあった。

『冒険者パーティ〈ケルベロス〉の魔法戦士、コルク・ロートシルト（一七）、深夜に中央噴水広場を全裸で徘徊し、衛兵に連行される！』

「マジかよ!?　っていうか掲載されてる現場イラスト、全裸にコートで頭にゴザ袋かぶせられて連行されるお前で、完全に露出狂が捕まった光景じゃねーか！」

中央噴水広場はその名のとおりアトラスの中心にある大きな広場で、周囲には執政院や図書館、教会などの公共施設が集い、昼間には大勢の人々で賑わっている。

いくら深夜とはいえ、アトラスの顔みたいな場所で、こいつは……！

「し、失礼だな！　ボクは露出狂じゃないよ！　ただの露出癖の持ち主！」

「どちらも同じでは!?」

「全然違うよ！　アトラスでは公衆の面前で裸になるのは違法だけど、ボクは誰にも見せてないから合法だもん！　露出狂は全裸で有罪、ボクは全裸で無罪！　そう、全裸無罪！」

「勝手に壮絶な標語を作るな！　だったらどうして衛兵にしょっぴかれる!?」

「誰もいない広場を全裸でひとまわりして、その後にマントを羽織って宿に帰る途中で衛兵に見つかった。で、詰め所に連行されて夜中に出歩いてた理由を問い詰められたから、正直に全部話した。その場ではお咎めなしになったけど、偶然そこにギルド日報の記者が来て……」

「で、特ダネとしてすっぱぬかれて、それが原因でパーティ追放ってわけか……」

信じて送り出した弟子が、こんな晒しものになっていたとは……正直、思考が追いつかない。

とはいえ、証拠を出された以上、認めざるを得ない。

俺と同じようにコルクの面倒を見てくれた剣の師匠に申し訳なささえ感じる。

目の前のエルフの少女は、文字どおりの変態で、露出癖の持ち主だ。

どうするよ、これ……。

「コルク、お前いつから、そんな性癖が……？」

「半年くらい前かな。突然、そういうのがすごく気持ちいいことに気づいて……それで、誰も見ていない場所で、露出を繰り返すようになって……」

「…………」

「ボクもね、最初はこういうのはよくないと思って、露出を我慢しようとしたんだ」

表情を暗くして告げるコルク。

「だけど、我慢しているとどうしてもイライラして、集中力がなくなっちゃって。冒険者として、それは致命的でしょ？　だから、むしろ我慢しないほうが、みんなのためかなって……でも、おかげで歯止めが効かなくなっちゃって……」

『東方辺境』での冒険、特にモンスターとの戦いでは、一瞬の迷いが全滅に繋がる。

魔法戦士として、パーティで重きをなしていただろうコルクが、仲間の安全のために、あえて己の衝動に忠実となったのも無理はない。

「じゃあ、パーティを追放されたのは、仲間たちに露出癖を糾弾(きゅうだん)されて……？」

「まさか。実は最近、ボクの様子がおかしいことはみんなも知っていて、それとなく気づかないふりをしてくれていたんだって」

コルクは満足そうに首を振った。

「でも、こんなかたちで公になって……だから、追放っていっても、実際はみんなとボクとで相談した結果なんだ。表向きだけでも追放っていう流れにしないと、パーティのみんなにまで悪評がついて回っちゃうし……だから、ボクはこれで良かったと思っている」

朗らかに答えるコルク。屈託は見つからない。

どうやらコルクは前のパーティで、素晴らしい仲間たちに恵まれていたようだ。コルクを送り出したものとして、ちょっと救われた気持ちになる。

「もちろん、パーティを追放されても、問題は未解決で、ボクは社会不適合者のままだけどね。露出癖は今も継続中だし」

「い、今も？　今、この瞬間もか？」

「……ねえパパ。今、ボクのマントの下、どうなってると思う……？」

コルクのねっとりとした視線。

俺は息を呑んだ。

おいおい、この話の流れでいくと……。

「まさか、全裸……!?」

「あはは。今の話だとそう思うよね、残念。本当はそうしたかったんだけど、いきなりパパの前でそれは、ドン引きされて見捨てられかねないかなって……」

「なんだ、それなら問題はないさ。ちょっとビクッとし……」

「なので、最大限の譲歩として、ビキニアーマーを身に着けています」

「ブホッ！」

飲んでたビール吹いた。

「ビ、ビキニアーマー!? それって文字どおり、ビキニ水着みたいな鎧……？」

「うん。直で見せると、こんな感じで……」

「ちょ、おま……！」

俺が止める間もなく、コルクはスカートをめくる感じで、マントの正面を持ち上げた。

本当だった。コルクはビキニアーマーを身に着けていた。

しかも、ビキニといっても、俺の目に入ったボトムスはV字の角度がどぎつく、かつ布地の部分が極端に少ないタイプで、薄暗がりではほとんど裸にしか見えない。

確かに、冒険者向けのアイテムとして、こういう際どいデザインの装備がないわけではない。

しかし、それはある種の『プレイ』用の商品で、売っている場所も、たいていは風俗街の片隅にあるいかがわしい店で……本当に野外で着用する冒険者は滅多にいない。

コルクはにへらあ、とだらしなく笑う。

「ビキニアーマーっていいよね。裸じゃないのに裸同然で、女の子らしい部分を強調できて、肉弾戦でも素早く動けて、ボク大好き。このまま一生身に着けていたい。えへ、えへへ……」

「おいコルク、まさか、このビキニアーマー装備を、いつから……」

「えへへ……実はこの半年、ずっとビキニアーマー。さすがに街中ではこうやってマントで隠したけど、それ以外では基本的にビキニアーマーで過ごしていて……」

やっぱりか！　この格好で四六時中仲間と冒険かよ!?

「そ、それ、みんな、目のやり場に困ってなかったか……？」

「えへへ……むしろ、ボク、みんながボクのＨな姿を見て、ドキドキしてくれたり、恥ずかしがったりしてくれるのが快感というか……。あと、そういう姿を晒しているボクは、みんなの想像の中で、どんな目に遭ってるのか想像するのが気持ちいいというか……」

「だめだこの弟子！　早く何とかしないと……！」

こんなコルクを受け入れていた仲間たちの優しさに感謝と申し訳なさが募る。

「ところでパパ、引いてるとこ悪いんだけど、ボク、すごく辛いんだ……」

「つ、辛い……？」

「今、ボク、ここでマントを脱いで、ボクの可愛くてかっこよくてＨなビキニアーマー姿をみんなに見てもらいたくてたまらなくなっちゃっていて……」

「えっ」

「ねぇパパ、いいよね？　このマント、ここで脱いじゃっていいよね？　パパの目の前で、ボクのビキニアーマー姿、はしたなくみんなの前で大っぴらにしていいよね？」

「だ、ダメに決まってるだろ!?　場所を……あと、俺の世間体を考えろ！」

今だって、顔見知りの何人かに、「おっ、あのダイチの家の弟子のエルフが帰ってきたか」みたいな視線を向けられている。

「う、うん……、パパも困るよね。もしそんなことになればパパも一緒に変態扱いされて、ボクと夜な夜なあんなことやこんなことをしている仲って思われて、みんなそういう妄想をするようになっちゃって……、ああっ、興奮してきた……！」

「なんだそのセルフバーニング⁉　え⁉　ちょ、まっ……！」

「ボク、もう限界……ッ！　脱ぐ！　脱ぐ！　脱ぐー！」

ガバッ！　コルクは勢いよく立ち上がり、マントを剥ぎ取った。

一瞬後、ビキニアーマー姿のコルクが、公衆の面前に晒される。

改めて見るコルクのビキニアーマー姿は、異様なほどサマになっていた。

まさにかっこよくてかわいくてHな、年頃の男の子なら誰もが大好きな女の子の姿。サイドに結ばれた長い金髪の輝きがさらに彩りを添える。

「はぁぁぁあっ！　気持ちいぃぃぃぃぃぃぃー！」

絶叫とともに身体を弓なりに反らすコルク。これまで見たことがないほどに恍惚とした表情だ。周囲の空気がキラキラと輝いているように感じられる。

一方、俺は針の筵の上にいる気分だった。

全方位から刺さりまくる痛々しい視線。ほとんどの客（主に男性）が、俺たちを呆れと軽蔑の眼差しで見つめている。

コルクは席に着き、憑き物が落ちたような、すがすがしい笑顔で言った。

「えへへ～。みんなの熱い視線をもらって、ボク、元気になったよ！」

「……そうやって欲望を発散させている限りは、まともに振る舞えるってわけか」

「うん！　……まぁ、本当はボクの全裸をみんなに見てもらいたいところだけど、ボクのビキニアーマー姿を見せられただけでも満足！　だってビキニアーマーのボク、全裸のボクと同じ

くらい綺麗で可愛いしかっこいいし！　パパもそう思うでしょ？」

バチンとウインク。このポジティブさがコルクらしさだが、俺の今後の世間体を考えると、素直に称賛できない……。

とはいえ、今のコルクの話で、本人の現状はよく分かった。

今のところは全裸で深夜の街を徘徊したり、ビキニアーマー姿をみんなに見せつける程度で済んでいるが、放置すれば、行動がさらにエスカレートしかねない。

「それで、お前の相談というのは……」

「これからのこと。ボク、こういう身体になっちゃったから、今後は普通の冒険者パーティで、冒険するというのは、無理だと思うんだよね……」

「……だろうな」

「けど、やっぱりボク、これからも冒険者でありたい。ボクの力で未知なるものを見つけて、みんなの幸せに繋げたい。パパとママがそうだったように」

「まだ、その夢を追いかけるつもりなんだな、お前は」

「当たり前だよ！　ボクの夢は、パパとママみたいな立派な冒険者になること！　子供のころからそれを追いかけていたし、今だって追いかけてる！　誰にも邪魔はさせない！」

「その意気やよしだ」

冒険者にもっとも大事なのは、夢を追いかける心、つまりは憧れだ。

憧れがあるから冒険者は戦える。自らの危険を顧みず、未知の領域に挑める。

俺に冒険への情熱は残っていない。憧れの対象さえない。

けれど、師匠として、弟子の……コルクの夢を応援するのであれば、話は別だ。

できるだけ力になってやりたい。

「分かった。俺も全力で支援する。約束する。どんなオーダーでもどんとこいだ！」

「ありがとうパ……いや、先生！　今の台詞、ボク、絶対に忘れないよ！」

「こんなときだけ調子いいぞ、ハハッ！」

俺はコルクの頭の髪の毛をわしゃわしゃと触った。久々に師匠と弟子の絆を感じられて嬉しい。俺からのスキンシップを受けてコルクも幸せそうだ。

「それで、具体的には何かアイデアはあるのか？」

「うん。ボク、仲間を集めて、『アシュヴェーダ』の攻略に挑みたいんだ」

「……ッ!?」

「そしてパパには、その指南役になってほしい……ママたちと一緒に『アシュヴェーダ』に挑んだ冒険者のひとりとして」

今度こそ本当に、俺は言葉を失った。

『東方辺境』に存在するエロトラップダンジョン『アシュヴェーダ』。

俺にとっては因縁の深い場所で……コルクもそれは知っているはずだ。

しかし、コルクはそんな俺の右の掌に両手を伸ばし、しっかりと摑む。

「『アシュヴェーダ』がエロトラップダンジョンってのはもちろん知ってるよ。一五年前、パパとママたちのパーティがそこに挑んで全滅して……パパだけが生き残ったということも。そして、だからこそ、パパがママの遺したボクを、代わりに育ててくれたことも」

コルクは俺の思考を読むように、まっすぐ視線をあわせる。

「でも、ボクにとっては、いつかは越えないといけないハードルなんだ。ボクはママが果たせなかった夢を果たしたい！　ママを超える冒険者になりたい！」

そして決意と覚悟と……ありったけの情熱を込めて、コルクは叫んだ。

「パパ、ボクと一緒に、エロトラップダンジョンを攻略しようよ！　もう一度！」

3

『アシュヴェーダ』は、『東方辺境』でただひとつ存在が確認されている、『Hなトラップが満載のダンジョン』……エロトラップダンジョンだ。

『アシュヴェーダ』の存在は、アトラスの街が形成された数百年前から知られていた。

なぜならば、『アシュヴェーダ』は、アトラスに程近いドーシャ丘陵に存在し、アトラスの住民は、市街地からいつでもその姿を目にしていたからだ。

『アシュヴェーダ』は天空まで伸びる円柱状の構造物で、その内部に、下から上へと向かうダンジョンを内包している。構造物は一定の高さから雲に覆われ、全高は不明。

ダンジョン内で冒険者を待ち構えるHなトラップや、それに関連して出現する淫らなモンスターについては、探索に赴いた人間が少ないため、記録がほとんど残っていない。

さらに、Ｈなトラップからの脱出に失敗したり、淫らなモンスターに敗北した冒険者は、そこで死ぬか、内部のどこかに連れ去られ、生きたままモンスターたちを生み出す苗床にされるといわれている。

トラップは破壊したり解除したりしても、一定の期間が経過すると再生する。出現するモンスターを倒しても、同じように一定期間で、再び姿を現すようになる。まるでダンジョンそのものが生きているかのように。

全てが謎と神秘に包まれた存在、それが『アシュヴェーダ』なのだ。


そして、『アシュヴェーダ』には、ひとつの伝説がある。

『アシュヴェーダ』は、かつて天空から飛来し、世界を淫らに染めようとした淫邪神が、他の神々との戦いに敗北の末、二度と逆らわないことを条件に生存を許され、このダンジョンに己を封印、エロトラップに嵌まる女性たちの痴態を眺めて、性欲を発散し続けているということ。

そして、『アシュヴェーダ』を完全に攻略したものには、淫邪神からその知恵と勇気と淫らさを称えられ、報酬として、どんな願いも叶えられるということ……。

◆
◆
◆

「っていうのがボクの知っている『アシュヴェーダ』なんだけど、正解だよね、パパ？」

『鹿笛亭』での会話から二時間ほど後のこと。

俺はコルクと一緒に、陽光が木々の隙間から注ぐ、広めの林道を歩いていた。

この林道はアトラス近郊のドーシャ丘陵に続いている。

あと三〇分ほど歩けば、丘陵にある『アシュヴェーダ』の入り口に辿り着ける。

『アシュヴェーダ』の地上構造物は巨大で、林道からでも仰ぎ見られる。

まるで塔のようだと表現されることの多い『アシュヴェーダ』の形状だが、実際には円柱状の構造物の周囲に、巨大な球状の物体が無数についている。しかも、構造物の全てが、皺くちゃでたるんだ外皮……人間の皮膚のようなもので覆われている。

要するに、人間の男のお●●●●と睾丸に、そっくりなのだ。

しかも表面は、人間の肌のように無数の血管が浮き出て脈打ち、温かみがある。

エロトラップ満載のダンジョンで、外見は男のあそこ。

もし、これが本当に淫邪神の引きこもり先なら、相当に趣味が悪い。

俺はそんな『アシュヴェーダ』から目を離し、コルクに首を振った。

「不正解。『アシュヴェーダ』にはもうひとつ、重要な特徴がある」

「あっ、そうだった。『女だけしか入れない』？」

「正確には数名の女性と小動物だけだ。それも、女性は一〇代以下に限られ、他は門前のバリアで全てはじかれる。今のところ、出入りにヒトの種族の区別はないらしい」

「『アシュヴェーダ』は種族を問わず若い女の子が好みってこと？　外見と同じくイヤらしいねぇ。ハーフリングの女の子とか、絶対に行ったらヤバいじゃん……」

ちょっと引き気味のコルク。ハーフリングは人間の半分くらいの背丈の種族で、当然、生殖器も人間よりかなり小さい。

「でも、確かにこの条件だと、攻略に挑戦できるパーティは限られるよね。攻略の研究が進まなかったのも無理ないというか……」

男は入れず、女は入れはするものの年齢制限があり、さらにトラップに嵌まれば性的な辱めを受け、最悪生きたままモンスターたちの苗床にされる。

突破の報酬も、『淫邪神の力で、どんな願いでも叶えられる』などという真偽不明なもので、他にどんな報酬があるかも判然としない。

そんなダンジョンが魅力的な攻略対象になるはずもなく、それゆえに『アシュヴェーダ』は、冒険者たちに存在を認知されながら、長い間、放置されてきた。

淫邪神にまつわる伝承も、教会の聖典に一切登場せず、眉唾（まゆつば）扱いされている。

おかげで『アシュヴェーダ』は、外見のグロテスクさもあって、古代の魔術師が趣味で生み出したスケベなダンジョン……くらいの認識が一般的だ。俺も実際の正体としては、そんなところじゃないかと想像している。

「だから、『アシュヴェーダ』の攻略に挑むような奴は、真偽不明の伝承を信じたものを除けば、食い詰めた娼婦や逃亡した奴隷、普通の世の中では暮らせないほどＨな変態くらいだって言われている。お前はまさに最後のタイプなんだが……」

「そっか……でも大丈夫！　ボク、誰にどう見られても、凹んだりしないよ！」

コルクは力強く固めた拳を顔の前に出す。

「もう決めたんだ。必ず『アシュヴェーダ』を攻略して、その謎を解き明かすんだって。かつてこのダンジョンに挑んだ、パパやママたちの名に懸けて！」

「……でも、だからって、ビキニアーマーで冒険ってのは、どうなんだろうな……」

「何、パパ、文句あるの？」

ジト目でにらむコルク。

先ほどと同じくコルクはビキニアーマーを装備していた。

しかも、今回は愛用の剣や盾、肩アーマーなどを装備する臨戦バージョンだ。

その姿は力強く美しく、遠くから見ればほぼ全裸で、どこに出しても恥ずかしい冒険者だ。

コルクは俺の言いたいことを察したのか、子供のように唇をすぼめた。

「別にいいじゃーんーどーせボクはエロトラップダンジョンに自分から突っ込んでいくド変態の巨乳で美少女のエルフなんだからさーもう誰にどう思われてもどうでもいいよー」

「自分で巨乳で美少女いうな。あとどうでもいいように思われたいのがお前の性癖だろ」

「うん！　ボクのビキニアーマー姿を見て誰彼構わず恥ずかしくなったりムラムラしてほしい！　そうして、妄想の中でボクをめちゃくちゃにしてほしい！」

「コルクが素直で前向きな女の子に育ってよかったよ」

「にへへぇ。パパのおかげだよ。ありがと！」

天真爛漫（てんしんらんまん）という言葉を具現化したような、向日葵のような笑顔。コルクのトレードマークだ。嬉しそうに身体が弾み、ビキニのトップスからはちきれんばかりに自己主張している大きな胸がぶるんぶるんと震える。

くそっ、我が弟子ながら可愛い。そしてたまらなく健康的にHな感じだ。

落ち着け俺。こいつは俺の弟子で義理の娘だ。絶対に邪（よこしま）な気持ちを抱いてはいけない……。

「でも、本当によかったの、パパ？」

「何がだ？」

「いやその、パパに無茶振りをしちゃったのは、自覚しているから……」

「……約束したからな。お前の力になるって」

先ほど、コルクの願いを聞いたとき、俺は一瞬、答えに窮（きゅう）した。

当たり前だ。『アシュヴェーダ』はかつての俺が仲間たちと全滅したダンジョン。奇跡的に脱出したのは俺だけで、しかもそれは、仲間たちを見捨てたからこそだ。

コルクはそのパーティーのリーダーを務めていた、エルフの魔法戦士の忘れ形見で、俺は全滅以前に彼女から、いざという時のコルクの後見を頼まれていた。

俺は彼女との約束に従い、残された人生を、コルクの養育に費やすことに決めた。

もちろん、後悔がなくなったわけじゃない。

仲間たちを見捨てて俺だけが生き残ったという事実は、コルクを育てた程度でつり合いが取れるものじゃない。俺は本当なら、二度と冒険に関わってはいけない男だ。ましてや『アシュヴェーダ』の攻略に再び挑むなど、失われた仲間たちへの冒涜になりかねない。

なのに、コルクは俺ともう一度、『アシュヴェーダ』の攻略に挑みたいと言って……不用意にも俺は、コルクに協力を約束してしまった。

いくら愛弟子の願いとはいえ……そう思いもしたが、コルクと約束を交わしたのは事実だ。俺は師匠として、弟子との約束だけは破りたくない。

だから……俺は、逡巡の末に辿り着いた答えを口にした。

「ただ、約束したのは、『力になる』って所までだ。だから、まずはお前の力を見極める」

「ボクの力を見極める？」

「適性審査。お前の性癖は確かにエロトラップダンジョン向きかもだが、今のところは仮説止まりだ。だからそれを、実際にふたりで『アシュヴェーダ』を探索して確認したい」

「適性があれば、指南役になってくれるってこと？」

「ああ。幸い、これから探索する場所は、半日もあれば攻略が可能だ。日が変わるまでには帰れる。夕飯も『鹿笛亭』でテイクアウトしたからな」

「りょーかい！　ボク、パパに指南役になってもらえるよう頑張るよ！」

やる気満々の顔で両手を握りしめるコルク。

その前向きな素振りに、チリッと胸が痛む。

今、俺はコルクに、まじりっけなしの本音を話したつもりだ。

けれど、もしも今後の探索で、コルクの身に何かあったら……という懸念は尽きない。

師匠として、弟子の挑戦を応援するべきか、失敗を望むべきか。

今の俺には、分からなくなっていた。


ほどなく、俺とコルクはドーシャ丘陵に達する。

『アシュヴェーダ』は、草原に包まれた丘陵の一角に聳(そび)え立っていた。

周囲には岩盤や廃墟となった古代の遺跡、森林がまばらに存在している。

森林のひとつに入り、木立の中を抜ける。

しばらく歩くと、丘の側面から突き出た巨大な『肉のトンネル』……迷宮の入り口があった。

入り口には、魔力で構築されたバリア……魔法陣が浮き上がっている。

「これ、『アシュヴェーダ』の、入り口……？」

「そうだ。今日探索するのは第〇(ゼロ)階層だ」

「第〇階層？」

「第一階層よりも難易度の低いダンジョンだ。最初に『アシュヴェーダ』に入る冒険者は、第〇階層に強制的に送られる。ただし、パーティの中にひとりでも第〇階層の突破者がいれば、パーティは第〇階層と第一階層どちらかに入ることができる」

ちなみに第一階層クリア後も、ここで行きたい階層を思い浮かべることで、それまでにクリアした任意の階層に辿り着ける。

こんな構造は、数多のダンジョンが群れる『東方領域』でも唯一だ。本当はもっと研究されるべきなんだろうが……やはりエロトラップダンジョンという性質が足かせになっている。

コルクは不思議そうに魔法陣を見つめた。

「へぇ～。でも、どうして初心者向けの練習用の階層なんてあるんだろ？」

「よく分からん。ただ、侵入条件は第一階層以降と同じ、内容も難易度が低いだけで基本的には同じ。物見遊山で来た冒険者は、だいたい第○階層で嫌気がさして脱落する」

「『アシュヴェーダ』も、物見遊山は相手にしたくないのかもね。あるいは素人の痴態は見ても面白くない、みたいな淫邪神の性癖？」

「それはそれでいっそ清々しい気がするな……」

「そういえば、どうやって昔のパパはここに入ったの？『アシュヴェーダ』には、女の子と小動物しか入れないんだよね？」

「俺は『アニマグス』で小動物になって入った」

「『アニマグス』!? 使えるの、パパ!?」

『アニマグス』はいわゆる変身魔法だ。自分を人間以外の動物に変え、なおかつ、知能や能力を人間のままとする。かなり高度な補助魔法で、習熟者の数は限られている。

俺の場合は、偶然、俺の師匠が使い手だったから学べただけで、そんな俺でも、使いこなすまでに相当の時間がかかった。コルクには不要だと思って教えていない。

「そっか。小動物なら入れるから……。あ、でも、『アニマグス』が使えるのだったら、動物ではなく、女の子になっちゃったほうが早いんじゃ？」

「『アニマグス』はあくまで動物になる魔法だ。性別の違うヒトになれたって話は聞かない」

「残念。女の子になったパパ、見てみたかったなー！」

ニヤッとするコルク。何が嬉しいんだか……。

「でも、小動物って、具体的には何になるの？」

「大体のものにはなれるが……リクエストはあるか？」

「ママたちと『アシュヴェーダ』に入ったときは？」

「オコジョ。マスコットみたいで可愛いからって。俺は気乗りしなかったが」

「じゃあ、今回もオコジョで」

「お前、俺の話聞いてたか？」

「パパのオコジョ姿見てみたい～♪　ね、お願いお願いっ、お願い～！」

「ったく、仕方がないな……『アニマグス』！」

俺は両手でいくつかの印を結びながら魔法の詠唱を口にした。

俺たちの使う魔法の体系は、高度な魔法になるほど口にするべき詠唱が長くなる。ただし、詠唱を様々（さまざま）な形の印のイメージに刷り込み、印を手で結ぶことでショートカットすることができる。

俺の身体は光に包まれ、一瞬で背丈二〇センチほどのオコジョになった。

変身前より視界が低く小さくなり、違和感が強い。

「ふぅ、これで……あうふぅ！」

俺はコルクに背中を摘まれ、胸元に差し込まれた上に両手で抱きしめられる。

って、胸元!? ちょ、待……！

「うっわー！ パパ、予想どおりめっちゃ可愛い！ 抱きしめたい！ モフモフしたい～！」

「のわっ！ こ、コルク……!?」

「モフモフモフモフ～！」

コルクの胸の隙間にサンドされたまま、おっぱいごと両手で揉み込まれ、モフモフされる俺。

というかな!? 布地が少なすぎて、全身が生肌の感覚に包まれてだな!?

これは壮絶に……気持ちいい！

「って！ 今はそういう状況じゃない！ コルク、いい加減に……！」

「ああもう、逃げようとしちゃダメだって！ えいっ！」

「ほふぅぅぅ！」

左右からかかる肉圧。コルクが胸筋を動かして、おっぱいだけで俺を締めつけている。

「ほらほら～、気持ちいいでしょ～？」

大きな胸を上下左右に動かすコルク。俺はふたつの膨らみにもみくちゃにされる。

こいつ、どんだけ胸を鍛えているんだ!?

「ふふん。ビキニアーマー着るようになって、プロポーションにも気を配って身体を鍛えてたら、こういうこともできるようになったんだよね～。ほれほれ～」

「おふぅ！　ほふぅ！」

　ここまでおっぱいに尊厳を破壊される人間は、俺が初めてかもしれない。

「パパ、気持ちいい？　素直に言ったら許してあげる」

「き、気持ちいい、です……」

「もう逃げない？」

「逃げません……」

「はい、よく言えました」

　コルクは胸の締めつけを緩めた。俺は力尽きたまま肌の上にぐにゃりともたれかかる。

「じゃあ、これからはここがパパの定位置ね！　あ、ここだとボクの全身が眺められないか……それはそれでもったいないから、適宜リリースの方向で」

「俺はオモチャか！」

「いや〜、やっぱりビキニアーマーっていいよね！　露出が激しいだけじゃなく、パパみたいなパーティのマスコットの巣穴も兼ねられるなんて！」

「お前今マスコットって!?　やっぱそういう目で見てるのか!?」

「今後も変身する小動物はオコジョで固定で！　じゃ、行ってみよっかー！」

　元気よく右手を掲げるコルク。俺を胸元にホールドしたまま歩き出す。

　コルクは入り口を覆う、魔法陣の前に立った。

「この一歩が、ボクのエロトラップダンジョン攻略への第一歩……」

「……初心者向けといっても油断はするなよ。俺は『アニマグス』の使用中、他の魔法がほとんど使えなくなるから、戦闘では役に立たない。かろうじて『テレポス』を一度使えるくらいだ」

『テレポス』はダンジョンからの脱出魔法だ。基本的な補助魔法のひとつで、これを習得したものがいなければ、冒険者パーティは安易にダンジョンの探索に踏み込めない。ただ、効果範囲が狭く、全員が一か所に集まらなければ揃って帰還ができない。

「逃げたくなったら、早めに言えよ。『テレポス』も、落ちついた状況じゃないとしくじりかねない」

コルクは快活に笑い飛ばした。

「は、冗談！　ボク、絶対に逃げないし諦めないから！」

「…………」

「それで、パパ、このまま入ればいいの？」

「あ、ああ。さっき言ったとおり、ここで『アシュヴェーダ』に侵入できるかどうかが識別される。お前は女の子、俺は小動物だから、問題なく一緒に進めるはず」

「分かった」

そして、コルクは『アシュヴェーダ』へと歩みを進めた。

第〇階層の内部は、一般的なダンジョンとあまり変わらなかった。

壁面は煉瓦や石で構成され、ところどころ木の支えや、光源となる灯火が置かれている。

「基本的に見た目は普通のダンジョンだね、パパ。第一階層もこんな感じ？」

「そうだな。あと、『アシュヴェーダ』はトイレがないタイプのダンジョンだから、そっちは俺に隠れて済ませろ。魔法で炭にするのも忘れるなよ。臭いでモンスターを引き寄せかねん」

「もちろん！　ダンジョン探索の基本だよ。前のパーティでもきちんとみんなに見えない所で……って、そうか！　そういう露出もありか……！　パパ、良いこと言った！」

「アホ！　シャレにならんわ！　絶対に俺が見えない聞こえない場所でしろ！」

「あはは。冗談冗談。でも、そういうのでもボク、気持ちよくなれそう……」

「マジかよ」

露出癖恐ろしすぎる。

「あと、さすがにここに入ったらパパは止めろ。先生だ」

「はーい先生。……そっか。もう試験は始まっているんだよね」

そう、すでに俺たちはエロトラップダンジョンの中。何が起こるか分からない。

俺は念のためにコルクの胸元から這い出し、肩の上に乗る。さすがにこの状況だからか、コルクも文句は言わない。

「あっ、先生、さっそく足元に宝箱だ。ちょっと開けるね！」

「えっ？　あ、ちょ、待……！」

俺が声を上げるよりも早く、コルクは宝箱の蓋を開け……話は冒頭に戻るのだった。

4

そんなわけで、コルクは『壁尻』トラップに嵌まり、大ピンチの中にあった。

というかな⁉　普通、いきなり不用心に宝箱開けるかな⁉

そして……どうする⁉　俺がスライムに立ち向かっても、返り討ちにあうだけだぞ⁉

そうこうしているうちに、スライムの触手がコルクの剝き出しになったお尻の素肌に触れた。

ビクン！　とお尻が跳ねる。

「ふえええっ！　今のナニ⁉　気持ち悪ぃ……！」

「スライムがお前に触れたんだ！　もう、そこまで来て……」

スライムの触手が、今度は股下を覆う、紐のように細いビキニのボトムスに触れた。

お尻の真ん中のあたりから内側に入り込み、ボトムスを摑んで右側にずらしにかかる。

「いっ！　こ、この感触、まさか……！」

「そのまさかだ！　スライムは、お前のビキニをずらそうとしている！」

「そ、そっかぁ……。でも、このままビキニをずらされたら、その後は……えへ、えへへ……」

「コルクーっ⁉」

コルクの特殊性癖、もとい露出癖は絶賛発動中だ。

　こいつ、どうやら本当に、自分の痴態を他人を見てもらうことに快感を覚えるらしい。エロトラップダンジョン攻略には致命的な問題に思えるが、今はそれを気にする余裕はない。

　ぐぐぐ……と右側にボトムスを引っ張るスライム。

　それに伴い、その下の部分もあらわになる。目を逸らすべきだと俺の本心が告げるが、逆転のためには、今ここで目を離すわけにはいかないともうひとりの俺の本心が告げ、結局目を離せないままになる。

　俺の視界に、まさしくコルクの秘部があらわになる。

　といっても、その形状は子供の頃から見ていたコルクのその部分そのもの。ふたつの膨らみによる一筋の線があるだけで、正直、エロくもなんともない。まだ経験がほとんどないことが察せられる。

　コルクが昂った声で尋ねる。

「こ、この感触……ビキニ、すっごく引っ張られているんだよね？　ボクの大事な部分、パパに見られているんだよね？　あけっぴろげになってんだよね⁉」

「あ、ああ……見えてはいるな、一応は」

「ど、どう⁉　パパ、興奮する……⁉　ボクのあそこを見て、どう思う……⁉」

「いや、特に何も。子供の頃のままだし、大人の女性のここを見るの初めてじゃないし……」

「な、何よそれー！　幻滅ー！　せっかく見せてあげたのに。責任とれー！」

　いやだってしょうがないじゃん。お前俺の娘みたいなもんなんだから。

と、コルクは再び、波長が切り替わったように甘い声で呟(つぶや)き始める。

「え、えへへ……、で、でも、ビキニずらしたってことは、ここから繁殖に移っちゃうってことだよね……。さすがにパパも興奮するよね、間違いなく……！」

「ば、バカッ！　んなことされれば、お前、本当にひどい目に遭うぞ！」

「それは分かってるけどぉ……」

コルクの予想どおり、スライムはビキニをずらしたまま、もう一本の触手を伸ばし始めていた。

目指しているのは、明確にコルクの大事な部分だ。

まずい！　このままでは本当に……！

「……ッ！　仕方がない……！」

俺はコルクに向かって駆け出し、『壁尻』と化したお尻の真上に乗った。

そして、オコジョの尻尾を振りかざし、そこを勢いよく叩き始める。

「痛っ、痛ぁあっ！　ちょっとこれ、スライムの動きじゃないよね！　パパ、何してるの!?」

「お前の尻を叩いている！　いい加減正気に戻れ！」

べちんべちん、べちん！

「あうっ！　それ痛い！　ちょ、やめて！」

「だったら早く脱出しろ！　お前の剣の技だったら、こんな壁、すぐに破壊できるだろ！」

「剣で破壊!?　そういえばその手が……！」

「本当に今さら気づくなよ!?　とにかく、さっさと……！」

「りょ、了解……！　こんのぉぉぉぉ！」

コルクの雄叫び。直後、ガキィイン！　と甲高い金属音が走り、壁は粉々に砕け散った。

一瞬後、粉塵の中からコルクが飛び出し、スライムに切りかかった。


「いえぇーい！　さすがボク！　ブイブイッ！」

スライムを切り払って絶命させた後、コルクは俺に右手のVサインを見せた。

「スライムなんて、ボクなら一撃！　さすがでしょパパ！　褒めて褒めて！」

コルクは俺の目の前でニコニコ顔で飛び跳ねている。が、俺は眉を吊り上げて怒鳴る。

「だ、誰が褒めるか！　あんなアホな流れ！」

「えええええーっ！」

「めっちゃ危なかっただろ！　お前、スライムに犯される直前だったんだぞ！」

「あ、うん。まぁ、それは、そうなんだけど……」

コルクは居心地悪そうに視線を逸らす。一応、その自覚はあるらしい。

俺は盛大にため息を吐き出したいのを堪える。

少なくとも、コルクがダンジョン内でも露出癖を遠慮なく出してしまうことが分かった。今後もこれが続くようなら、俺たちの前途は暗い。コルクも、いつか本当にひどい目に遭ってしまう。下手をすればトラップから抜け出せなくなり苗床直行だ。

「……でも、パパの心配はもっともだけど、なんというか、ボクとパパのコンビなら、今後も上手くいきそうな感じがあるよ?」

反省は一瞬で終わったのか、いつものお気楽な声に戻るコルク。俺はむっとした顔で応じる。

「……まず、パパって呼び名はやめろと言ったはずだ。そこを訂正してくれ」

「やだ。もうめんどくさいからパパでいこうよ。ボクもピンチの時に咄嗟(とっさ)に口に出しやすいし。ね、パパ!」

「……仕方ないな」

いろいろ文句は言いたかったが、コルクの反論にも一理はあると思い、渋々頷(うなず)く。短い先生呼びだったな……。

「それで、どうして今後も上手くいきそう、なんて思えるんだ?」

「上手く噛み合いそうだなって。ボクとパパの視点が」

「ふたりの視点?」

「うん。さっきのトラップは、ボクが壁に嵌まって、スライムが落ちてきた……って流れだったけど、ボクには意味が分からなかった。でも、パパはすぐに対応できた。それはパパが男で、頭の中にある『女の子にしたいHな行為』のバリエーションがボクよりも豊富だからだと思う。他のトラップでも、それは同じじゃないかな」

「そ、そういうものか……?」

「だから、ボクがパパをここに連れてきたのは大成功ってこと! パパが攻略の指南役になれば、ぜったい上手くいく！　ボク、確信したよ！」

実感はまるで湧かないが、理屈としてはまぁまぁ納得できる。

もしかすると、これまで『アシュヴェーダ』に挑んだ幾多のパーティが道半ばで攻略を断念したのも、俺のような『男の視点』がなかったからかもしれない。そもそもエロトラップダンジョンというモノ自体、男でないと考えつかない代物だろう。

でも、それを当てにして進むのは、なんとなく、綱渡りな感じが……。

「パパ、ともかく先を急ご！　はいここ！」

コルクは両手で胸元をポンポンと叩いた。

言いたいことは山ほどあったが、黙ってコルクの身体を登り、胸元に身体をねじ込む。

「えへへ～、この合体、ビキニアーマーの役得～」

「合体言うな。あと、こんなことくらいで喜ぶなよ」

「喜ぶよー。おかげで、ビキニアーマーのメリットを示せるんだから。さっきも私を正気に戻すのにも役立ったでしょ？　普通の鎧だったらお尻叩けなくてヤバかったよ」

「誰がそうさせたと……！」

「えへへ。ボクのお尻を触った感触、どうだった？　気持ちよかった？　ビキニアーマー装備になってから、お尻も見栄えが良くなるよう、がっつり筋トレで鍛えたんだよ？」

「だからって……」

次の瞬間、ガシャン！　という音が床から響いた。

青ざめながら、コルクの足元に視線を向ける。

コルクの踏んだレンガのひとつが、スイッチが入ったように押し込まれていた。

「あー、パパ、これって……」

「そ、そういうことだな……」

その途端、頭上の煉瓦が崩落し、一緒に、巨大な何かが降ってくる。

「しまった、上か……!?」

「パパッ！」

咄嗟にコルクに摑まれ、胸元から放り投げられる。

一瞬後、地面に降りた俺が見たものは……。

「ちょ、これ、何なのー!?」

コルクの膝から上を飲み込んだ、巨大な筒状の肉塊（にくかい）だった。

「ちょ、パパ、どうなってるの!?　真っ暗で何も見えない！」

「筒状のモンスターに丸呑みにされている！　たぶん、丸呑みにしている部分は身体の一部だ！　本体は天井の上にいる！」

崩れた天井からは筒の部分だけが伸びていて、その先は不明だ。

「落ち着け！　このモンスターはお前を丸呑みにして、その上であれこれするタイプだ！　丸呑みにされるまでに脱出すればいい！」

「それはそうだけど……ちょっとこれ、このままでいたいかも」

「へ!?」

「なんか、中、ヌルヌルして温かくて気持ちよくて……こ、これはこれで、なかなか……」

「コルク、気をしっかり持て！　このまま呑み込まれるとまたヤバいぞ！　早く脱出しろ！

簡単な魔法で中から攻撃すれば……」

と、天井から一本の触手が下りてきて、先端の目玉のような部位から光を壁に投射した。

「うわっ！　何だこれ!?」

「どうしたのパパ！」

「丸呑みにされたお前の姿が壁に！　こいつ、内部に目を持っていて……」

そこまで言ってハッとなる。しまった、今のコルクには不要な情報だった！

案の定、その一言でスイッチが入るコルク。

「今のボク、パパに丸見え？　そっか、それは大変だね、えへ、えへへ……」

「い、今のは冗談だ！　ほらここエロトラップダンジョンだろ？　そういうのもアリかなって」

「それくらい嘘だって分かるよ！　えへへ、そっかぁ……。ねぇ、丸呑みにされたボク、Ｈな感じ!?　Ｈな感じだよね!?　ボクみたいなビキニアーマー装備の美少女エルフが肉塊に呑み込まれて揉みしだかれているんだからっ!?」

ウキウキな声で尋ねるコルク。

正直な感想を口にすれば、はっきり言ってかなりＨだ。

コルクのようなビキニアーマーの美少女エルフが、肉塊に丸呑みにされる光景には強烈な淫靡さがある。さっきのあそこもろ見せと比べてもよほど官能的だ。

コルクは俺の無言を肯定と捉えたのか、余計にヒートアップしてしまう。

「はぁはぁ、こんな無様で気持ち悪い姿、誰かに見られていると思うと、ボク、とっても興奮してきちゃった……ああっ、なんかボクを包み込むぐにぐにの動きが激しくなって、さらに気持ちよくなって……えへ、えへへぇ……」

「コルク……！」

「あっ、上から何か聞こえてきた。なんか、ごぽごぽって液体っぽいもの？　が近づいてる？」

ヤバイ！　この状況でそれは……アレしか考えられない！

「それは溶解液だ！　お前の武器や防具を溶かそうとしている！　お前を裸にした上で呑み込もうとしている！」

「裸に!?　こんな辱めを受けて、さらに裸に!?　そんなのをパパに見られちゃう……!?　それは、なんというか……最&高では!?」

「何が最&高だ、アホ！　装備を全部溶かされた後に魔法で脱出しても大変だろ！　全裸で冒険するつもりか!?」

「全裸のまま冒険!?　エロトラップダンジョンを!?　それもまた最&高では!?」

ダメだ今の状況はこいつにとって全部がご褒美だ！　どうすりゃいい!?

「ああもう、分かった！　今のお前はすごくHだ、それは認める！　肉塊に呑み込まれてヌルヌルぐちゃぐちゃに揉まれているお前はすごくエロい！」

「え、パパ、ホント⁉」

喜色満面の声で尋ねるコルク。俺は必死に首を縦に振る。

「ああ！　ただ、その、全裸は困る！　俺が興奮してまともな指南ができなくなるし、そもそも、全裸よりビキニアーマー姿のお前のほうが数段に魅力的だから、今は脱出してくれ！」

「そ、そうなの⁉　ビキニアーマーのボクを肯定してくれるの⁉」

心の底から嬉しそうに応じるコルク。

否定したかった……が、嘘は言っていないつもりだ。生々しいが子供の頃から見慣れているコルクの裸より、ビキニアーマーをかっこよく可愛くHにまとったコルクのほうが興奮できる自信がある……って何考えているんだ俺は！

「分かった！　じゃあ反撃開始だ！　こ、このぉぉぉ……っ！」

コルクは強引に両手を動かし、お腹の上で印を結んだ。肉弾戦メインの魔法戦士でも、余裕があれば印を結んで強力な魔法を発動し、攻撃に使う。

「『ブリザーゴ』！」

コルクの叫びとともに、肉塊から青白い閃光が発せられ、すぐに肉塊は氷漬けになった。

『ブリザーゴ』は氷属性の上級魔法だ。この魔法の威力なら、天井の本体まで凍りつかせられる。

ほどなく肉塊は完全に凍りついた。壁にコルクの姿を投影していた触手も凍りつき、投影も消える。本体の命も潰えたらしい。

「あ、危なかったぁ〜。ボクの真上まで溶解液が迫ってきてたよ……」

コルクは安心したように呟きながら、氷漬けの肉塊の内部で、「はぁっ！」と叫んだ。何か打撃を放ったらしい。

肉塊は瞬時に粉々になり、中からコルクが元気な姿で出てくる。

「えへへ〜。壁尻も良かったけど、この丸呑みも悪くないね！ 特に中の状況を外に見せるなんて、露出癖にはぴったりだよ。さすがエロトラップダンジョン、ボクと相性ぴったり！」

「さすがエロトラップダンジョン、じゃない！」

俺は再び怒鳴った。さすがに叱責なしでは済ませられない。

「お前、危なかったんだぞ！ もう少し、危機感を持ってダンジョンに挑め！」

「えへへ、ごめんごめん。でも、やっぱり今回も上手くいったじゃん」

「何が！」

「ボクとパパのコンビネーション。ボクがトラップにハマって、パパが男の視点でトラップの狙いを解読して、トラップ解除のアドバイスを口にする。さっきと同じだよ」

「だからって、お前の身に何かあったら……」

「そこはパパが何とかしてくれるって信じられるから。あと、ボクはこんなことでヘコたれないし。普通の女の子がイヤがるHなトラップも、露出癖のボクには好都合なくらい。だから、メンタル面でも問題はなし！」

「そ、そうかもしれないが……」

「よーし、じゃあ次に行ってみよっかー！」

コルクは右手を振り上げた後、改めて俺を摑んで胸の狭間に押し込み、前進を再開した。

5

「よ、ようやく、たどり着いた……」

一時間後。コルクの胸元で、俺は感嘆を込めて呟いた。

目の前には、城門のごとき巨大な扉がある。

「はぇー、大きな扉……」

コルクが扉の全体を見渡しながら尋ねる。

「いかにもボスの手前、って感じの扉だけど……もしかしてここが？」

「ああ。まさしく第〇階層のボスが控える、大広間に繫がる扉だ」

扉の形状は、俺が一五年前にここに来た時とまったく変わっていない。

「じゃあ、この扉を開けて、ボスを撃破すれば」

「第〇階層の攻略は完了し、その先への切符を手に入れる」

「最後の関門ってことだね！　よーし、やってやろうじゃーん！」

「……お前、元気そうだな」

「え？　そうかな？」

コルクは相変わらず元気いっぱいだったが、俺はかなり疲弊していた。正直、コルクの胸元に収まったままの移動でよかったと思っているほどだ。

この一時間で、どれくらいコルクに突っ込みを入れ、コルクが嵌まったHなトラップを解除したのやら。どれも難解なトラップでなかったのが救いだったが……。

おかげで、ふたりして大騒ぎしながら探索を行うハメになり、俺の気力は大きく失われている。体力については、さっきの夕食休憩のおかげで、少しは回復しているが……。

「んー、確かにここに来るまでにいっぱいエロトラップに嵌まったけど、いっぱい恥ずかしい姿をパパに見せてあげられたし、その上でダンジョン攻略も進んだから、一石二鳥な感じ？」

「エロトラップダンジョンの攻略が、お前のストレス発散になってるってことか」

「それはもう！　今のボク、かつてないくらい絶好調だよ！　ビキニアーマー姿でいても誰からも文句言われないし、誰かに気を使う必要もないし！」

「俺には気を使ってくれないのか」

「パパは義理の父親で師匠だもの。さすがにオシメ換えてくれてた人に気は使えないなぁ」

えへへ～、と嬉しそうなコルク。ったく、人の気も知らないで……。

「よーし！　じゃあパパ、このボス戦をきっちり片づけて……」

「あっ、ちょっと待て」

「……？」

不思議そうに振り返るコルク。

俺はコルクと視線を合わせ、おもむろに、今まで考えていたことを口にした。

「このボスは、お前だけで戦え。俺は何のアドバイスもしない」

「えっ!?　でも、それじゃあ……」

「さっきも言ったろ。これは適性試験だ。これまでは成り行きでアドバイスしたり助けたりもしたが、それではいつまでたってもお前の本当の力がはかれない」

「で、でもっ。ボクとパパのふたりなら、どんなHなトラップだって……！」

「……俺はまだ、指南役になると決めたわけじゃない。いや、それに指南役になったとしても、ずっとそのままでいるわけにはいかないだろ。俺がいなくても立派にやっていけるかどうかも、審査の対象だ。このままだと、お前は俺に、おんぶにだっこになっちまう」

「……それは、そうだけど……」

コルクは残念そうに視線を逸らしたが、ほどなく、俺に覚悟を決めたように頷く。

「分かった。確かにパパの言うとおりだ。いいよ。このボスは、ボクだけで仕留めてみせる」

コルクは右手で剣を握り、盾を下ろした左手で扉の取っ手を掴んで押し出す。

ギギギ……と重い音が響く。

その間、俺は自分の言葉に後悔を覚えていた。

俺はコルクに、ウソをついてしまったかもしれない。

本当は、俺自身が怖いんだ。

この先に進むことが。

コルクを失うのは怖いし、そのきっかけを俺が作ってしまうのはもっと怖い。

冒険者を自ら志したのだから、コルクが冒険で命を失うことはありうること。俺はその可能性を受け入れて、一度はコルクを送り出している。

けど、その直接の原因が、『アシュヴェーダ』での冒険になったりしたら……。

そんな俺の本音が、コルクへの無茶な要求として口に出てしまった。

数秒とたたず、コルクは扉を開けきる。

扉の先には、闘技場を思わせる、楕円の広い空間があった。

床にも天井にも、何の異常も見られない。

「ここが、第〇階層の最深部でボスの間？　でも、ボスの姿なんて……」

コルクが剣を構えながら呟いた……その時！

「しまった、真上……！」

一瞬後、コルクの頭上から多数の赤黒い触手が伸び、コルクの全身が絡め取られる。

「きゃぁあっ！　こ、この……！」

コルクはあわてて顎を上げる。俺もそちらを見つめる。

視線の先、真上の天井に、触手の主というべき物体が張り付いている。

人間の臓物が生命を得たかのような、赤黒い不定形のモンスター。表面には数十の口と白い眼球があり、さらには同じくらいの数の、ミミズをグロテスクにしたような触手が生えている。

「パパ、こいつが……！」

「第○階層のボスだ！　ただの触手のバケモノ……だが、かなり強い！」

「強い？　こいつが……？　あがあっ！」

身悶えるコルク。ボスがコルクに絡みついた触手の締めつけをきつくしたのだ。

「ッッ！　奇襲に成功したからって調子にのって……！　『フレイムーゴ』！」

コルクの胸元から発した炎が、右手に握られたままの剣にまとわりつく。

『ブリザーゴ』と同じく、上級の攻撃魔法だ。その名のとおり、炎の属性を持つ。

『魔法剣』。魔法の属性と威力を剣に乗せる、コルクの得意技だ。

「こんのぉぉぉぉぉ！」

コルクは強引に右手を振り、炎をまとった剣で触手をなぎ払った。

触手は炎に包まれながら切断……されたと思った次の瞬間、元の姿を取り戻す。

「えっ!?　どういうこと……あがぁぁぁぁっ！」

さらにきつく締めつけられるコルクの身体。自由だった右手も触手で封じられてしまう。

敵はコルクの全ての指に触手を絡ませ、完全に動きを封じる。もう印は結べない。

「まさか、こんな……！　パパ、こいつ、どうなってるの!?」

「『アシュヴェーダ』の各の階層ボスは、全てが高い再生能力を持つ！　こいつも例外じゃない！　倒したければ、再生能力を上回るダメージを短時間で与えるしかない！」

「……!?　じゃあ、パパたちのパーティが全滅したのも、ひあがぁぁっ！」

触手に吊り上げられ、両足を強制的にM字に開脚させられるコルク。そして……。

「……っ！　なんか、すごいのでてきたんだけどぉ!?」

コルクの股下のあたりに、新たな触手が姿を現す。

それは、まさに男性器のような形状の物体。モンスターの生殖器だ。

生殖器は、コルクのビキニのボトムスと肌の隙間に、抉りこむように接近する。

「……ッッ！　そんな、好き勝手にはぁ……！」

コルクは全身を振り回して触手をほどこうとするが、まったく効果はない。

今までとは違い、コルクの露出癖にスイッチが入っていないことは、余裕のない表情から分かる。つまり、コルクは全力で抵抗していて……それでも脱出を果たせない。

ここまでだ。俺は意を決して叫んだ。

「コルク、『テレポス』で脱出するぞ！　今のお前じゃ、こいつに勝てない！」

「ま、待ってパパ……！」

コルクが血相を変えて俺に叫ぶ。

「ボク、まだ戦える……！　だから、脱出はなし！」

「このままだと何をされるか、お前にも分かるだろ！」

「分かってる！　でも……あうぐっ！」

モンスターの生殖器の先端が、ボトムスの肌の隙間に入り込み、そのまま秘部への侵入を試みる。接合部はボトムスのおかげで見えないが、間違いなくその先端は挿入されつつある。

「コルク……ッ！」

「う、くぅぅっ！」

コルクの力を込めた呻き。生殖器はぐりぐりと円を描くように先端を押し込もうとしているが、なかなか前には進まない。

自分の下半身の筋肉を動かすことで、先端以上の挿入を阻んでいるのだ。

コルクの身体の鍛え方が尋常でないことを示している。しかし、コルクの苦しそうな表情を見るに、抵抗は長く続きそうにない。

このままでは、さらに奥への侵入を許してしまう。おそらく、純潔の証である処女膜を突き破るかたちで……。

「コルク、いい加減にしろ！　このままだと、お前は……！」

「イヤだ！　だってパパ、ボクがここから逃げ出すことを、本当は望んでいるもの！」

「……っ！」

図星を突かれた俺は絶句したままコルクを見る。

コルクはやっぱり、というように辛そうに笑う。

「分かるよ。ボクのパパだもの。だから、ボクだけでボスを倒してみろ、なんて……」

俺は何も答えられなかった。

ただ、それを望んでいなかったといえば嘘になる。

「ボクのことを何よりも大切にしてくれて、だからこそ、ここに連れて来るべきか迷っていたことも。そして、ママたちをここで失ったことを今も悔やんでいることも……」

「コルク……！」

「でも、だからこそ、ボクは諦めない。諦めたくない！」

キッと股下を……自らの秘部を犯さんとする異形の物体をにらむコルク。

「ボクは『アシュヴェーダ』の謎を解きたい！　ママが成し遂げられなかったことを成し遂げて、ママを超えたい！　そしてパパの後悔を消してあげたい！　そのためなら、処女なんて喜んでくれてやるし、いくらでも犯されてもいい！」

コルクの決意が俺の胸を強く打つ。

それは、夢に向かって手を伸ばす冒険者の姿そのもの。

俺が失ってしまった魂の灯火。

冒険者たちがアトラスの街から、『東方辺境』から消えない、最大の理由。

「どれだけ酷い目に遭ったって、絶対に諦めない！　だって、ボクの本当の願いは……！」

次の瞬間、ボスの生殖器がひときわ大きく捻じりながら前に進んだ。ついにコルクの力が尽き、筋肉による抵抗を受けなくなったためだ。

コルクの表情が悲痛に歪み、瞼に涙が浮かぶ。

もうダメだ。俺は視線を逸らす誘惑にかられる。

だが、それは果たされなかった。

なぜなら……その瞬間、コルクの右手の甲から、まばゆい光が発せられたから。

「な、何これ……!?」

戸惑いながら叫ぶコルク。

俺も意味が分からない。

光は、コルクの右の手の甲に刻まれた、文様のようなものから発せられていた。

文様の形は……『アシュヴェーダ』の入り口に刻まれた、あの魔法陣と同じ……！

「パパ、これ、何!?　まさかこれが第一階層に入るための……!?」

「違う！　そんな印は存在しない！　俺も知らない……未知の変化だ！」

発光は止まらない。ボスも光に怯えるように動きを止めている。

コルクが震える声で呟く。

「ボク、分かった……。これは、『アシュヴェーダ』からボクに授けられた、ボクだけの力……」

「『アシュヴェーダ』から授けられた力!?」

それって、『アシュヴェーダ』が自分からコルクにアプローチしてきたってことか……!?

「何か、お前だけに聞こえているのか!?」

「何も……。でも、なぜか分かる。これは、選ばれたものだけに付与される『エロトラップダンジョンスキル』。ボクに与えられたものは、『ビキニアーマーマスターＬＶ１』……」

「『エロトラップダンジョンスキル』!?　『ビキニアーマーマスターＬＶ１』!?」

なんじゃそりゃ！　そんな言葉、両方とも聞いたことねえ！

だが、コルクが嘘をついているようには思えない。

やがて右手の甲の光は止み、魔法陣と同じ紋章だけが赤い痣となって残される。

「コルク、大丈夫か!?　何か、変わったところは……!?」

「分かんない！　身体にも魔力にも変化なんて……がぁぁっ！」

突然、ボスが触手の力を強め、コルクを締め上げだした。生殖器もいつの間にか退いている。

相手を犯すのではなく絞め殺すほうを優先した……それだけ今のコルクを恐れてる!?

「ぐ……！　い、今の、なんだったの、パパ!?」

「分からん！　名前からして、ビキニアーマーに関連したスキルが付与されたとしか……」

「意味分からないよ!?　パパ、今すぐそのスキルの使い方を教えて!?」

「俺が!?」

「パパは男だからエロが好きで、ここはエロトラップダンジョン！　だから、エロトラップダンジョンの考えていることはパパのほうがよく分かる！　証明終了！」

「証明雑すぎじゃないですかねコルクさん!?」

突っ込みを入れながら必死に考える。『ビキニアーマーマスターＬＶ１』。意味が分からないが、確かにコルクにこそ相応しいスキル名だ。露出癖の持ち主だし……。

ん、待てよ。コルクに相応しいスキル……？　って、まさか……！

「そうか、露出癖！　コルク、お前、ビキニアーマー大好きだよな!?」

「へっ!?　だ、大好きだよ！　このまま死に装束にしたいくらい！」

そんな死に装束はやめてくれ。末代までの恥だ。

「だったら、ビキニアーマーへの愛を身体で表現して……全力で露出してみろ！　ビキニアーマーのお前が映える戦いをするんだ！　お前の露出癖を、エロい思考最大で露出しろ！」

「えええええ!?　そんな戦い方、しちゃっていいの!?」

さっきまでの苦しさはどこへやら、喜色満面の顔で尋ねるコルク。

「変態らしい、変態にしかできない戦いをするんだ！　きっと『アシュヴェーダ』は、お前の露出への愛を……エロを求めている！　なんたってここは、エロトラップダンジョンだから！」

「……分かった、パパ！　だったら……こうだ！」

「おわわわわわ！」

コルクは思い切り腰を上下に振った。その勢いで、ビキニアーマーのトップスに包まれた豊かな胸が、俺ごとぶるんぶるんと派手に震える。

と、そこから目に見えるかたちで強烈な衝撃波が生じ、真上のボスに直撃！

気持ち悪い絶叫とともに、ボスの全身が損壊。コルクに絡みついていた触手も引きちぎれる。

「やった！　大ダメージ！　しかも……」

触手から解放されたことで地表に落下しつつ、コルクは真上を見上げる。

粉砕されたボスの身体も触手も、そのまま散り散りになって床に落下する。

「よっし！　予想どおり！」

「ああ、再生しない！　コルク、お前のスキルは、こいつの再生を止められるんだ！　おそらく他の階層のボスたちにも、同じ効果があるはず！」

「じゃあ、今みたいな攻撃を続ければ……！」

コルクは地上に降り立つと、すぐに剣を構えなおし、天井の敵を見つめる。

敵……触手のバケモノのような第〇階層ボスは、傷ついた身体をそのままに、天井を高速で這うことで、コルクを攪乱しようとしている。

「パパ、ちょっと待ってて、すぐに終わらせるから！」

コルクは胸元の俺の背中を摑んでポイと投げ捨て、間髪いれずに駆け始める。

「ボクのビキニアーマーが映える戦い方、とりあえず思いつくのは……こうだ！」

助走をつけてボスにジャンプで近づくコルク。ボスは逃れるのを止め、触手を伸ばしてコルクを捕らえようとする……が。

「おっぱいの次といえばこれだよね！　コルク・ヒップアタァァァァッ！」

コルクはビキニのボトムスに一部だけが包まれたお尻を突き出し、ボスに突っ込んでいく。

風圧でプルプルとたわむお尻、そして全身！

だが、同時にお尻から衝撃波が生じ、ボスが突き出した触手を引きちぎっていく。

一瞬遅れてお尻そのものがボスに直撃。ボスは半身を粉砕され、地表に落下する。

なんとまぁ無茶な攻撃……けど、まさにコルクにしかできない戦い方だ。

露出癖のエルフの少女に与えられた、唯一無二の『エロトラップダンジョンスキル』！

「これでトドメだ！　もう一度、『フレイムーゴ』！」

自らも地上に落下しつつ、コルクは剣を構えた。詠唱と同時に、剣に炎が巻きつく。

「はぁぁぁぁ！」

剣の柄を両手で握り締め、ボスに向けて一直線に下降する。もちろん、大きく股を開き、ビキニアーマーで包まれたそのしなやかな身体をアピールしながら。

今回も衝撃波が発生……けれど、コルクの落下スピードがあまりに速いため、コルクと衝撃波が渾然一体となり、振りかざされた剣とともに敵に向かう！

「チェストォォォォォォ！」

コルクの絶叫。コルクが師事した剣道場に伝わる掛け声だ。

直後、コルクの剣がボスの胴体に突き刺さり……燃え盛りながら衝撃波で弾けとんだ。

6

「いぃぃぃぃえぇぇぇぇぇぇぇぇい！」

ボスの撃破を確認した後、コルクは右手の拳を握っている剣ごと振り上げた。

「ボクの勝ちぃぃぃぃ！　いぇぇぇぇい！　ブイ、ブイブイ！」

白い歯を見せて笑いながら、今さっき地表に降りた俺に右手のＶサインを見せつける。

「これで第一階層への道が開けた！　やった！　やったよパパ！　ボク、パパと一緒に冒険を続けられる！　ボクみたいな変態だって、きっと英雄になれる！」

よほど嬉しいのか、ぴょんぴょんと跳ね回っている。

……一体、俺は今、何を見たんだ？

本当なら、コルクはあのボスに負けるはずだった。

だが、そうはならなかった。

ピンチの中、コルクが手にした『ビキニアーマーマスターLV1』というスキル。コルクによると、それは『エロトラップダンジョンスキル』のひとつだという。

その正体が気にかかったが、俺はそれよりも、もっと大事な疑問を思い浮かべてしまう。

どうしてコルクだけに、謎のスキルが付加された？

どうして、かつての俺のパーティには、一五年前、付加されなかった？

多分、理由はコルクが変態だから。露出癖の持ち主だから。

『アシュヴェーダ』は、コルクのような変態の冒険者たちが、自らの深層に向かうことを求めている。でなければ、ボスに特別な効果を持つスキルを与えるはずがない。

全身に電流が走る。

もしかして、コルクなら本当に、『アシュヴェーダ』を攻略できるんじゃないのか？

コルクなら、一五年前に俺たちが進めなかった場所の先に、進めるんじゃないか？　このダンジョンの全ての謎を解き明かせるんじゃないか？

そして、これからの俺たちの冒険が、こんなにも楽しいものなら……。

「パパ！　これで、文句はないよねっ！」

コルクが右の手の甲を見せ付けるように、俺にガッツポーズを取る。

『アシュヴェーダ』の入り口の魔法陣とまったく同じ紋章。それは、コルクが『アシュヴェーダ』に選ばれ、導かれようとしている、何よりの証明。

俺はコルクに適性があれば指南役になると約束した。だから……。

「ああ。適正試験は終了。指南役についても了解だ。お前は文句なく、エロトラップダンジョンに挑む冒険者だ！」

「えへへへ！」

そういって再びVサインを突きつけるコルクの顔には、俺の暗く沈んでいた心を明るく照らし出す、向日葵のような笑顔があった。

第二章【導かれし変態たち】

1

チュンチュン、というスズメの鳴き声。

コッコッコ、とまな板をナイフで叩く音。

懐かしい響きだった。ここ数年、朝飯は自分で用意するのが常だったから。

「……あれ？」

そこまで考えて、ようやく俺は完全に目を覚ました。

自宅の寝室のベッドで、薄い布団をかぶって寝ている。

「そうか。コルクが戻ってきたから……」

かつて、朝食の準備は弟子であるコルクの仕事だった。

それを考えれば、コルクが今日の朝食を作ってくれていても不思議はない。

と、階段を勢いよく上がってくる音。続けて寝室の扉が開く。

「おはよう、パパ！　よく眠れた!?」

コルクは昨日と変わらない元気な声で尋ねた。

白いエプロンを着ているため、少なくとも身体の前面は覆い隠されている。

昨日のビキニアーマー姿と比べると清らかさを感じる露出度だ。太ももが丸見えなのが気になったが、これは下にスパッツか何かを穿いているからだろう。

「あ、ああ……、朝飯作ってくれていたのか。昨日の今日なのに、助かる」

「これくらい当然だよ！　昨日は帰ってきた後、疲れてすぐに寝ちゃったしね。じゃ、早く起きて！」

「分かった」

俺が頷くと、コルクは身体を一八〇度回転させた。

「待て、コルク」

「何、パパ？」

「……なんでお前、背中が、というかお尻が丸見えなんだ？」

「……パパ、まだ寝ぼけてる？　見間違えだよ、それ？」

「なわけねーだろ！　なんで朝から裸でエプロンなんだよ！」

そう、コルクの姿は裸エプロンだった。

裸エプロンとは、言うまでもなく全裸にエプロンを着ることで、まさしく裸でエプロンだ。

前面はエプロンで隠れているが、後ろはエプロンの紐以外なく、お尻を含め、全部が丸出し。

畜生！　こいつ、自宅でも露出癖を全開にしおって……！

コルクは悪びれる様子もなくニヤニヤしていた。想定内だったらしい。

「えへへぇ……、分かっちゃうよね。というか気づくの遅すぎパパ」

「前から見たら分からなかっただけだ！　朝から何考えているんだ!?」

「だってボク、露出癖の持ち主だもん」

「いやそれはそうだが！」

「えへへぇ。いいよね裸エプロン、まさに露出癖コーデって感じで。いつもは全裸だから、まだちょっと違和感あるけど。ボクは今日、新しい露出の可能性を見出したよ！」

「裸エプロンをコーデとかいうな！　あと、いつもは全裸!?」

「ボク、パーソナルスペースでは基本全裸だよ。いわゆる裸族？　誰かに迷惑かけてるわけでもないし。あ、パパもやってみる？　解放感があってオススメだよー！　ただ、トイレ行った後はしっかり拭いてね。振りまいちゃうから」

「誰がするか！　あと、家では裸エプロンは禁止！　普通の恰好をしろ！」

「えー！　パパのケチー！　いいじゃん自宅なら裸エプロンでもー」

「ダメ！　お客さんが来たらどうする!?」

「普通に裸エプロンで出迎える」

「やめてくれ！　店の風評に関わる！」

「分かった分かった。じゃ、せめて上下の下着はつけるよ」

「よしそれなら……ってダメに決まってるだろ！　あんま変わんねぇよ！」

「いや、これ以上の譲歩は断固拒否！　露出癖が露出しないで、何の露出癖！」

「言語崩壊してませんこと!?」

「ともかく朝ごはんだから、冷めないうちに下りてきてね～♪」

一方的に話を打ち切って去っていくコルク。つける薬がない。とはいえ、朝食を用意してくれる弟子が戻ってきてくれたことは少しありがたい。

俺はため息とともに立ち上がった。

2

「今日は仲間探しを手伝ってほしい？」

「うん！　こうなった以上、もう、ボクと同じ変態を集めて、最深部まで突き進むしかないよ！　せめてあと三人！」

朝食の後、コルクは意気込みもあらわに、自らの主張をぶつけてきた。

……昨日の第〇階層の突破で、コルクは『アシュヴェーダ』第一階層への挑戦権を得た。

それだけでなく、ボスとの戦いで、『ビキニアーマーマスターＬＶ１』なる、未知のスキルまで手に入れてしまった。

『ＬＶ１』とあるからには、経験を積むことで『ＬＶ２』以降を取得できるのだろう。つまり、コルクのような特殊性癖の持ち主なら、特殊スキルの入手と育成が可能ということだ。

今後、『アシュヴェーダ』の攻略に本腰を入れるのなら、コルクと同じような、変態の冒険者を探し当て、パーティを編成するべきというのは道理だ。

だからこそ、コルクは自分と同じような仲間を見つけたいと言っている。

冒険者パーティの基本は四人から六人。

それを考えれば、最低でもあと三人が必要となる。

「ボクみたいな特殊性癖が原因で、普通のパーティに居場所のなくなって困っている冒険者って、大勢いると思うんだ。だから、そういう子たちを集めれば、きっと一致団結して攻略できると思う！」

ぐっと拳を握りしめるコルク。やる気まんまんだ。第○階層の攻略に成功して、自信がついたらしい。

コルクらしい言葉だと思う。

昔からコルクは困っている人がいると放ってはおけない性格だった。今回も、自分と同じように報われない境遇の、特殊な性癖を持つ冒険者たちをパーティに誘い、積極的に救済したいと思っているに違いない。

コルクが冒険者を志したのも、俺たちのパーティのリーダーだった自分の母親が、どれだけ冒険者として人助けをしてきたかを、俺から聞いていた影響だからな……。

「なるほどな……ただ、その話の前に、お前と相談したいことがある」

「相談？」

「昨日も言ったろ。指南役を受けるにしても、ずっと続けるわけにはいかないって。だから、いつまで続けるか、決めておきたい」

「で、でも、ボクにあれだけの適性があると分かったんだから……」

「だからって、延々と付き合うわけにもいかん。お店を放っておくわけにもいかないし……」

「う……、わ、分かったよ」

残念そうに頷くコルク。内心で納得していないのはあきらかだ。

俺だって、コルクの冒険を見守りたいという気持ちはある。

ただ、今はまだ、それを押しとどめる気持ちのほうが強い。

「まず、俺が指南役を務めるのは、第三階層のボスの突破までだ。おまえたちが第四階層に到達したら、俺は指南役を降りる。あとはお前たちで完全攻略を目指せ」

「第三階層のボス？　それって確か……」

「……そうだ。かつて、俺のパーティが全滅した場所だ」

俺が仲間たちを見捨てて逃げだした場所。俺のトラウマの根源というべき場所。

本音を言えば、そんな場所には行きたくない。俺はそこで、苗床にされた仲間たちを見ることになるかもしれない。

正直、それはすごく怖い。

けど、コルクは第〇階層のボス戦で、『アシュヴェーダ』の攻略を目指す理由について、母親を超える冒険者になるためだけでなく、俺の後悔を消すため、とも言ってくれた。

コルクの気持ちはとても嬉しい。できれば、その気持ちには応えてやりたい。

だから、第三階層のボスは、必ずコルクたちと一緒に撃破する。

俺の持てる力の全てを尽くして、コルクたちをそこまで導く。

でも、その先については、俺は自分から踏み込みたいとは思えない。

でなければ、その手前で失われた……志半ばで倒れた仲間たちに、申し訳が立たない。

特に、コルクの母親には。

「……うん。パパがそれでいいなら、それでいい」

俺の考えを察したのだろう、コルクは引き下がってくれた。

「でも、それまではきっちり指南役を務めてね！　約束だから！」

「ああ、そこはまかせておけ。みっちりシゴいてやる」

「みっちりシゴくって……パパ、ボクの裸をオカズにして、ナニするつもり……？」

「そういう意味じゃねえよ！」

「あ、ボク、そういうの全然オッケーだから！　むしろオカズにされると嬉しいし！」

「俺を変な道に誘い込もうとするな！」

弟子で義理の娘をオカズにするとか最悪すぎる。俺にも性欲はあるが、さすがにそこまで飢えてはいない。コルクも冗談で言っているんだろうけど。

「それで、仲間集めの件は……」

「もちろん協力する。せめて四人パーティじゃないと、第三階層の突破は無理だからな」

「やった！　ありがと、パパ！」

「ただ、仲間を集めるといっても、何かアイデアはあるのか？」

「とりあえず冒険者ギルドにチラシを置くのがセオリーじゃない？　で、こんなこともあろうかと、すでにチラシは作ってあったり！」

笑顔でエプロンのポケットの中から、自作のチラシを取り出す。

「おっ、さすが準備がいいな」

俺はチラシの文面を見つめた。コルクのまるく可愛らしい字で、結成を目指すパーティの趣旨や、欲しい仲間の内容、主催者であるコルクの自己紹介が書かれている。

具体的には『エロトラップダンジョン攻略を目指す女の子だけのパーティです！』とか『Ｈなトラップにかかっても気にしない、変態の女の子を求めています！』とか『主催は露出癖で深夜に街中を全裸徘徊するのが趣味の魔法戦士コルク・ロートシルトです。ビキニアーマーで待っています』とか『変態ばかりの和気あいあいとしたパーティです！』とか。

……こんなチラシで本当に仲間が集まるのか？　むしろ集まったら集まったらでメンツが怖いというか……でも、コルクはワクワク顔でチラシを見せていて俺は何も言えない。

「こういうパーティメンバーの募集、ボクの長年の夢だったから。今朝、早起きして頑張って作っちゃった♪　あとで一緒にギルドに置きに行こーね、パパ！」

「そ、そうだな……」

本当は魔道具店の営業日だったが、もう今日は休みにしよう。昨日の疲れもあるし。

その時だった……来客を告げる鐘の音が響いたのは。

「あ、はーい！　今、玄関開けまーす！」

「……っ！　コルク、お前、今の恰好……！」

時すでに遅く、コルクは玄関のドアノブを引いてしまっていた。

「えっ……？」

開け放たれた扉の前にいたのは、魔法使いの少女だった。

いかにも魔法使い、といった外見のとんがり帽子の下には、可憐さを感じさせる小さな顔と、ふたつの三つ編みでまとめられた黒髪がある。

着ている服も、無数の装飾が施された、高級な魔法使い用のローブだ。

右手には、先端に石が付いた、やはり高級そうな魔法使い用の杖が握られている。魔法使いは、特殊な鉱石を備えた杖を使うことで、魔法の威力を高めるのがセオリーだ。

「…………」

魔法使いの少女も、コルクを前にして、呆気にとられている、
無理もない。玄関の先に裸エプロンのエルフがいたら、誰だってそうなる。

というか、今、もしかして俺、社会性のピンチ!?　このままだと、弟子を裸エプロンにさせている変態師匠になっちまう……！

俺はコルクを強引に押しのけ、少女の前で説明を試みた。

「あ、あはははは！　いやその、これには深ーい事情が……！」

「……いえ、そういう気づかいは無用です」

「はえ？」

気品のある声で、魔法使いの少女は俺の言葉を押しとどめる。

「それよりも私、今、おふたりにお伝えしたい言葉があります」

「「おふたり……？」」

俺の脇の下からコルクが顔を出し、不思議そうに少女を見つめる。

そして少女は、すぅーっと息を吸い込み……瞳をカッと見開いて裂帛の大声を放った。

「裸エプロン、その意気やよし！！！！！！！」


「……は？」

凍りつく俺とコルク。

一方、少女は俺たちをガン無視、両頬に手を添え、うっとりと続ける。

「はぁぁぁぁぁ！　まさかいきなり、こんな美味しいシチュに出くわすなんて！　期待以上です！　私の見立ては間違っていませんでした！」

「あ、あの、お客さん……？」

「裸エプロン！　それは完全なロマン！　ふたりの愛がなければ成立しない特殊プレイ！　そんな恰好で料理したら油が飛んで危ないいんじゃないかとか、衛生的に問題がとか、そういう常識を吹き飛ばす高い背徳感！　眼福、これぞまさに眼福……！」

「いやあの、何を言って……」

「ああっ！　完全な裸エプロンではなく、下着上下をつけてのエプロン装着であるのを咎めているわけではありませんよ！　むしろ目のやり場に困るからという、男性に対して合理的な配慮！　しかしその親密さが、両者の関係の強さを如実に示していて……エモーショナル！」

少女は腰を艶めかしく揺らしている。あちらの世界にトリップって感じだ。

なんなのこれ!?　むしろ怖いんですけど……!?

と、少女は突然姿勢を正し、キリッとした顔で懐から名刺を取り出した。

「取り乱してすみません。私、こういうものです」

「……魔法使いの、レミネア・セーラムさん？」

「ええ。今後は親しみを込めて、レミネアと呼んでいただければ。歳は一七です」

「コルクと同じか。でも、名字がセーラム？　どっかで聞いたような……」

「あああ！　ボク、思い出したよ！」

名刺を見ていたコルクが唐突に叫んだ。

「セーラムの名字とこの住所……アトラス御三家のセーラム家じゃない!?」

「えええっ!?　マジ……！」

「はい。セーラム家は私の実家です」

魔法使いの少女……レミネアはてらいもなく頷いた。

冒険者の街アトラスにも貴族の家柄はいくつもあって、有名なのがアトラス御三家と呼ばれる三つの家系だ。セーラム家はそのひとつで、主に水運業で財を成している。

そのセーラム家のお嬢さんが、どうしてこんな場末の魔法道具店に……？

と、コルクがはっとした顔になり、興奮気味に尋ねる。

「もしかして、ボクと一緒にエロトラップダンジョンを攻略をしたい、とか……!?」

「そうです！　話が早くて助かります！」

目を輝かせながら、両の掌を重ねるレミネア。

「コルク・ロートシルトさん、ですよね？　アトラスの街中を夜中に全裸徘徊したエルフとして、昨日のギルド日報に紹介されて。で、噂では、それでパーティを追放された……」

「それボク！　街中を夜中に全裸徘徊するエルフなんて、他にいないし！」

「はい！　街中を夜中に全裸徘徊するエルフ、コルクさん以外に聞いたことありません！」

街中を夜中に全裸徘徊するエルフ……一言一句間違っていないんだが、そう連呼されると、もう少しこう何というか、手心をというか……。

「そっか！　でも、どうしてその情報だけでここに？　ボクがエロトラップダンジョンの攻略を目指すっていうのは、まだ誰にも話していないはずで……」

「実は昨晩、『鹿笛亭』に立ち寄った時、常連の方々がコルクさんたちの話をしていたんです。それで、コルクさんたちの動きを知りまして」

「なるほどー！　確かにボク、あの店で、『一緒に、エロトラップダンジョンを攻略しようよ！』ってパパに叫んじゃったしね。聞いていた人は多かっただろうし」

「コルク」

「あっ……！　ご、ごめん。パパ、じゃなくて先生。レミネアも、今の、忘れて？」

「いえ、できれば今後も、私の前ではパパ呼びを続けてください。恥じることなく」

「は？　なんで？」

「おふたりの話は『鹿笛亭』で伺っています。義理の父と娘でありながら、ともに魔法の研鑽を続けてきた弟子とお師匠様の関係……体面的には後者に重きを置いているものの、実際は前者、いやそれ以上の親密さで接しているという背徳的な絆……」

感極まったように瞼を閉じ、重ねた拳をフルフル震わせるレミネア。

「心が打ち震えます！　エモーショナル！　私の子宮もうずきます！　もう濡れちゃっているかも！　ああいえご安心ください下着の替えは持参しています！」

俺もコルクも、二の句が告げられなかった。

どうするんだよこれ。いきなりすごいの釣れちゃったぞこれ……。

「と、とりあえず、立ち話もなんだから、続きはウチでしない？　お茶淹れるから！」

「はい。ありがとうございます」

コルクの言葉を聞き、ペコリと頭を下げるレミネア。

仕草のひとつひとつが上品で、本当の上流階級というのはこうなんだと意識させられる。口から出てくる言葉は下流もいい所だが。

「あ、コルクさん、ちょっと確認させてもらいたいことが」

「え？　何？」

レミネアはコルクに近づくとしゃがみ込み、股下のあたりを凝視した。

「……何も差し込んでませんね」

「何をだよ!?」

3

「セーラム家を、追放された……？」

一階の食卓。思わずレミネアの言葉をオウム返しした俺に、本人は「はい」と涼しげに答えた。

「正しくは勘当（かんどう）ですね。ここを訪れた経緯をまとめれば、そうなります」

「いやいや、ちょっと待って……」

瞬間的に覚えた頭痛に額を押さえる。

まさか、本当にコルクと同じような流れで、ここに辿り着く冒険者がいるとは……。

「ええと、経緯を詳しく伺っても……？」

「ひとつは、私が冒険者を志したことが原因でしょうね」

レミネアは後悔を感じさせない口ぶりだった。

「私、幼い頃から冒険者になるのが夢だったんです。魔法も独学で学びました」

「ど、独学で……？　師匠もなく……？」

「はい。実家の書庫には先祖が遺した魔法の教本が何冊もありましたので」

当人はあっけらかんと答えているが、実際は常人のなせる業ではない。

魔法は個々に適切な詠唱文、印、抱くべきイメージがあり、しかもそれらには個人差がある。例えば、燃え盛る巨大な炎を見たことがない人間には、強力な炎系の攻撃魔法が使えない。

魔法が師弟制度で受け継がれているのは、師弟という濃密な関係でなければ、魔法の体系を正しく伝授できないという現実に即している。

それを、この子は独学で……？

「ぐ、具体的には、どんな魔法を、どれくらい……？」

「専門は攻撃魔法です。上級クラスをひと通り。他には中級の補助魔法と回復魔法のいくつかを。あ、もちろん『テレポス』は使えますので、ダンジョン内からの脱出も任せてください」

魔法使いとしては上の中くらいということだ。本当にすごい魔法使いだと、これに加えて、上級の補助魔法や回復魔法、最強の攻撃魔法である特級まで使いこなしてくる。

俺も上級の攻撃魔法と、中級の補助・回復魔法を使えるから、レミネアと同格になる。もちろん、それだけの魔法を独学で身につけたレミネアのほうが、俺よりも才能があるし、今後の成長も見込める。

ちなみにコルクは幼い頃から母親と同じ魔法戦士を目指していたので、俺から学んでいるのは攻撃魔法のみ。

コルクも上級の攻撃魔法を扱えるが、『魔法剣』への使用を前提とする修行をしたため、命中精度や投射距離の修練はおざなりとなっている。魔法使いとしての総合力は、魔法だけを集中して研鑽してきたレミネアのほうが上だろう。

「独学でそこまではすごいね。でも、そこまでしたのに勘当されたってことは、親が冒険に出ることに反対して、それでケンカになって……という流れ？」

「はい。ただ、私と父とは以前から不仲でしたから、本質的な理由ではないでしょう。むしろ、私が冒険に出ると言い出したことで、嬉々として勘当したと聞いています」

「じゃあその、本当の理由っていうのは……」

レミネアはうなずくと、キリッと俺とコルクを見つめ……再び大声を放った。


「私、Hな話が大好きなんです！！！！」


「は、はぁ……!?」

「……ッ!?　ちょっと待ってください。今の表現では伝わりにくいかもですね……」

レミネアは考え込むような顔になり、改めて大声を発する。

「私、猥談が大好きなんです！」

「どっちも同じだ！　しかも微妙にイヤらしい感じになってる！」

「……？　猥談もHな話も同じ意味と思いますが。あるいはもっとはっきり、下ネタと言うべきですか？　お●●●●とお●●●の摩擦に関する話、とか？」

「もっとマズいわ！」

　不要な会話の上にどんどん表現が不穏になっていく！　なんだこの流れ……!?

　コルクが苦笑しながら尋ねる。

「アハハ……ええと、つまり、レミネアはHな話が好きで、それでお父さんと不仲になったってわけ？」

「はい。私、そうした次第で、魔法の勉強と並行して、いろいろと研究をしていまして」

「研究って……」

「もちろん、この世のありとあらゆるHな話題についてです！」

　キリッとした顔で答えるレミネア。そこでキリッとしなくていい。

「おかげでいろいろな知識、いろいろな性癖も身につきました」

「性癖って、さっきのように裸エプロンでエモーショナルを感じちゃう、みたいな？」

「さっきのようにというか今も体感中ですが、ええ、そうです」

「はぁ……」

「多分、私は可愛い女の子が好きなのでしょうね。可愛い衣服を着た女の子も好きです」

「じゃ、じゃあ、男の子は……？」

「男の子も好きです。かっこいい男の子は好きですし、かわいい男の子も好きです。男の子と女の子が絡むことも大好きです。女の子同士も大好きです。男の子同士も大好きです」

「女の子同士？　男の子同士？　どういうこと？」

「そういう性癖もあるのです。コルクさんのお師匠様なら、聞き覚えがあるかと？」

「ま、まぁ、噂には聞くかな……」

実際は噂どころではなかった。アトラスの風俗街にはそういう嗜好の娼館がいくつもある。

「真面目な性格の父にとって私の性癖と研究は許しがたいものだったようで……おかげで年々関係が悪化、最終的に勘当されたわけです」

「ええと、パパの前で何だけど、レミネアはそういう性癖というか、そういう行為が好きってわけ？」

「つまりは自分のお●●●にお●●●●で摩擦を生じさせて快感を得るのが好きか、と？」

「はっきり言いすぎ！　そのとおりだけど！」

「答えは『いいえ』ですね。少なくとも今の私には、誰彼構わずそうしたいという願望はありません。どちらかというと、知的な興味といいますか、そういう行為をなぜ人は行うのか、そういう性癖をなぜ人は持つのか、そちらに関心がある感じです」

「あー、なるほど。つまりこういうことだね」

コルクが合点したように手を打った。

「ボクは町中を夜中に全裸徘徊するのが好きだけど、レミネアはボクがどんなふうに全裸徘徊するか、あるいはなぜ全裸徘徊するか、全裸徘徊の結果としてボクが何を感じるか、みたいなことに興味があるわけだね」

「正解です！　そして私はコルクさんが街中を夜中に全裸徘徊する時、身体にどのような変化が起きるのかにも興味があります！　恥ずかしくて体温は上がるのか、胸の先っぽは充血するのか、お●●●はどうなるのか、昼間と夜中でその具合に変化はあるのか、とか！」

「えへへ～、それは秘密～♪　露出癖の持ち主だけが分かること～♪」

「くっ……！　焦らしますね。いいでしょう、受けて立ちます！　パーティ参加の暁には、必ずやコルクさんの夜間街中全裸徘徊の現場を押さえて、真実を突き止めてみせます！」

悔しそうに、そしてやる気マンマンに拳を握りしめるレミネア。

……これは確かに追放一択だ。

こんなのがアトラス御三家の令嬢ってのが公になれば、セーラム家にとっては恥でしかない。先手を打っての追放が正解とさえいえる。

「……で、どうして、俺たちのエロトラップダンジョン攻略に参加を？」

話を本題に戻すべく俺は尋ねた。

「先ほど申し上げたように、私はHな話が大好きです。そしてその興味は、なぜかHなトラップ満載のダンジョンである『アシュヴェーダ』への興味に繋がりました。いったい『アシュヴェーダ』とはどのようなダンジョンで、どのように生み出されたのか……と」

「その繋がりは納得だけど、『アシュヴェーダ』には、一応、淫邪神の封印先という由来があるはずだが。眉唾モノではあるけど……」

「はい。ただ、私の『アシュヴェーダ』への興味は、そういう史的な観点ではありません」

「……？」

「まず、『アシュヴェーダ』が古くから存在する『生きたダンジョン』であること。それは、私が収集した多数の古文書から証明されています」

レミネアの真摯な表情。そこには魔法という、合理だけでは説明できない現象を扱うものに相応しい、真理の探究者としての顔があった。

「『アシュヴェーダ』を巨大なひとつの生物として見れば、これほど長寿の生物は他にありません。しかも、Ｈなトラップに嵌まった女性は、モンスターの苗床にされるといいます。普通、ヒトは、モンスターと子供を作れません。『アシュヴェーダ』は、種の違いを超越する強い交配能力を、他の種族に付与できると想像されます」

「な、なるほど……」

「『アシュヴェーダ』がそうした生物なら、その知見を私たちが知ることで、回復魔法ではフォローが難しい、病気や不妊の治療に役立てられるかもしれません。私はそうすることで、ヒトという種の発展に貢献したいのです」

同じ魔法使いの俺から見ても、レミネアの考えには一理あった。

魔法の体系のひとつには回復魔法があり、多くの魔法使いがこれを体得しているが、その魔法の多くは怪我の治療に特化している。

一方、病気や精神的な患い、生まれながらの疾患に対応する魔法はほとんどなく、薬品や食事による療法頼みとなっている。

にしても、『アシュヴェーダ』をそういう視点で眺める人間がいるとは。

レミネアはその性癖のおかげで、他の魔法使いにはない、鋭い洞察力を獲得した気がする。

「何しろ、ヒトの種が発展するということは、みんながみんな、子作りのためのHをしていくというわけで……そうなれば世の中の貞操観念はもっと緩くなり、誰もが恥ずかしがることなくエロトークをするという、私にとって幸せな環境が出来上がります！」

太陽のように眩しい笑顔でろくでもない主張を口にするレミネア。

前言撤回。こいつただの変態だ。コルクと同じように救いようがねえ……！　しかも、頭が良い分なおさらタチが悪い……！

「というわけで、コルクさんの仲間に加えて頂けませんでしょうか？　コルクさんの役職は魔法戦士と伺っています。私のような魔法使いなら、多少はお役に立てると思うのですが……」

俺とコルクの顔を見て、探るように伺うレミネア。

コルクがちらりと俺を見た。俺は視線で「お前が決めろ」と促す。

コルクはレミネアをしばらく見つめた後、ぱっと表情を笑顔に変えて言った。

「もちろんだよ！　レミネア、ボクは喜んでキミを仲間として迎えるよ！」

「そうですか！　よかったぁ～。断られたらどうしようかと思っていました」

胸に手を当て、ほっとした顔で応じるレミネア。

「実は家を追い出された後、いくつかの冒険者パーティに参加したのですが、こちらもことごとく追放されていまして」

「そ、そうなの……!?」

「ええ。誰も私のHなお話に付き合ってくれず……」

しゅんと肩を落とすレミネア。そりゃそうだろ。

「それでレミネア、これからどうするつもり？」

「いったんお暇します。これから仲間集めですよね？　お手伝いしますので、方針が決まったら、改めてご連絡いただければ」

「そうじゃなくて、どこで寝泊まりしているかなって。お屋敷にはもういないんでしょ？」

「はい。最近は、大通りの近くの宿を拠点としています」

「だったらウチに来ない？　ウチ、空いている部屋いっぱいあるし。それにパーティを組むのなら、同じ場所に住んだほうが何かと都合がいいし」

「お、おい、コルク！　そんなことを許した覚えは……」

「パパだってそう思うでしょ？　パパとしても、みんなを指南しやすいと思うけど」

「まぁそうだが……分かった。ただ、さすがにタダは無理だ。宿泊費はもらうぞ」

「やった！　というわけでレミネア、その宿を引き払って、ウチに来ない？」

「よ、よろしいのですか……!?」

「うん！　だってこれから一緒に冒険をする仲間じゃない！」

「あ、ありがとうございます！　私、そういうのに憧れてもいたので……！　やっぱり、冒険者パーティは一つ屋根の下に集ってこそ、ですよね！」

「そうそう♪」

「気心が知れた仲間同士、なんでも話せますものね！」

「うんうん♪」

「恋とか愛とかHの話とか、好きな体位とか弄られて気持ちいい場所の話とか！」

「う、ううん……？」

「は～！　これから同じ変態同士、好きなだけHな話ができると思うと、心ときめきますし子宮も疼いてあそこも濡れます！　エモーショナル！」

「………」

「では、夕方にまたお邪魔させていただきますね。これから、よろしくお願いします」

レミネアはにこやかに手を振り、玄関から出て行った。

静寂が戻った食卓で、コルクが腕を組み、躊躇いが滲(にじ)んだ声で言った。

「……早まったかな？」

「お前が言うな！」

4

「わー！　コルクちゃんじゃない、久しぶりー！　元気してたー!?」

「アマツさん！　本当に久しぶり！　元気元気！　アマツさんはー!?」

レミネアが自宅から去ってから一時間後。

俺とコルクは、冒険者募集のチラシを持って、冒険者ギルドを訪れていた。

駆け出しの冒険者が、仲間集めのためにギルドにチラシを置くのは常套手段だ。ギルドとしても、冒険者パーティの増加は望むところなので、無料で置き場を貸してくれる。

で、俺たちがギルドに顔を出した途端、アマツさんが姿を現したというわけだ。

俺とアマツさんは現役時代からの付き合いだから、当然、コルクのことは幼い頃から知っている。アマツさんにしてみれば、年の離れた妹のようなものだろう。

本当に久々の再会だったようで、お互いに軽く抱擁を交わす。

あ、コルクは昨日と同じくビキニアーマーです。

『アシュヴェーダ』の中やその道中ならともかく、街中の昼間でそれもどうかと思ったのだが、もう訂正を求めるのも面倒となり、その姿での外出を許可した。

おかげでコルクを見た人々は一応に驚いたり顔を赤らめたりしたが、特に咎められることもなく、コルクも露出癖を満たせるということで幸せそうだった。

コルクの肩に両手を乗せながら、アマツさんが言った。

「もちろん元気よ。それよりコルクちゃん、ちょうど昨日の今頃に話を聞いたの。いろいろ大変だったみたいね……」

「んーん、大丈夫！　気にしてないから！」

「そう……。ダイチさんも、昨日は申し訳ありませんでした。私、コルクちゃんがあんなことになっているなんて、露程も知らず……」

「気にしないで大丈夫ですよ。俺もあの後、すぐにコルクと会って状況を把握しているんで。むしろ、アマツさんが知らなくてよかったですよ。アマツさんにあの場でコルクの話をさせてしまったら、あまりに申し訳がなさすぎる」

「そう言っていただけると、ありがたいんですが……」

「あ、頼まれた商品は、来週中には手配します。時間があるときに店に来てください」

「ありがとうございます。頼りにしていますね」

朗らかに笑うアマツさん。昨日と今日で、ふたりの変態とたっぷり会話をしているためか、アマツさんの常識人っぷりに癒やされる。

と、コルクが不機嫌そうに頬を膨らませ、こちらを見ている。

「なんだ、コルク？　俺、なんかマズいこと言ったか？」

「べぇーつぅーにぃー。でもなんか、アマツさんとパパ、前以上に仲が良いように見えて」

「そりゃ仕事で付き合いがあるからな」

「そういうことじゃないの、分かんないかなぁ？」

「はぁ？　どういうことだよ」

「ふーんだ」

唇を尖らせながら、チラシを所定の場所に置きに行くコルク。意味が分からない。

「あ、そうだアマツさん、これ、置かせてもいますので、よろしくお願いいたします」

「チラシ？　あ、コルクちゃんの新しい冒険者パーティ、ですね」

「ええ。ゼロから再出発ということで。ちょっと変わったパーティになりそうですが」

「変わったパーティ？」

俺はチラシの一枚をアマツさんに渡す。

「……ッ！、これって……！」

「うん、そう。コルクの要望を受けて」

アマツさんは俺のかつてのパーティがどうなったか、コルクがどうして俺の下に預けられたかを知っている。チラシを見るだけで、こちらの事情は察してくれるだろう。

「俺はこのパーティの指南役になりました。朝令暮改（ちょうれいぼかい）もいいところですが……まぁ、可愛い弟子のために、最善は尽くしたいなと」

アマツさんは何か言いたげだったが、すぐにさっぱりと微笑んでくれた。

「承知しました。冒険者ギルドとしても、全力でサポートさせていただきます」

「ええ、お願いします」

「どんとこいです。ダイチさんの復帰に繋がるかもしれないのですから」

アマツさんが機嫌良さそうに事務所に戻ると、入れ替わりでコルクが戻ってきた。

「パパ、掲示板にチラシ貼ってきたよ」

「よし。じゃ、ギルドでの用事は終わったな。帰るか」

そんな会話をしながら、ギルドの入り口に足を向けた、その時……。

「ふざけるな！　てめえ、今何て言った！」

荒々しい怒声。思わずコルクと立ち止まり、声の方向を向く。

ギルドの喫茶スペースで、数名の冒険者たちが、ひとりの冒険者に食って掛かっていた。

食って掛かられている冒険者は、見慣れない異国風の装束を着て、椅子に座っている。赤みがかったボブカットの髪に、星のような形のリボンをつけている。

「パパ、あれって、冒険者同士のケンカ……？」

「ああ。ただ、珍しいな、忍者がいるなんて」

「忍者？」

「冒険者の役職のひとつだ。『東方辺境』のさらに東の『極東』から伝わった、忍術、という暗殺術の専門家だと聞く」

「暗殺術？　それはすごいね。でも、『東方辺境』では……」

「ああ。ダンジョンや遺跡の探索で、暗殺術はあまり役に立たない。戦乱が盛んだったころは要人の暗殺に活躍したそうだが、今では衰退して、あまり担い手がいないはずだ。女の忍者はくノ一と呼ばれて、ほとんど絶滅危惧種だったはず……」

俺とコルクの会話を他所に、そのくノ一の少女と、冒険者たちの対峙は続いていた。

くノ一の少女が、冷たい、氷柱のような声で冒険者たちに応じる。

「聞こえなかったか？　貴様たちとは、今日限りで縁を切らせてもらうと言ったんだ」

「んだと！　てめえ、今まで俺たちが食わしてやっていた恩も忘れて……！」

「某と貴様たちの契約では、某の食費は貴様たちの負担であったはずだ。恩義を感じる必要を認めない」

「対価なら支払っている！　金は先払いしたし、お前のスキル、ええと、ヤムイモ流？」

「山田流忍術。間違えるな」

「うるせえ！　その、ナントカ忍術の宣伝については、この冒険者ギルドに……」

「チラシを置いた程度で果たされた？　笑わせるな。某の望みは山田流忍術を世に広く知らしめること。それを踏まえれば、まったく不十分だ。頼まれた仕事も、貴族の屋敷に忍び込んでの泥棒など、チンケなものばかりだったしな」

「んだとぉ！」

「とにかく、お前たちにはこれ以上付き合えない。加えて。ここは冒険者ギルド、このような公の場で事を荒立てるようなら、某とて容赦はしない」

「ッッ！　何がタマイモ流だ、ただのビッチアサシンが！　てめえなんざこっちからパーティ追放して、その上で修正してやる！　おい、表へ出……」

リーダー格の男がくノ一の少女の肩を掴もうとした瞬間、それは起こった。

「ぐあぁぁぁぁぁぁ！」

リーダー格の男は、あらぬ方向に弾き飛ばされた。

そのまま壁に衝突。全身には、白い膜が張りつき、動きを封じている。

「ふぐぅー！　ふぐぅー！」

男は脱出を試みるが、膜の強度が強すぎて抜け出せない。

「……っ！　貴様、よくも……！」

もうひとりの冒険者……長槍を持ち、派手な鎧を纏っていることから、おそらく竜騎士……が槍を突きつけようとする……が。

「なぁぁっ!?」

槍は一瞬で白い膜に包まれた状態で少女の手に渡り、逆に相手の顔に突きつけられる。

「うぐッ！」

「このアマ、調子に乗るなぁ！」

最後に残った弓兵と思われる冒険者が距離を離しながら弓を構えて、矢を放つ。

だが、その矢もくノ一の少女が目前に展開した蜘蛛の巣状の何かに絡めとられる。

「そんな……がぁぁっ！」

弓兵も最初の男のように、一瞬で白い膜に全身を包み込まれ、床に転がる。

残ったのは、槍を顔面に突きつけられた冒険者だけだった。

「まだやるか？」

「ぐ、お、覚えていろ……！」

竜騎士はサナギ状となったふたりの仲間を抱きかかえて逃げていった。

ギルドの喫茶スペースに、静寂が戻る。

他の冒険者たちは言葉もない。ただただ目の前の出来事に言葉を失っている。

だが、コルクと俺は、その例外だった。

「パパ、見た？　今の……」

「ああ、見た。俺の使い古しの目でも、ぎりぎり見えた」

「ボクは見たよ。はっきり。間違いない」

コルクと視線を交わし、言葉で答えを合わせる。

今、あのくノ一は……。


「母乳で、敵の動きを封じた……！」


信じられない。だが、俺とコルクが同時に視認したのだから、勘違いはあり得ない。

今、くノ一が見せた敵の動きを封じる全ての動作には、前段階があった。

掌で胸元を揉んだのだ。

くノ一は次の瞬間、腕の装束の先から白い粘液を放ち、相手を白い膜で覆ったり、攻撃を防いだりした。

間違いなくあれは母乳だ。微かに大気中に香るミルクの匂いが、その証明だろう。

おそらく母乳は胸元から装束に編み込まれた糸のような細い管で、手先へと運ばれている。

分からないことだらけだったが、ふたつだけ、理解できることがあった。

ひとつは、彼女は優秀な冒険者、一流の忍であること。

もうひとつは……。

「……パパ、いいよね？」

「あ、ああ……」

そう、母乳を武器に戦う冒険者が、まともな性癖であるはずがない。

おそらくこのくノ一も、コルクやレミネアと同じく、アトラスで生きる変態の冒険者！

「あ、あの……！」

コルクから掛けられた声に、くノ一は意外そうに顔を上げる。

「すみません、大事なお話が、あるんですが！」


「なるほど、エロトラップダンジョン攻略の仲間を探していて、私に目をつけたと……」

コルクの話を聞いた後、くノ一の少女は感慨深そうに答えた。

唐突な展開にも関わらず、まったく心が乱れた様子がない。

「承知した。そういうことなら、その誘い、喜んで受けよう」

「え？　そんなあっけなく……。いいんですか、本当に？」

「どうした。なぜ驚く」

「いや、さっきの話だと、そちらの冒険の目的は、その、何とか忍術の宣伝とか……」

「そうだな。では、本題に入る前に、自己紹介をさせてもらおう」

くノ一の少女はピンと背筋を伸ばした。

「某は山田流忍者のひとり、イクノ・ミドウだ。忍者の伝統では名字と名前が逆転して『御堂イクノ』となる。年齢は一八歳。呼び方はイクノでいい」

「うん。ありがと……。で、イクノ、山田流忍術って……」

「山田流忍術とは、忍術の間に伝わる伝統的な暗殺術のひとつで、女体を駆使した特殊な忍術、いわゆる淫術(いんじゅつ)の体系だ」

「い、いんじゅつ……？」

「山田流忍術は、くノ一専門の忍術として生み出された。くノ一は男性忍者よりも筋力に劣る代わりに、受胎に関わる様々(さまざま)な機能を持っている。この機能を暗殺術として利用するのが、山田流忍術だ」

　他人に同じ説明を何度も繰り返してきたのだろう、口調に淀みがない。

「先ほど見せた技も淫術だ。某に声をかけたということは……見えたのだな？」

「はい。あれって、母乳を飛ばしたんですよね？　蜘蛛みたいに……」

「『忍法・白蜘蛛(しらくも)縛り』。山田流のくノ一は厳しい鍛錬により、胸をひと揉みするだけで特殊な性質の母乳を出せる身となっている。この技で出す母乳は、蜘蛛の糸のように相手の動きを止められる」

「は、はぁ……。つまり、イクノはその山田流忍術の使い手だと……」

「ああ。もっとも某以外に山田流忍術の継承者は存在しないと思われるが」

「そ、そうなの……!?　でも、どうして……」

「山田流忍術は忍者たちに伝わる忍術の中でも傍流で、継承を希望するものが少なかった。師匠や仲間の弟子たちも、全員が『東方辺境』で命を落としたと聞いている。もはや某以外、アトラスで活動している山田流のくノ一はいまい」

「じゃあ、その後継者を探すために、山田流忍術の宣伝を……？」

「うむ！　闇に生き、闇に消えるのが忍者の宿命とはいえ、某の生涯をかけて身につけてきた山田流忍術が潰えるのはあまりに惜しい！　それに、再び世が乱世となれば、山田流が必要とされる時がくるかもしれない！」

「か、かっこいい……！」

コルクが瞳を輝かせて拳を握る。

……ま、まぁ、気持ちは分からなくはない。最近の冒険者は血気盛んな連中ばかりだから、イクノほどストイックな冒険者は珍しい。

「そこに、お前たちのような、面白い話を持ってくる冒険者パーティが現れた。なので、某としてはお前たちの目指すものに懸けてみたい、というわけだ」

「う、うん。気持ちはすごく嬉しい、でも、エロトラップダンジョンと山田流忍術の相性が本当にいいかどうかは……」

「エロトラップダンジョンは、女に恥辱を与え、苛める仕掛けが満載なのだろう？　まさに山田流忍術の独壇場だ」

「そ、そうなの……？」

「何といっても某、『責め受け』のエキスパートだからな！」

「せめ、うけ……？」

　話の流れが急に変になってきた。いや、今回は最初から変だったが、それ以上に！

「某、これまでに数十回以上、潜入の仕事中に敵に捕縛され、凌辱を受けてきたからな。もう、受けたことのない辱めなどないくらいだ！」

「は、はぁ……」

「ヒトの相手がほとんどだが、他にもいろいろしたな！　そういえば、オークの群れを相手にしたことがある！　あれは大変だったな！　もうとにかくでかいわ太いわ激しいわの三拍子で……全員枯らすのに三日はかかった！　そういえば処女を失ったのは、確か……」

「ストップ、ストォォォォオップ！」

　コルクが慌てて声をあげた。

「わ、分かった、分かったから！　つまりイクノは立派な山田流忍術の使い手で、エロトラップダンジョンに挑む人間としては適任……と主張しているわけだよね!?」

「うむ！　どのような淫らなモンスターが出現しようと、某が贄となれば他の味方の安全は確保され、反撃のチャンスも得られよう！　人を呪わば穴二つ、だ！」

「それ違う意味だから！　その穴はそっちじゃないから！」

「アッハッハ！　そうかもしれん！」

「いやそうかもしれん、じゃなくてそうだから！」

　快活に笑うイクノ。

やべえ。まじやべえ。

露出癖のコルクも、猥談大好きのレミネアもやばいが、イクノもまた違ったやばさがある。

しかし、本人も自覚しているとおり、エロトラップダンジョン攻略の適性はピカ一だ。エロトラップによる凌辱を全く恐れていないメンタルも頼りがいがある。

コルクは感極まったように、イクノの右手を両手で握りしめた。

「じゃあ、お願い、イクノ！　ボクと一緒に、エロトラップダンジョンを攻略して！」

「その依頼、喜んで受けよう！　山田流忍術、一世一代の晴れ舞台だ。我が身命を賭して、お前たち……いや、コルク殿らを最深部に到達させてみせよう」

「殿って……ボク、そんなに偉い立場じゃないよ」

「これも忍者の流儀だ。他の流儀もおいおい見せていく今から楽しみにしていてくれ！」

今度はイクノが、コルクの両手を自ら両の掌で包み込む。

感動的なシーン……なのか、これは？

ただ、コルクはこれで、早くもふたりの仲間をゲットしたことになる。

「で、これからの話なんだけど……」

コルクは今のパーティの拠点がアトラスの自宅にあること、他にもうひとり、魔法使いの仲間が加わりつつあり、皆でそこに同居する方針でいくことを伝えた。

「承知した。ちょうど某も、近くの宿を借りていたところだ」

「よかった！　じゃあ、荷物の整理が終わったら、ウチに来て！」

「うむ、某の私物は少ない。早速、今日の夕方から厄介になることにしよう」

「いいね！　夕方にはレミネアも来るから、今日はお祝いだ！　準備して待ってるね！」

「楽しみにしている。ところで、そちらの主殿」

「え、俺？　主殿？」

「うむ。そちらがパーティの指南役であれば、某にとってはかたちの上で主となる」

「はぁ……それで、俺に何か？」

「ひとつ伺いたいが、最近、女体に飢えていたりはしまいか？」

「はえっ!?　女体!?」

「ええええええっ！」

ふたりで素っ頓狂な声を上げる。

ストレートに言えば、女の子とＨしたいかってこと……？

「まぁその、ご無沙汰ではあるが……どうして？」

「知ってのとおり山田流忍術は女体を駆使した暗殺術で、その鍛錬には男性がいると便利なのだが、最近は相手に恵まれていなくてな。それで、もし主殿が乗り気なら、と思って」

「は、はぁぁっ!?」

「驚く話ではあるまい。常に己の実力を発揮するには、日々の弛まぬ鍛錬が必要だ。我が山田流忍術もまたしかり。それだけの話だが？」

「そ、それは分かるが……」

ちらりとコルクの顔色をうかがう。

コルクは……あからさまに俺の正気を疑うようにジト目で見つめていた。

俺は苦笑しながら手を振った。

「遠慮しとくよ。そっちの欲がないわけじゃないが、俺はあくまで指南役だしな」

「承知した。少し残念だが、致し方あるまい」

不敵に微笑みながらイクノは立ち上がった。

「必要ならばいつでも申し出てくれ。この身体、主殿のために躊躇いなく差し出そう」

イクノを冒険者ギルドの玄関で見送った後、コルクは俺の脇腹を肘で小突いた。

「……早まっちゃダメだからね、パパ」

「何の話!?」

「分かってるくせに……」

5

「意外にいっぱい買っちゃったねー」

「そうだな」

夕刻、俺とコルクは、アトラスの街の路上を歩いていた。

　ふたりの両手には、たくさんの食料品の入った麻袋。ついさっきまで、商店街でコルクと今夜の歓迎会のための料理の材料を見繕っていたものだ。

　料理は全てコルクに任せる予定だ。コルクには子供のころから料理を手伝わせていたから、だいたいのものは作れる。

「〜〜♪」

　コルクは上機嫌だった。イクノとの会話を終えたすぐあとは、イクノが最後に振った話で機嫌を損ねたようだが、商店街でふたりで買い物しているうちにそれも薄れたようだ。

　よかった……のか？

　まぁ、あの話で、コルクの機嫌が悪くなるのも分かる。義理の父親として、師匠として、みっともない姿を見せるな、ということだろう。

　鼻歌を気持ちよさそうに奏でながら歩く愛弟子に尋ねる。

「嬉しそうだな」

「そりゃ嬉しいよ〜、今日だけでふたりも仲間が見つかったんだから！　狙いどおりとはいえ、思った以上の成果だよ！」

　こういう子供っぽいところが、こいつの可愛さなんだよな。親バカ視点だが。

「残りはあとひとりだけど、この調子なら何とかなりそう！　冒険者ギルドに置いたチラシだって、見てくれる人は大勢いるはず！　今から成果が楽しみだよ！」

「そ、そうだな……」

相変わらずあのチラシでどんな人間が興味を持つのか想像がつかない。逆にこっちが制御できないくらいの壮絶な変態を呼び込んでしまったらどうしようと思う。

とはいえ、仲間探しは、駆け出しの冒険者にとっての登竜門で、その後の流れを決める重要なイベントだ。

ウマが合う仲間を見つけられたのなら、それは消えない絆になる。

できれば、コルクやその仲間たちも、そうした絆を紡いでほしいと思う。

「あれ？　パパ、あそこにいるの、レミネアとイクノじゃない？」

自宅の目の前で、レミネアとイクノが立ち話をしている。近くには馬に繋がれた大きな荷馬車と、御者らしき人物もいる。

おいまさか、あの荷馬車って……。

「ふたりとも、もう来てたんだ。ごめんね、遅れて」

レミネアとイクノは、笑顔でコルクを迎えた。

「いいえ、私もさっきここに来たばかりです。で、そこでイクノさんに出会って、話をしていました。良かったですね、すぐに三人目が見つかって！」

「うん！　レミネアもイクノも、自己紹介は済んでるわけだね」

「うむ。彼女が噂の『アシュヴェーダ』を研究する魔法使い……これからよろしく頼む」

「私もです。女体を駆使して敵を倒すという山田流忍術……まさに極東の神秘、エモーショナルです！　これからよろしくお願いしますね、イクノさん」

「よかった。みんな、仲良くなれそうで」

嬉しそうにふたりを見比べるコルク。

「で、後ろの荷馬車は？　もしかして、レミネアの……？」

「はい。全て私の私物です」

レミネアは特に違和感を覚えていないように答える。

「私の集めたＨな本や、数は少ないですが『アシュヴェーダ』に関する資料です。屋敷にはこの一〇倍がありますが、さすがに勘当された手前、これだけしか持ち出せませんでした」

「そ、そうなんだ……」

「本当は『道具袋』に入れて常時携帯したいのですが、容量が足らなくて……」

『道具袋』は魔法使いだけが使える魔法道具だ。見た目は普通の手提げ袋だが、中に酒樽三～四個分くらいの道具を詰められる。上級の冒険者たちは、この『道具袋』に食料や寝具、回復アイテムなどの日用品を入れて、長期間の遠征に繰り出す。

冒険者パーティの活動の幅を広げてくれる便利なアイテムだが、作れるのが僻地（へきち）に住むエルフだけで、大変にレアで高価。このため、一般には普及していない。

「お部屋をお借りできるということだったので、こちらも収容させていただければと思い、宿から持ってきました……何か不都合でも？」

「だ、大丈夫だよ！　うん、何とかはなると思う……」

「ありがとうございます。私、屋敷での生活が長かったせいで、他の方々の暮らしというものはよく分からず……。なるほど、やはりこの程度の荷物の量が適正だったのですね」

「そ、そうかも、ね……」

実際には、自宅の空き部屋はひとつだけだ。しかし、これは最後の四人目に取っておく必要があり、そうとなると、レミネアの資料を仕舞っておくスペースは皆無になる。

一応、自宅の裏に離れはあるが、そこは店の品の在庫置き場になっている。

コルクが小声で耳打ちする。

「パパ、悪いけど、寝るとこ離れに変えて。レミネアの私物、パパの寝室に入れるから」

「な……っ！　お前なぁ……」

「ごめんー！　でも、おかげで攻略がはかどるかもしれないんだよ？」

「……お前だけ、部屋代はふたり分な」

「いいっ!?　レミネアの資料置き場の分だけでなく、ボクからも部屋代取るの!?」

「当たり前だろ。パーティ全員分の部屋代と食費、それとパーティの指南役代も。支払いは月末。無理ならば出て行ってもらう」

「うう、分かったよぉ……」

泣きそうなコルク。パーティの必要経費については、あまり考えていなかったらしい。

とはいえ甘やかすことはできない。冒険者は個人事業主。自分で稼いでなんぼの商売だ。ここは心を鬼にして、コルクにきっちり経験させないといけない。

「はっ、そうだ！　いざとなれば、ボクが風俗街のストリップ劇場で仕事するってのはどう!?

お金が稼げて、ボクの性癖も満たせて一石二鳥！」

「……指南役、辞めていいか？」

「あははは、冗談冗談！」

全然冗談に聞こえない。コルクの場合、街中を夜中に全裸徘徊するよりむしろ健全だし……。

「と、ともかく、今日は素直にお祝いしようよ。レミネア、イクノ、そろそろ家に入ろ。夕食の準備するから。レミネアの馬車は庭に置いておいて。荷物の搬入は明日にしよう」

コルクたちが揃って歩き始めたその時、背後から剣呑な声が聞こえた。

「あんたがコルク・ロートシルトね。噂のエロトラップダンジョン攻略パーティの仲間を集めてる、露出癖の変態っていうのは……」

全員が一斉に振り向く。

そこには、ひとりの女の子の姿があった。

紫色の長いストレートの髪を風に靡かせる、コルクよりも小柄な少女。紫と黒、白を基調にした可憐なドレスアーマーに身を包み、腰には剣を収めた鞘が釣ってある。

明らかに戦士系の役職の冒険者だった。目つきは鋭く、全身からも覇気があふれ、相応の手練れであることが察せられる。

だが、背中のマントと、額の部分に水晶がはめ込まれた髪飾りが、古風といえば古風だ。

最近の冒険者たちは衣服でも実用性を重視するから、かなり違和感がある。いやまぁ一番弟子がビキニアーマーの俺が言えたことではないが。

そして、彼女についての違和感はもうひとつある。

「……ボクに、何か用？」

コルクの何気ない質問に、冒険者の少女が頷く。

「質問はすでに口にしたわ」

「あー、それなら間違いなくボクだよ。本当に噂になっているかは知らないけど」

「なっているわ。少なくとも冒険者ギルドでは、昼間からその話題で持ちきり」

「本当!? やった！ レミネア、コルク、ボクたち、噂になってるって！」

「そうなのですか！ 喜ばしいですね！」

「うむ！ 我々の活動が周知されたということは、攻略が進めば、我が山田流忍術の風聞も広まるということ！」

「えへへ〜やったね〜！ ぶいっ、ぶいぶいっ！」

勝手に話を進めるコルクたちに、ドレスアーマーの少女が戸惑いもあらわに怒鳴る。

「ひ、人の話を最後まで聞きなさいよ！ 噂ってネガティブな意味だから！ 正気を疑うような感じだったから！」

「そ、そうなの……？ ちぇ〜、上げて落とされた感じ〜、つまんない〜」

がっくり肩を落とすコルク。

「……でも、こんなことでボクは気を落とさないよ！ それで、キミはボクたちにどんな用事？ まさかキミも、ボクたちの仲間に入りたいとか？」

「まさか。その逆よ。あんたたちをあたしの仲間にしてあげるって言ってるの。この、伝説の勇者の役職を担う、サエカ・クリスティーの仲間に！」

「「で、伝説の、勇者ぁ……？」」

コルクと俺は揃って尋ね返した。

勇者という役職は、現在のアトラスの冒険者の間には存在しない。

かつて人間と魔王が世界の覇権を懸けて争ったといわれる古代文明の時代には、そう呼ばれた人物がいて、仲間たちと魔王に挑み、最後にそれを打倒したという伝説が残っている。

この伝説に伴い、今でも類い稀な功績をあげた冒険者が、勇者と呼ばれることもある。

だが、それはあくまで名誉称号のようなもので、ギルドが制定した正規の役職ではない。

自称勇者のサエカは、腰に右手を当て、横柄な口調で続ける。

「あんたたち、エロトラップダンジョン攻略を目指すなんて、不健全も良い所よ。勇者のあたしが、あんたたちを健全な方向に導いてあげる！」

「導いてあげるって……ボクたちのパーティのリーダーになるってこと？」

「そうよ。なんたってあたしは伝説の勇者だもの。間違った道に向かう冒険者たちがいたら、清く正しい道に導くことが責務になるわ！」

「は、はぁ……」

「ともかく、エロトラップダンジョンの攻略なんか止めて、あたしの言うことを聞きなさい！あたしは伝説の勇者、あたしに付き従えば、『東方辺境』の謎の全てを解き明かすことができるわ。さぁ、勇者の下に集いなさい、導かれし冒険者たち！」

ビシィ！　とコルクたちに人差し指を向けるサエカ。

……誰も何も答えない。当たり前だ。意味不明すぎる。

自称勇者というだけでも常識外れだし、いきなりパーティのリーダーになって乗っ取りを宣言するのも常識外れだ。おまけに俺たちの目的を把握しているときている。

「あの、コルクさん……？」

レミネアの怪訝そうな声。この状況は、リーダーのコルクしか対応できない。

「う、うん。……えっと、その勇者？　のサエカ、さん？」

「サエカでいいわ。これから旅を共にする仲間だもの。フランクにいきましょ」

「あ、ありがと……。で、サエカ、申し訳ないけど、ボクたち、その誘いには乗れない」

「乗れない？　どういうこと？」

「サエカが伝説の勇者だったとしても、ボクたちはエロトラップダンジョンの攻略を止めるつもりはない。みんながボクたちのことを正気じゃないっていうのは分かるけど、それでも、エロトラップダンジョンの攻略は、ボクたちにとって大事な夢だから」

「は、夢⁉　あんなに場所に出入りするのが⁉　中にはHなトラップやモンスターが群れているのよ！　負ければ苗床にされるのよ！　全階層を突破すれば願いが叶うっていう報酬があるにしても、無謀な挑戦に変わりはないわ！　分かってんの⁉」

「もちろん。というかサエカ、エロトラップダンジョンについて随分と詳しいね」

「ゆ、有名な話じゃない！」

「ええっ!?　ボク、噂以外でエロトラップダンジョンの話なんて聞いたことがないよ！」

「うるさいわね、そんなのどうでもいいじゃない！」

「……あ、なるほど、読めました」

レミネアは合点がいったように、ふたつの掌をポンと重ねた。

「サエカさんは、私たちと同じように自分からエロトラップダンジョンを攻略したいと思い、そのあたりを自力で調べたんですよ。だから今の話が出てくるんです」

「えっ!?　じゃあ、ボクたちの同志ってこと？」

「形式的には。で、彼女がここにいるのは、コルクさんたちが冒険者ギルドに置いたチラシを見て、自分と同じ望みを持つ冒険者がいることを知って、急いで会いに来たのでは」

「そっかー！　ねえサエカ、今の話本当!?　サエカもボクたちの仲間になる!??」

「か、勝手に決めつけないでよ！　エロトラップダンジョンなんて、誰が自分から望んで！　そういうのは、あんたたちみたいな物好きだけが行けばいいのよ！」

レミリアが再び掌を重ねた。

「なるほど。エロトラップダンジョンの攻略はしたいけど、自分で行きたくないから、リーダーになって仲間たちに行かせて、自分は後方で待機していたいと。リーダーに無理やりになろうとしているのは、自分可愛さ故と……」

「そそそ、そんな卑劣な考えを、ゆゆゆ、勇者であるあたしが抱くはずが……！」

めっちゃドモっている。めっちゃ図星じゃん……。

「そっかぁ……。そういう話なら余計に受け入れられないなぁ……」

コルクは申し訳なさそうに後頭部をボリボリ。

「ごめんね、サエカ。ボク、サエカの力にはなれない。もし、そういう意図でパーティのリーダーになりたかったら、他を当たったほうがいいと思う……じゃあ、今日はこれで」

「ちょ、ちょっと待ちなさいよぉ！」

悲鳴じみた声で叫ぶサエカ。飼い主に捨てられた子猫のようだ。

「だ、だったらこれはどう!?　コルク・ロートシルト、あたしと剣で勝負しなさい！　そして勝ったほうがパーティのリーダーになる！　そうよ、それで決まり！」

「はぁっ!?　そんな、勝手に決められても……！」

「問答無用！　たぁあっ！」

サエカは猛然とダッシュ、鞘付きの剣を手にして一瞬で間合いを詰め、中段で切りかかる。

速い！

「……ッ！」

コルクも慌てて鞘付きの剣で応戦、その剣撃を受け止めようとする……が、その動きはフェイントで、サエカは肘から先だけで中段から下段に構えを変え、上方向に切りかかる。

「くうっ！」

コルクはギリギリで回避。しかし、無理な動きだったため、反撃が間に合わない。

そんなコルクに、サエカは容赦なく連続した打撃を浴びせていく。

「……ッ！　強い……！」

サエカの言動は支離滅裂だったが、剣術についてはかなりの腕前だった。少なくともコルクよりも数段上。厳しい修行をこなしてきたことが分かる。

防戦一方になるコルク。一方のサエカは、小柄な身体を生かしてコルクの周囲を駆け回り、変幻自在の太刀筋でコルクを押し込み、無理やりに隙を生み出そうとする。

そうした中、ついにコルクが姿勢を崩した。

「……ッ！」

「これで、トドメだ！　必殺、クレッセント・スラッシュ！」

コルクの一瞬の隙を利用して、サエカは空中で剣を上段に振りかぶる。そして、文字どおり三日月(クレッセント)の円弧を描くように剣を振り下ろそうとする。

まずい！　あれを食らったら、さすがのコルクでも……と、思った瞬間！

「あぶふっ！」

突然、風に吹かれて飛んできた何かに、サエカの顔面が横合いから覆われた。

サエカは視界を失い、動きを止めてしまう。

「ちょ、な、何これ……！　何なの!?」

「それ、私が持ってきた古文書の一部です！」

レミネアが驚きの声を上げる。反射的にレミネアの馬車を見ると、強風で幌がめくれ上がり、中から何十枚もの古い紙が地上に舞い散っている。

「う、うぐっ！　汗で顔に紙がぴっちりと張りついて、はがれな……！」

「あ、無理にはがそうとしてはいけません！　貴重な品です！　闇オークションで入手したのもあるんですよ!?」

今、闇オークションって言わなかったかこの子？

「コルクさん、サエカさんをお願いします！　私は吹き飛んだものを回収しますので！」

「あ、うん！　サエカ、じっとしてて、ボクが外してあげるから……！」

コルクがあわててサエカに近づき、顔面の古文書をはずしにかかる。

こうなると、もうさっきの勝負も有耶無耶になるだろう。ちょっと安心。

「主殿、気づいているか？」

それまで黙っていたイクノが、俺に耳打ちした。

「……気づいている。もともと違和感はあったが、コルクとの打ち合いで見えた」

「うむ。某は臭いで気づいた。某にとっては嗅ぎなれた臭いだからな。ただ、これを指摘するのはどうかと思って……」

「俺も。さすがにこれは、自分から言ってもらったほうがいいよな……」

サエカはコルクの手助けで、顔の古文書をきれいに剝がし終えた。

「ぷはっ！　も、もうっ、何なのよこれ！　せっかくの勝負が台無しじゃない！」

「ごめんごめん。でも、急に勝負を仕掛けるサエカも悪いよ」

「悪くない！　だって、剣の腕でいえば、あたしが絶対に……」

みるみるうちにサエカの声が小さくなり、代わりに呼吸が大きくなる。

「ど、どうしたの、サエカ……!?」

どうみても尋常な様子ではなかった。サエカは古文書を眺めながら荒々しく息を吐く。

「はぁっ、はぁっ……！　こ、これ、どういうことよ、どうしてこんなものがここに……！」

「ちょ、サエカ、どうしたの、大丈夫!?」

「なんてものを、なんてものを、見せてくれたのよ……!?」

「古文書のこと？　って、えええええええっ！」

サエカの視線の先の古文書を見て、コルクは素っ頓狂な声をあげる。

それは、いろんな女の子の情事を描いた、画集のようなものだった。

ただの画集ではない。子供でも親しみやすい感じで、適度にかわいくデフォルメしてある。

リアリティはないが、エロさは普通の模写よりもはるかに大きい。

しかも、描かれている女の子は、全部が冒険者だ。

散らばった資料の回収を終えたレミネアが、コルクの背中から首を覗かせて答える。

「あ、それは古文書ではなく、有名な女性冒険者たちのHな妄想画集ですね」

なんかすごいワードが出てきた！　そういうの存在していいの倫理的に!?

「アトラスには昔から有名な女性冒険者たちのHなイラストを描く文化があって、そういう画集がアンダーグラウンドな領域で印刷されて、販売されているんです。界隈では『生モノ』といわれています」

「みょ、妙に詳しいな……」

「子供の頃からそういう本を集めるのが趣味でしたから。あ、父親との関係が決定的に不仲になったのも、ベッドの下に隠しておいたそうした本を見つけられて、家族会議で公開されたことが理由ですね。絶対に許せません」

「エロ本バレのお約束の展開！　家族会議とはまたしんどい！」

「なんで親って見つけたエロ本を公開処刑するんでしょうね……」

吐き捨てるように呟くレミネア。本気で怒っている顔だ。気持ちは分かるが。

「だ、大丈夫!?　しっかりして、サエカ……!?」

俺とレミネアの益体もない会話の間にも、サエカの様子はさらに変調していた。

膝を地面につき、艶っぽい顔で、荒い息とともに腰をヘコヘコ上下に動かしている。

「はぁ、はぁっ、はぁっ、ああっ、どうしてこんなときにっ、ダメダメダメ、今はダメ！」

「どうしたの!?　何がダメなの!?　どこか痛いの!?」

と、サエカの纏っていたドレスアーマーの一部が、一五センチくらい、不自然に持ち上がった。

腰から股下をかけてを守る、プレートの部分だ。

「へ……？」

意味が分からないという顔のコルク。俺とイクノは揃って天を仰ぐ。

レミネアがプレートの部分を覗き込みながら、何気ない声で言った。

「これ、勃ってますね。お●●●●が」

「はぁっ!? で、でも、それは男の子のもので、サエカはどう見ても……」

「ええ。ですから、サエカさんは女の子の身体で男の子のアレが生えている女性。つまりは両性具有者……俗にいう、ふたなり、ではないかと」

「はえええええっ!?」

そう、俺とイクノが気づきながら、ついに口に出せなかった事実。

それは、サエカに「ついている」ということ。

さすがに俺からは口にできなかった。いくら変態ぞろいのパーティでも、あまりに野暮だ。

しかも、サエカの異常はさらに続いた。

「って、ちょっとサエカ、何やってるの!?」

「だって、こうでもしないと、ムラムラ、止まんなくてぇぇぇぇ……!」

サエカはスカートの中に右手を突っ込み、何かをしごくような動きを始めた。

何をしているのかは……俺みたいな男には一発で分かった。確かに、こうでもしなければ、一度大きくなったアレは小さくなってくれない。

「ダメなのにっ! こんなことしちゃダメなのにぃっ! 手、とまんないぃぃぃぃっ!」

コルクたちも絶句しながら、気持ちよさそうに自分を慰めるサエカを見つめている。サエカ本人も、三人の視線が自分に注がれているのを知りつつ、それでも腕の動きを止められない。

「はぁはぁはぁっ！　もうダメ、出る出る出る、出るぅぅぅぅぅ！」

やがて、サエカは絶叫とともに腰を浮かせ、背中をビクンとそらした。

何が起こったのか……は、やっぱり、男の俺なら、一発で分かってしまう。

さすがにコルクたちには初めての経験だったようで、何が起こったのかを何となく察しつつ、息を飲むようにサエカを見つめている。

ビクビクと身体を、主に腰を震わせながら、荒い息を吐き出すサエカ。

どことなく漂ってくる生臭い香り。男にとっては嗅ぎなれたあの臭いだ。

サエカの腰の動きがようやく止まる。しかし、呼吸は乱れたまま。顔は羞恥で悔しそうに歪んで今にも泣きだしそうだ。

「だ、大丈夫、サエカ……？」

コルクが心配そうに声をかける。

「し」

「し？」

「死にたい……」

6

数時間後。

「両性具有で性欲過多で、Hなものを見るとすぐに勃起して自慰したくなる癖があって、それで冒険者パーティを追放されまくってきた……!?」

「き、聞き返さなくてもいいじゃない！　こんな恥ずかしい話……！」

サエカが、自分の言葉をオウム返ししたコルクに、唇を尖らせる。

「しかも、こんな食事中に……みんなのご飯が不味くなるじゃない！」

「いえ、私は気にしませんが。むしろ極上の美味しいオカズです」

「某も気にしないぞ！　これくらいで食事ができなければ、山田流のくノ一は務まらん！」

「……だそうだよ。ボクもまぁ、気にしないかな」

「……あんたらに常識を説いたあたしがバカだったわ」

サエカはあきれ果てた顔で頬杖を突きながら、右手のピザ一ピースをほおばる。

今、俺たちは自宅の食卓で、予定どおり、仲間たちの歓迎会を開いていた。

机の上に並べられた料理はピザやパスタ、アクアパッツァなど、アトラスの郷土料理が中心。全てコルクの手作りだ。

予定と違うのはサエカが加わっていること。あの後、疲弊したサエカを自宅で介抱したコルクが、いい機会だからとサエカを歓迎会に誘い、サエカも了解したのだ。

そうしてはじまった歓迎会の中、コルクがずっと黙ったままのサエカに、どうして夕方の戦いで、あんなことになってしまったのか……と尋ね、その返答をサエカが口にしたことが、会話の始まりとなった。

……まぁ、サエカの気持ちも分からないではない。

皆の前であれだけの醜態をさらしたのだ。あっけらかんと受け入れられては、逆に立つ瀬がなくなってしまう。

俺自身がそうなった場合を想像しても同じ気持ちになる。

にしても、両性具有で、しかも性欲過多とは……。

同じ『ついている』ものとして、同情を禁じ得な……。

「な、何よ、あんた……！」

「えっ、俺……!?」

いきなりサエカにガン飛ばされる俺。

「さっきからあたしばっか見て！　何？　あたしみたいな女の子を眺めるのがそんなに楽しい？　どうせあんたたち男にとって、あたしみたいな人間は、Ｈなことしか頭にない、男のオモチャとして扱われるのがお似合いの変態って感じなんでしょ!?」

「いやいやいや、そんなことは欠片も……！」

「言い訳なんて聞きたくないわ！　このパーティだって男ひとりの女の子がたくさん……ハーレムを作るつもりだったに決まっているわ。男はみんなそうよ！　どいつもこいつも女を性欲の対象としか見ていなくて……このドスケベが！」

「だ、誰がドスケベだ！」

前言撤回！　こいつ、大の男嫌いだ！

たぶん、これまでに他のパーティで苛められまくってそうなったんだな。同情の余地はあるが……こっちだって理由なく罵倒されるいわれはない。

「さっき、お前を介抱している間に説明したろ!? 俺はコルクの育ての親で師匠で、今回は昔『アシュヴェーダ』攻略に挑んだ経験を買われて、パーティの指南役になったの！」

「内心は知れたものじゃないわ。全員を手籠めにしてやろうと考えているんじゃない？」

「……ッ！ 黙って聞いていれば、このガキ……！」

「ガキ!? あたし、これでも一八の後半！ 立派な大人なんですけどー！」

「はいはーい！ ケンカは止めー！ 話が進まないー！ パパ、まずは落ち着いて！ 今のサエカの台詞だって、きっと理由があるから、ね、ね!?」

コルクが慌てて仲裁に入る。いつもなら俺の味方になるはずのコルクが俺とサエカの間に立とうとしているのは、あまりにサエカの境遇がシャレにならないからだろう。

「サエカも……あのね、パパは本当にそんな人間じゃないから！ ボクが保証するから！ この一五年で、パパに浮いた話なんてひとつもなかったから！」

「あんたを育てるために自重していたんでしょ。子供が自立して、身が軽くなって、それがきっかけで女に手を出す男なんて大勢いそうじゃない」

「それは、そうかもしないけど……！」

いや認めるなよ。そんな相手誰もいねえよ。半引きこもり魔法道具店の店主舐めんな。

「とにかくあたし、男なんて、お父様以外、誰も味方なんて思わないから！」

サエカは腕を組んで、ふんっ！ と不満そうに鼻息を鳴らす。

お父様以外、の一言が気になったが、俺が尋ねると場が荒れそうだから黙っておく。

コルクは苦笑いを浮かべながらサエカに尋ねる。

「で、話を戻すけど……それって、いつから？」

「両性具有のこと？　それとも、性欲過多のこと？」

「両方。ボク、どっちも詳しくないから、きちんと教えてほしいかなって……」

「……両性具有は生まれつきよ。呪いや病気の類ではなく」

サエカは沈痛な面持ちで喋り始めた。

「……あたしの実家、クリスティー家は、アトラスの古い家柄の小貴族で、当主であるお父様にはたくさんの愛人がいたわ。あたしの母親はそのひとりで、両性具有の体質を持つ特殊な血族だった。つまりあたしは愛人の娘。当然、望まれて生まれたわけでもない」

「……古文書で読んだことがあります」

レミネアが生真面目な態度で応じる。

「かつて、最高神が人間の亜種として生み出したとされる両性具有の血族。生まれるのは女体ばかりで、しかも美人が多い。必然的に政治や商売の道具として扱われることが多く、そのためにほとんどのものが世間の目を逃れ、ひっそりと暮らしているという……」

「おかげで、クリスティー家ではろくな目に遭わなかったわ。幸い、お父様はあたしをひとりの娘として愛してくれたけど、他の家族にはひたすらにいじめられて、蔑まれた。当主の愛人の娘、しかも両性具有者なんて、まともな人間扱いされるはずがないもの」

激情を抑えるよう、スカートの布地を握りしめる。

「でも、あたしには剣の才があった。だから、あたしは剣術を学び、冒険者になって家を出ようと決めた。クリスティー家の名に恥じない、伝説の勇者になろうと」

「あの、さっきから気になっていたんだけど」

コルクが申し訳なさそうに手を挙げてた。

「どうしてサエカは、伝説の勇者を自称するの？　勇者なんて役職、今のアトラスに存在しないことは、サエカも知ってるよね？」

「クリスティー家にはかつて、勇者となった人間がいた……という伝説が残っているの。悪しき魔王を打ち倒し、世界と人々を救った立派な勇者。あたしはその話が、子供の頃から大好きだった。こんな身体のあたしでも、誇り高い勇者の血が流れているんだって」

サエカの瞳に燃えるような意志が宿る。情熱と言い換えてもいいかもしれない。

「だから、あたしは勇者を目指そうと思った。勇者になって、人々を救って、みんなに感謝されて……そうすることで、あたしはようやく、まともな人間として見てもらえる」

レミネアが何かを言いたそうに瞳を細めた。俺は気づかないふりをする。

「だから、あたしはアトラスで冒険者になって……でも、やっぱりみんな、あたしをまともな人間として扱ってくれなくて、そのストレスからか、性欲過多になって、頻繁に自分を慰めないと収まらない身体になって……」

「それが原因で、パーティを追放された……？」

「……そうなるわ。だから、あたしは『アシュヴェーダ』の攻略を目指すことにしたの。全ての元凶であるこの身体を変えるために」

「……え、じゃあ、サエカの望みは……！」

サエカは唇を結んだままだ。代わりにレミネアが後を受ける。

「『アシュヴェーダ』の伝承。これを突破したものは、どんな願いでも叶えられる。サエカさんは『アシュヴェーダ』を使って、自分の身体の作りを変えるおつもりなのですか？」

「……そうよ、両性具有者なんて、この世界では生きにくいだけよ。この身体が普通になれば、性欲過多も解消するはず。だから、私は『アシュヴェーダ』を攻略したい」

強い意志を込めた瞳で、サエカは自分の半身を見つめる。

「伝承が作り話かもしれないのは知ってる。でも、あたしの身体をまともにする手段は、いくら探しても見つからなかった。魔法でも、薬でも……だから、あたしはこの手段に懸ける」

……サエカの覚悟のほどは、俺には分からない。

俺にはサエカほどの強い願いはない。もし伝承のとおり、『アシュヴェーダ』突破のあかつきに何でも願いが叶うのだとしても……俺は仲間たちを蘇らせたいとは思わない。魔法でも、蘇生の魔法は存在しないし、その研究も大きな災厄を招くとして、禁忌に属している。

ただ、サエカの願いなら、『アシュヴェーダ』を利用して、叶えても問題はないと思える。

サエカは、そう強く願うだけの経験をしてきただろうから……。

「……で、その願いのために、某たちのパーティを乗っ取り、アゴでコキ使おうとしたと」

イクノが含み笑いを浮かべて言った。

「いくら願いの成就とはいえ、自分が『アシュヴェーダ』に突入するのは御免被る。なれば、自分以外のパーティの仲間に、代わりに行ってもらおうと……」

「し、仕方がないじゃない！　あたし、『アシュヴェーダ』で願いを叶えたいとは思っても、その中でアレコレされるのはイヤだもの！」

めっちゃ我儘だな！　正直すぎて清々しいというか……。

「サエカ殿は男の身体を持っているではないか」

「だからこそよ！　どうせあたしみたいな体質、『アシュヴェーダ』にとっては、恰好の餌みたいなもんなんでしょ⁉」

「サエカさんの懸念は正しいと思われます」

レミネアが冷静に口を挟んだ。

「ある古文書によると、『アシュヴェーダ』の中には、女性に強制的に男根を生やし、その上で絶頂に導いて精子を搾取するというタイプのトラップがいくつもあるそうです」

「うえっ！　やっぱり⁉　マジ……⁉」

「マジです。サエカさんは最初から『生えている』人になりますから、『アシュヴェーダ』にとってはご褒美みたいなものになるかもしれませんね」

「ううっ、予想はしていたけど、聞きたくはなかった……」

「そ、それで、どうする、サエカ……？」

コルクが探るように尋ねる。

「ボクたちのパーティに参加して、本当に『アシュヴェーダ』の攻略を目指す？　もちろん、ボクたちとしてはウェルカムなんだけど……」

サエカは他の三人と比べて、戦力として安定しているとは言いがたい。Hなイラストを見た程度で勃起が収まらなくなるというのは、攻略上、大きな不安要素だ。

しかし、サエカの剣の腕前は本物だ。モンスターとの戦いでは、かなりの活躍が見込まれる。

ここで手放すには惜しい。

「……正直、気乗りしないわ。あたしの身体だと、デメリットも目立つし……けど、他に手段はなさそうね」

サエカは諦観がこもったため息をつく。

「いいわ。その誘い、乗ってあげる。あたしはどうしたって悪目立ちするんだもの。あんたたちみたいな本物の変態たちに紛れていたほうが、気が楽ってもんよ」

「ほ、本当!?」

「ええ。だってあたし、両性具有で性欲過多って以外、普通の人間だから。常識人だから」

いやそれかなりまともじゃないから。性癖の博覧会だから。

「ただ……そこの男がパーティの指南役ってのが、やっぱり気にかかるわね」

サエカの鋭い視線が俺を刺す。俺も引くわけにいかず、負けじと睨み返す。

「熟練の冒険者ってことで、そのあたりは利用させてもらうけど……まさか、一緒にエロトラップダンジョンに入るってことはないわよね。そこまで付いては来ないわよね!?」

「パパ？　パパもダンジョンに入るよ。魔法でオコジョになって」

コルクの何気ない返事に、サエカはぎょっとした顔になる。

「うえっ!?　マジ!?　ってことは、もしあたしたちがHなトラップに嵌まってアレコレされたら、この男に全部見られるってこと!?　キモッ！　信じられない!?」

「仕方がないだろ、指南役なんだから、そうコルクに請われたんだから！」

「だとしても普通じゃないわ！　露出癖のコルクはともかく、他のふたりはどうなのよ!?」

「私は気にしませんが？　真実に辿り着くには、それなりの対価が必要ですし」

あっけらかんと答えるレミネア。イクノが後を受ける。

「他人の目など気にしていたら、山田流のくノ一などやっていられない！　敵の策略に嵌まって辱めを受けるなど、くノ一にとっては日常だからな、ハハッ！」

「あんたらに常識を説いたあたしがバカだったわ！」

「でも、パパがいないと『アシュヴェーダ』の攻略、たぶん詰んじゃうよ？」

コルクの言葉に、サエカは「えっ」と顔を強張らせる。

「エロトラップの意図を見破るには、どうしたって男の人の視点がいるから。それに、さっきの介抱中に話した、『エロトラップダンジョンスキル』の使い方だって、パパがいないとボクたちには意味が分からないかもだし」

「う……それは、確かに……」

サエカは不承不承というようにうなずく。

「分かったわよ。ダンジョンへの同行は認めるわ。でも、万が一、あたしが辱めを受けた場合は、目を瞑って耳もふさいで！　あたしであんたを興奮させるなんて、絶対にイヤ！」

んな無茶苦茶な。

コルクが楽しそうに笑う。

「アハハ、そこまでさせなくても大丈夫。パパはそういう人間じゃないから。第〇階層でも、ボクの恥ずかしい姿にほとんど興奮しなかったし……」

はぁ、とため息をつく。

「ボクも立派な大人に成長したんだから、もうちょっと反応してくれてもバチはあたらないと思うんだけど……でも、とにかくそういう感じだから。だから大丈夫……そうだよね、パパ」

「え。ああ……もちろん、そうだが」

「わ、分かったわよ！　あんま信用はできないけど……」

「うん。ありがと。よかったね、パパ」

「そ、そうだな……」

俺は何事もなかったかのように答えるが、内心では混乱していた。

今のコルクの反応は、何というか、空々しさが含まれていた。最後の「よかったね、パパ」という言葉も、明らかに本音で喋っていないというか……。

そういえば、コルクは昨日の第〇階層の攻略で、自分には本当の願いがあるって言っていた。

本当の願い？　コルクは、母親が成しえなかった『アシュヴェーダ』の攻略を成し遂げ、母親を超える冒険者になることが夢だったはず。

なら……それは一体、なんだ？

俺が考えあぐねている間にも、コルクはいつもどおりのコルクに戻り、ウキウキ顔で尋ねる。

「それよりボクとしては、サエカがどんなHな本が好きなのかが、気になるな～♪」

「はぁっ!?　あたしがHな本が好き!?　どうしてそうなるのよ！」

「だってサエカ、性欲過多なんでしょ？　だから、さっきみたいなHな本で、いつも性欲処理しているんでしょ？　あの時のサエカ、ああいうの見慣れている感じがしたから」

「す、好きで見慣れたわけじゃないわよ！　ただ、他に手段がなくて……」

「あ、やっぱ読んでるんだ。カマかけが半分だったのに」

「……ッ！　しまっ……！」

「自分がまともだと自称しながらHな本を読む……これって俗にいう、むっつりスケベ？」

「むっつりスケベ言うな！」

「Hな本ならお任せください！」

レミネアがガタッと立ち上がる。

「どのようなジャンルが好みですか!?　さっき見せたような生モノ系？　それとも最近流行の寝取られ系!?　必要ならば実家から持って帰ってくるので！」

「か、勝手に話を進めないで!?　え、寝取られ？　意味分かんない怖い！」

「ならば某の山田流忍術が誇る、情事の体位四十八手についての書を……」

「だから、そういうのには興味ないんだって！」

「あ、ちなみにさっきみたいな性欲発散の瞬間ってどんな感じ？　こんな話、パパには聞けないから、サエカに聞いちゃう！　ね、教えて教えて？」

「それ、私も興味があります！　私には生えていませんし！」

「某も！　今まで幾多の辱めを受けてきたが、さすがに生やされたことはないなハハッ！」

「ああもう、こんな連中と一緒に冒険するなんて、あたし、早まったかもー！」

かくして、コルクの下には、

◆エロトーク大好き魔法使いレミネア

◆『受け責め』得意な淫術くノ一イクノ

◆ふたなり性欲強めの勇者サエカ

の三名が加わり、コルクの狙いどおり、晴れて『他のパーティを追放された変態たち』ばかりが集った冒険者パーティが結成されたのだった。

……本当に大丈夫なのか、これ？

第三章【暴れエイプ（発情）／触手壁／魔力排泄】

1

「ここが、『アシュヴェーダ』の入り口だよ」

オコジョの姿の俺を胸元におさめたコルクが、右手で前方を指し示しながら言った。

背後の三人……レミネア、イクノ、サエカに、緊張が走ったように思える。

目の前には、二日ぶりに見る、『アシュヴェーダ』入り口の魔法陣のバリア。

真上には、天高く聳(そび)え立つ、『アシュヴェーダ』の巨大な威容が見える。

『アシュヴェーダ』の入り口に、侵入者を選別する魔法陣があるのは聞いていましたが」

目の前の魔法陣を呆然と見つめながら、レミネアは声を震わせた。

「実物は初めて見ました……。すごい、本当に魔力で侵入者を識別している……どんな魔法が使われているのか、見当もつかない……」

レミネアは誘われるように、魔法陣の端に向かい、その表面を指先で触れる。

「……ッ！　伝聞どおり、表面は人間の皮膚のように温かくて柔らかい……！　すごい、『アシュヴェーダ』は本当に生きている……！」

そこまで呟いて、レミネアははっと後ろを振り向いた。

「すみませんっ！　念願かなって実物と対面したことに、興奮して……」

「謝ることはないよ。レミネアはずっとその方面に興味を持っていたわけだし」

コルクが気にしないでと片手を振った。

「あ、あんたたち、よくこの状況で、ノンキな会話してられるわね……!?」

ふたりの背後で、サエカが声を震わせながら叫んだ。

「今から突入するのは、練習用の第〇階層じゃなく、本番の第一階層なのよ！　本気で敵は、あたしたちを犯しにくるのよ！　少しは気を引き締めなさいよっ！」

「うーん、でも、今さら気を張っても、いいことはないかなって……」

「それはそうかもだけど、あたしたち、一昨日に結成されたばかりのパーティなのよ!?　リーダーのあんたがしっかりしてもらわないと困るんだから！」

「そんなこと言われても……」

「いや、この場合はコルク殿が正しい」

イクノが横から口をはさむ。

「忍者の格言に『虚心坦懐（きょしんたんかい）』という言葉がある。先入観に囚われない素直な心で物事に当たる様を意味する。我らに余裕がないのは事実だが、なおのこと平常心を心掛けなければ」

「だからって……！」

「あはは。ありがと、イクノ、サエカ。でも、ボクたちならきっと大丈夫だよ」

サエカを勇気づけるように、コルクは力強く頷く。

「ボクたちはまともじゃない。けど、だからこそ、『アシュヴェーダ』はボクたちを受け入れてくれる。この前のボクが、そうしてもらえたように」

そうしてコルクは再び魔法陣のほうを向き、そちらに歩き始める。

前回と違い、今回の俺は、コルクを引き留めようとは思わない。

ただ、不安があるのは確かだ。特に準備不足の点はいかんともしがたい。

しかしこれもパーティの成長のため。

俺は指南役として、彼女たちをあえて厳しい道に進ませなければならない。

「パパ、行くよ?」

「……ああ」

コルクは仲間たちの先陣を切って、魔法陣の奥へと足を進めた。

2

「それではこれより第一回、エロトラップダンジョン攻略ミーティングを開始します!」

その前日……つまり、三人の仲間たちがコルクのパーティに加わった翌日の朝。

キッチンに集まった仲間たちを前に、コルクが宣言した。

三人はラフな普段着、コルクは昨日と同じように裸エプロン+下着上下だ。

……もう何も言うまい。サエカも突っ込むのをやめてしまっているようだし。

「……昨日の今日で早速ね。あたし、今さっき、宿から荷物を運んだばかりなんだけど」

呆れたように呟くサエカ。疲れているのか、だらしなく頬杖をついている。

「レミネアとイクノだって、蔵書の搬入を終えたばっかりなのに」

サエカの言葉に、レミネアとイクノが頷く。

「ええ。イクノさんが手伝ってくれたおかげで、手早く終わりました」

「うむ！　レミネア殿の資料は、いずれも興味深いものばかりだ。まさか古代の文献にも、体位の種類の解説があるとは……人間、やることは昔から違わないのだな、ハハハッ！」

「ちょ、朝っぱらから何Hなこと言ってるのよ！」

プリプリと怒るサエカ。

「あのねぇ、あたしが仲間になったのは、この身体をどうにかするため！　別にあんたたちとHな話をするわけでも、Hな知識を得るためでもないの！　いい加減覚えて！」

「それは残念です。ただ、資料を部屋に運んでいたら、妙な事に気づいたんですよねぇ」

レミネアが右手を頬に当て、神妙に頷く。

「私の秘蔵のHなイラスト集たちの配置が微妙に変化していて……。私、本はいつも決まった順番で置いているので、そういうのはすぐに分かるのですが……」

「き、気のせいじゃない!?　誰にだって記憶違いはあるわよ！」

焦り顔で口を挟んだサエカに、レミネアは不思議そうに続ける。

「私、資料は半端な扱いしていませんから、それはないと思います。誰かが早朝に私の荷馬車に入って、私のコレクションをこっそり閲覧したとしか……」

毒を飲み込んだように「うっ」と呻くサエカ。レミネアは朗らかに微笑む。

「まぁでも、私も完全ではありませんから、本当に思い違いかもしれませんね」

「そ、そうよ、そうに決まって……」

「あ、でも、盗難の恐れは常にありますから、今後はそういう本は、誰かの目に触れないよう、誰にも分からない場所に隠しておきしょう」

「えっ!? そんな、まだ全部読んでないのに……!?」

「読んでない？ 誰が？ 何を？」

「うぐっ……！ な、何でもない！ そ、そうね！ それがいいんじゃない！」

「あるいは燃やしてしまうとか」

「え、えええええっ!? あんな良いものを……？」

「良いもの？」

「う、うぐぅぅぅっ！」

「レミネア、もうそろそろ勘弁してやれ」

俺は慈悲の心で突っ込みを入れる。

おそらく、サエカは今日の朝、高ぶった性欲を処理するためにレミネアの荷馬車に入り込み、Hな本を読んでいたのだろう。サエカの反応を見る限り、他の解釈はあり得ない。

……まぁ、親に隠れてエロ本見るって、だいたいこんな感じだよな……。

本人は痕跡を隠したつもりでも、親にしてみればモロバレというか……。

「はぁい。では、Ｈなイラスト集は、今後も自由に閲覧できるようにしておきますね。誰にでも手に取りやすいよう、部屋の扉の近くの本棚に♪」

レミネアは晴れやかな笑顔。一方、徹底的に弄られたサエカは真っ赤な顔で震えている。

「じゃ、じゃあ、改めて、本題に入るということで……」

コルクはこほん、とワザとらしく咳をして、全員の視線を集める。

「早速だけど、明日、みんなで『アシュヴェーダ』第一階層の攻略に挑みたいと思う」

「あ、明日……？　ちょっと急すぎない……？」

サエカが驚きの声を上げた。

「あたしたち、昨日出会ったばかりよ？　戦闘の訓練だってまともにしてないのに……」

「うん。でも、早めに取りかかったほうが、トータルとしてはメリットが大きいと思うんだ」

「どういうこと」

「まず、ボクが第〇階層で付加されたエロトラップダンジョンスキルを、みんなにも、早く身につけてほしいから」

右手の甲に刻まれた、魔法陣の紋章を見せるコルク。

「昨日話したとおり、ボクが付加された特殊なスキルは、ボスの再生能力を封じる効果があった。だから、なるべく早くスキルを取得して、経験値を積んでレベルをあげて、以後の探索を有利にしたい」

「第一階層にいきなり挑むには、その経験値を第〇階層より多く稼げそうだから、か」

　イクノの質問に、コルクが頷く。

「それもある。けど、大事なのは、第〇階層より、第一階層のほうが、スキル取得のチャンスが多そうだから、ということ」

「と、いうと？」

「ボクがスキルを付加されたのは、ボクがピンチに陥って、それでも諦めない、負けないーっ！　って奮起したタイミングだったから。みんなにも同じルールが適用されるなら、第〇階層より第一階層に挑んだほうが、取得のチャンスはあると思う」

「なるほど。死中に活を求めると」

「うん。そういうこと」

　サエカが困惑気味に尋ねる。

「で、でも、それでも急な話に聞こえるわ。安全を確保するなら、難易度の低い第〇階層で経験を積んだり、スキル取得を目指したほうがいいんじゃない？」

「そうなんだけど、そうも言ってられない事情もあるんだ」

「どんな事情よ」

「お金、稼がないと」

　そしてコルクは昨日俺が伝えた、パーティ維持のための必要経費について説明した。

「ボクたちはこのままだと、お金が稼げず、パーティも解散に追い込まれる。それを回避するには、できるだけ第一階層以降を探索しないと。第〇階層にはそういうのはなかったから」

「た、確かに、それはそうだけど……」

「それともサエカ、みんなの代わりに経費、払ってくれる？」

「む、無理に決まっているじゃない！　あたしの財布なんて、いろんなパーティを追放されまくってる間に、いつの間にかスッカラカンよ！」

　サエカは俺をキッと睨む。

「あんた、コルクの師匠で義理の父親のくせに、そのあたり面倒見てくれないの!?　娘の命が大事じゃないの!?」

「ば、バカ！　それはお前たちのためにならんだろ！　あと、ウチの財政だってカツカツだ！　この家だって本当は借家なんだ。場末の魔法道具店の年収舐めんな！」

「使えないわねっ！　お金の面でも死中に活を求めないといけないってことじゃない！」

　プンスカ怒るサエカ。理不尽だ。

　とはいえ、間違いを言ったつもりはない。俺はあくまでこのパーティの指南役。それ以上のことは、コルクたち自身で面倒を見てもらわないといけない。

　サエカが不服そうに尋ねる。

「それに、『アシュヴェーダ』の第一階層をなるべく早く探索するっていっても、そこで普通のダンジョンみたいな報酬は期待できるの？　隠された財宝とか、高価なレア素材とか……」

　コルクは首を振った。

「正直、そこはよく分からないんだ。ただ、レミネアの古い資料によると……」

「第一階層以降であれば、高価でレアな素材を入手できる可能性があります」

レミネアがコルクの後を受けた。

「『アシュヴェーダ』に向かい、そうした素材を手に入れて、一攫千金を得た冒険者がいた……という話が、ある古文書に記されています。ただ、どんな素材かまでは書いていなくて、実際に入手して、検証してみないことにはなんとも……」

「つまり、その探索の時間を確保するためにも、早めの第一階層突入が必要なんだ。一応別案として、普通の冒険者のように『東方辺境』の探索でお金を稼ぐ手もあるけど……」

「そ、それはイヤよ！　絶対にイヤ！」

サエカが泣きそうな声を上げた。

「『東方辺境』に戻れば、あたしを追放した連中にハチ合わせして、バカにされるかもしれない！　それはイヤ……！」

……サエカがこれまでどれだけの冒険者パーティに属し、そこでどんな経験をして、どんな追放のされ方をしたのかは分からない。

しかし、ここまで言わせるような経験とは……少なくとも、サエカが直接口を開くまで待ったほうがいいだろう。

少しの間を置いて、イクノとレミネアが、揃って頷く。

「……某も反対だ。物事には勢いというものがある。ここで寄り道をしては、我らの士気も砕ける恐れがある。初志貫徹が是だろう」

「私も、『アシュヴェーダ』の探索に全力を注ぐべきだと思います。『アシュヴェーダ』が私たちのような変態を深層に誘い込もうとしているのなら、私たちが喜ぶような、何かしらの報酬が用意されていてしかるべきかと」

「じゃあ、決まりだね。ボクたちはまず、『エロトラップダンジョンスキル』の取得を狙いながら、第一階層の探索と突破を目指す！」

コルクは腰に手を当てて、高らかに宣言する。

かっこいいシーンのはずだが、裸エプロン（＋下着上下）装備でいまいち締まらない。

が、とにかくコルクたちの最初の目標は決まった。

駆け出しの冒険者パーティにとって、最初の冒険は重要な一歩だ。

ここでの成否が、パーティの流れを決定づける。

しくじればひとつになった気持ちが分離し、最悪、パーティの解散にいきつく。

イクノの士気の話は、決して誇張ではない。

コルクもそれを感じているのだろう。いつもより高いテンションで皆の肩を叩く。

「よーし、じゃあ、ここで円陣でも組んで、全員の右手を重ねて、掛け声でも決めよっか！」

紅潮した顔でサエカが叫ぶ。

「えっ⁉　そ、そんなの、恥ずかしいじゃない！　なんでこのタイミングで！」

「いいじゃんいいじゃん〜♪　テンション上がるし♪」

「私は構いませんよ」

「某も問題ないな！」

「も、もう、分かったわよ！　仕方ないわね！」

サエカは立ち上がり、右の掌を食卓の中心に伸ばした。三人の掌がそれに重なる。

「…………」

「どうしたんです、コルクさん？　固まっちゃって」

「そういえばパーティの名前、決めてなかったなって。こういう時、声に出すものだし」

「ですねぇ。とはいえ、このタイミングでぱっと思いつけるものでは……」

『ＨＥＲＯＳ（ヒーローズ）』

サエカがぽつりと呟いた。

全員の視線が集まる中、サエカはむずがゆそうにそっぽを向く。

「冒険に出る前、あたしがパーティのリーダーになったなら、そう名づけようってずっと思っていたのよ。それで……って、何よ、ダサいならダサいって言いなさいよ！」

「いやいや！　全然！　全然、そんなことはないよ！」

嬉しそうに首を振るコルク。

「いいと思う！　ボクたちみたいな変態でも、英雄になれるって言ってるみたいで！」

「私も賛成です。かっこいいです。エモーショナル！」

「どうせ我らは継子（ままこ）の集まり。ならば、パーティ名で大きく出ても問題ない！」

「じゃあ、パーティ名は『ＨＥＲＯＳ』で……」

「あ、ちょっと待ってください！」

レミネアが口を挟んだ。

「呼び方は問題ないですが、綴りを工夫しましょう。ＨとＥの間に『／（スラッシュ）』を入れるのです」

「え？　そうなると……」

俺は文字列を思い浮かべた。『Ｈ／ＥＲＯＳ』。

ちょ……！

「え！　イヤよそんな！　まんまじゃない！」

瞬時に同じ結論に至ったサエカが叫ぶ。

『Ｈ』で『ＥＲＯＳ』な『ＨＥＲＯＳ』なんて……あんまりにもまんまよ！」

「えー、ボクはいいと思うなー。わかりやすいし」

「ウム。個性的で意味も明瞭、子供でも覚えやすい。素晴らしいではないか。さすがレミネア殿！」

「ふふふ……完全な思い付きですが、見事にハマりましたね。ハメハメなダンジョンなだけに」

やめなさい。

「ぐ……っ！　で、でも、『ＨＥＲＯＳ』のままだと、名前負けの印象があるから、少しは捻った方がいいか……。わ、わかったわよ。綴りはそれで」

劣等感が複雑骨折しているサエカらしい納得の仕方。ま、まぁ、発案者がそれでいいなら……。

「んじゃ改めて……おっと、いけないいけないいけない！」

コルクは俺に駆け寄り、強引に右手を掴んで円陣の真ん中に引っ張っていく。

「ちょ、コルク、俺はいいって！　俺はただの指南役なんだから……！」

「ダメダメ！　パパだって今のところは、大事な仲間なんだから！」

コルクに強制的に円陣に組み込まれ、右手を突き出させられる。サエカの「なんでこいつまで」という視線が痛いが、コルクはお構いなしだ。

コルクは五人の掌の重なりを確認すると、大きく声をあげた。

「冒険者パーティ『H／EROS（ヒーローズ）』、今日から本格始動！　パーティの最終目標はエロトラップダンジョン『アシュヴァーダ』の完全攻略！　ボクたちは、どんなHなトラップにだって負けない！　どんなHなモンスターにだって負けない！　必ず、最深部までたどり着く！」

コルクは右手を天高く持ち上げた。全員がそれに続く。

「えいえいおー！」

「「「えいえいおー！」」」

3

『アシュヴェーダ』第一階層の外観は、第〇階層とさほど変わらなかった。。

「……どこをどう見ても、普通のダンジョンってところね」

サエカが怪訝そうにつぶやく。

「本当にここが、あのキモい外見の『アシュヴェーダ』の中……？」

「あまり深く考えないほうがいいです」

レミネアが固い声で答える。

「私が言うのもなんですが、『アシュヴェーダ』は存在そのものが常識の外です。まずは、あるがままを受け止めましょう」

「あるがまま……ねぇ。これが淫邪神の封印先としても、悪趣味にすぎるわよ。分かりやすく美人ばっかりの娼館でも作って、どこかに隠居していればいいものを……」

悪態をついてはいるが、サエカの顔にも緊張が浮かんでいる。イクノ、レミネアも同様だ。三人にとって、今回が『アシュヴェーダ』への初アタック。これればかりは仕方がない。

一方、コルクに特に気負った所はない。普段どおりの様子で、通路の先を見つめている。

「じゃあ、探索を開始しよっか。とりあえずマッピングをしつつボスを目指そう。パーティの陣形は……前衛はボクとサエカ、中衛はレミネア、後衛はイクノ。対モンスター戦ではボクとサエカが直接殴り合って、レミネアの魔法とイクノの忍術がそれを支援する流れで」

全員が頷く。確かにこの四人の場合、コルクの示した陣形が最適だろう。

「じゃあサエカ、先頭よろしく」

「分かったわ……って！　あたしが先頭!?　なんで!?」

「え……だって、ボクより強いし。普通のパーティでも、一番肉弾戦に優れた役職が最前衛になるのはお約束だよ？」

「で、でも、私、伝説の勇者よ!?　勇者は普通、二番手では!?」

「だから勇者の役職はないんだって。あと、勇者は普通二番手って、よく分からない……」

「我が家の伝承では、勇者は二番手だって言われていただけ！　もう、分かったわよ！」

サエカは右の手足を同時に前に出して歩き始めた。壮絶に緊張しているのが分かる。

「……あの、サエカ、本当に怖いのなら、やっぱり、ボクが最前衛を……」

「こ、怖い!?　そ、そんなこと、あるはずないじゃない！」

「いやでも、めっちゃ声震えてるし、顔青ざめてるし」

「だだだだ、大丈夫よ！　さっきから言ってるでしょ、武者震いって！　むしろ、最前衛のほうが勇者っぽいって今思い直したわ！　みんな、あたしについてきなさい！」

ガチコチのまま前進するサエカ。コルクたちは苦笑しながらそれに続く。

……まぁ、四人にとって、今回が新たなパーティとしての最初の冒険だ。ひとつずつ、問題をクリアしながら進んでいくしかない。

ちなみに、探索の予定は二日ほどで、その間の食料などはレミネアの『道具袋』に納めている。第一階層はコルクたちの実力なら、この程度の日数でボスに辿り着けるはずだ。

と、先頭のサエカが、周囲への警戒を緩めないまま、俺に尋ねる。

「そういえば一五年前、あんたたちのパーティが、『アシュヴェーダ』に挑んで、第三階層まで到達した……というのはコルクから聞いたけど」

「……そのとおりだが」

「地図とか、どこにどんなトラップがあるとかモンスターが出るのかとか、そういう記録は残っていないの？　そもそもどうやって、あんたたちは第三階層まで辿り着いたの？」

先陣を切るサエカとしては当然の疑問だった。

俺を胸元に挟んでいるコルクが「……パパ？」と気まずそうに声をかける。コルクはその理由を知っているが、皆には黙っていたらしい。

この情報を伏せるのはフェアじゃない。正直に話すことにする。

「かつて俺がいた冒険者パーティは、当時、アトラスで最強のパーティだった。『東方辺境』でいくつものダンジョンを攻略し、いくつもの強大なモンスターを屠った。そんな俺たちを皆が褒めたたえた。俺たちは自分たちの間で慢心を戒めていたが、心の中では、自分たちに不可能なことはないと思っていた……要するに、自信過剰となっていた」

思い出したくもない記憶。そう、俺たちはあの頃、自分の力に酔っていた。驕って（おご）いた。

「そんな中、パーティのリーダーが、突然、『アシュヴェーダ』の攻略を提案した。リーダーの本心は分からなかったが……俺たちは特に疑問を覚えずそれに賛同した。俺たちなら、謎のエロトラップダンジョンくらい、楽に踏破できるだろうって」

「はぁっ!?　じゃあ、本当に勢いだけで……!?」

「ああ。ただ、当時の俺たちは本当に強かった。おかげで『アシュヴェーダ』ではＨなトラップに嵌まらず、モンスターに苦戦することもなく、難なく第三階層のボスまで到達した」

コルクの鼓動が背中で高まる。自分の母親、そして俺の恥の話なのだ。コルクが自分から話したがらなかったのも無理はない。

「だが、第三階層のボスは想像以上に強大で、俺たちは一方的に叩きのめされて全滅寸前になり……俺だけが『テレポス』で脱出した。いや、脱出させられた」

「脱出させられた？」

「俺も仲間と最後まで戦うつもりだった。だが、パーティのリーダーが、俺には託したいものがあると、脱出を促した。全員を『テレポス』で脱出させられる状況でもなかった」

「……っ！　まさか、その、託したいものっていうのが……」

「ああ。それがコルクだ。俺たちのリーダーで、魔法戦士だったエルフの一粒種」

コルクの心臓が、どくんっ！　と大きく跳ね上がる。

俺の脳裏に、彼女の姿が浮かぶが、すぐに意識してかき消す。

「だから、俺がお前たちに提供できるのは、冒険者としての経験と、第三階層までの記憶だけだ。ただ、記憶については一五年前のことで、かなりの部分を忘れかけている。俺も、できるだけ思い出さないようにしてきたからな」

　沈黙がパーティを包み込む、やっぱ、重い話題だよな、これ……。

　コルクが申し訳なさそうに言った。

「ごめんね、みんな、さすがにこれは、ボクからは話しづらくて……」

「かまわない。人間生きていれば、辛い記憶のひとつやふたつは抱えるものだ」

　イクノは何でもないように答えてくれる。さすが経験豊富なくノ一……。

「某が一番辛かったのは、とある森林で、凶暴なオーガたちに捕縛されたときで……」

「だ、だから、そういう話は禁止！　なんでもそっちに繋げるなー！」

　サエカのつっこみに、イクノは「そうか……」としょんぼり。話したかったらしい。

「……分かったわ。あたしは納得したから大丈夫。あんたが第三階層を突破したら指南役を降りるという話の理由も察しがついたわ。あたしとしては願ったりかなったりだけど」

「…………」

「あと、念のために聞いておくけど、『アシュヴェーダ』攻略を最初に言い出したエルフのリーダー、まさか、あんたの恋人で、コルクがあんたの実の子って線はないわよね？」

「あー、その話か。コルク、大丈夫か？」

「うん。ボクは気にしないよ。他人から見れば、気になる部分だろうし」

　これまでに何度も投げかけられた質問だ。俺もコルクも慣れっこで、特に不愉快でもない。

「まず、俺とコルクの母親とは、確かに最後の段階で、恋人同士だった」

「えっ!?　じゃあ……！」

「だが、そうなったのは、コルクの母親がコルクを生んだ後だ。だから、間違いなくコルクは俺の子じゃない。付き合っていた頃、生まれたばかりのコルクの世話をしていたことはある」

「そ、そうなんだ……。じゃあ。今の話を、コルクは……」

「もちろん知ってるよ。パパから何度も聞かされているから」

コルクが嬉しそうに頷く。

「ボクはパパの子供じゃないけど、パパの子供のようなものなの。だから、パパって呼んでも間違いじゃないの。ね、パパ！」

「そんなこと一言も言ってないけどな……」

「細かいことは気にしない気にしない～」

コルクはごまかすように胸元に挟まった俺の頭を人差し指でつつく。

とはいえ、今、俺が話したことは、全て事実だ。

今でも俺は覚えている。母親に抱かれた生まれたばかりのコルクの姿を。そして、その母親の愛らしい微笑みも。後者については、忘れようと努力はしているのだけれど……。

サエカは「はぁっ」とため息をつき、頷いた。

「あんたたちの事情はだいたい分かったわ。それならば、余計に、ってことよね。自分が見捨てた恋人が踏み込めなかった先には、とても行けないってことだろうから」

「…………」

「さ、急ぐわよ！　せめて今日中に、ボスくらいには辿り着いておきたいんだから！」

足早に進むサエカ。重苦しい話をしたというのに、まったく気にしていないようだ。

コルクが胸の筋肉で俺を軽く締めつけ、笑顔で俺と視線を合わせる。

「……よかったね、パパ。みんなが優しくて」

「…………」

「ボクたち、世間では負け組かもだけど、こうしてひとつに集まると、そうじゃないかもって気持ちになるよ。ボク、みんなと出会えて、本当に良かった」

「……そうだな」

それは傷の舐めあいといえるかもしれない。このパーティは全員が何かしら性の部分で傷を持っている。俺たちはその傷を舐めあいながら、それでも夢に向かって進もうとしている。

俺はともかく、大切な……彼女に後を託されたコルクがそんな心境になってくれたのなら……このパーティの冒険も、悪くないように思えた。

「ちょっとあんたたち、遅れてるわよ！　だから急いで……」

そう叫んだサエカの足元から、カチッと、不気味な音が聞こえた。

4

真っ先に反応したのはイクノだった。咄嗟にサエカに近づき、腰の短刀を抜いて構える。

「全員、サエカ殿の近くに固まれ！　サエカ殿はそこから動くな！」

「はえっ！　あたし、何かしたの⁉　まさか　今の床を踏んだ感じ⁉」

パニック寸前のサエカ。自分が何かをしでかした自覚はあるのだろう。

コルクも剣を抜きながらサエカの背後を固め、レミネアがその隣に立つ。

コルクが叫ぶ。

「エロトラップダンジョンの足元には、トラップ発動用のスイッチが仕掛けられてる！　第◯階層でもそうだった！　昨日説明したよね⁉」

「そんなんいきなり分かんないわよ！　これ、どうなっちゃうの⁉」

「みなさん落ち着いて！　床が突然崩落して、Ｈなモンスターが満載の広間に突き落とされる可能性もあります！」

「そんなトラップまであるの⁉　めっちゃ外道じゃない！」

「エロトラップダンジョンですから！」

「そうかもしれないけどさあ！」

俺もコルクの胸元で上下左右に視線を巡らせる。レミネアの言うとおり、何が起こるか見当がつかない。一五年前はこんなトラップに掛からなかったから予見も叶わない。

と、前方の通路から、甲高く奇怪な叫び声が連なりで聞こえてきた。

「ちょ、なんか来た……⁉　え、サル⁉　でっかいサルのモンスター⁉」

まさにそのとおり、全長数メートルもある巨大なサルが三匹、こっちに向かって来ている。

全身毛むくじゃらで、顔はヒヒをさらに凶悪にした感じだ。

「暴れエイプです！　『東方辺境』のペルム領域に出現する凶暴なサル型モンスター！　しかも、全部が発情期です！」

「なんで分かるの!?」

「勃ってますから！」

「ひぃぃっ！　ホントだぁぁぁ！」

レミネアの口にしたとおり、三匹の暴れエイプさんは全員がペニス（動物だから伏字じゃなくていいよね？）をギンギンに勃起させている。

というか、もう我慢できないのか、透明な我慢汁（言語矛盾！）を先端から噴出させながら突貫してくる。

いきなり全開だな！　さっきのしんみりな雰囲気が吹き飛んだ！

「暴れエイプは人間の女性を快感のためだけに襲うことで有名です！　私たちも例外ではありません！」

「ちょ、そんなマニアックな知識、何で知ってるのよ!?」

「Hな話、大好きですから！」

「そうかもしれないけどさぁ！」

急速に接近する三匹の暴れエイプ。このままでは数秒で目前に来る。

どうする!?　何か俺が指示を出すべきか……と思った瞬間！

「『忍法・白蜘蛛縛り改』！　はぁぁっ！」

イクノが躍り出た。右手で胸をもみ、左手を暴れエイプたちに突き出す。

直後、左手の裾から白い粘液が放出、巨大な投網となって暴れエイプに覆いかぶさる。

白い投網はその身体に引き付けられるように吸着、全身を縛りつけた。

「ウガァァァァァッッ！」

痛みと怒りで絶叫する巨大サルたち。投網の先は捻じれながらイクノの両手に繋がっている。

「皆の衆、今だ！」

「……ッ！　分かりました。『サンダーゴ』！」

レミネアが魔法の杖を構えながら素早く印を結び、詠唱を口にする。

『サンダーゴ』……『ブリザーゴ』『フレイムーゴ』と同じく、上級の攻撃魔法だ。反射的に出たということは、レミネアが一番得意な攻撃魔法なのだろう。

強力な電撃が白く巨大な閃光となって杖の先からほとばしり、三体の暴れエイプに突き進む。

数秒と経たず直撃……三体から無数の火花が散り、全身が焼け爛れる。

「ガウガワァァァァァ！」

絶叫をあげる三体。うち一体はその場で絶命して転倒。しかし、残りの二匹は最後の力を振り絞り、こちらに飛びかかってくる。

「まだ生きてる！　サエカ、いくよ！」

「もちろん！　はぁぁぁぁっ！」

二体の暴れエイプに、サエカとコルクが猛然とダッシュ。

ザシュゥ！　二体とふたりが交錯すると同時に、暴れエイプの胴体と首が切断される。

二匹が崩れ落ちると同時に、コルクとサエカが剣を鞘に納める。

「ふぅ……。いきなり発情した暴れエイプが襲ってくるとは、さすがエロトラップダンジョン、容赦ないわね……って、うわ、こいつら、まだ勃ったまんまじゃない！」

サエカがぎょっとした顔でその場から飛びのく。

三体の死体は、どれもペニスが力強く屹立したまま。よほどこの世に未練があるのか、どのペニスも我慢汁を噴出し続けている。さすがサル、元気すぎだろ。

「うへぇ〜、マジキモい……って、レミネア!?」

レミネアが大慌てで三体の死体に順番に駆け寄り、下半身を確認する。

「よし！　大事な部分がどれも無傷……！　皆さん、大収穫ですよ、大収穫！」

瞳に無数の★を煌めかせたレミネアが、興奮気味に皆に両手を振りまわす。

「だ、大収穫!?　どういうこと、レミネア!?」

「コルクさん、聞いたことがありませんか？　暴れエイプの勃起したペニスと睾丸の干物は、精力剤として強烈な効果があるんです！　アトラスで高値で売れます！」

「初耳だよ!?　でも、本当!?　そんな薬、見たことも聞いたことも……」

「発情状態の暴れエイプに遭遇しないと入手できませんから、アトラスではほとんど流通しません。知る人ぞ知る話です……というわけでサエカさん、ぶった切ってください」

「ぶった切る⁉　まさかこいつらのナニを⁉　なんであたしが！」

「一番剣術に優れているので。断面が綺麗なら、商品価値も上がります」

「うええええっ⁉　そんな理由で？」

「できないんですか？　伝説の勇者なのに？」

「伝説の勇者の仕事にエテ公のあそこぶった切っるのは含まれていないわよ！」

「伝説の勇者なのに？」

「うぐっ……！　わ、分かったわよ、やればいいんでしょやれば！」

レミネアの問い詰めに屈し、三体のペニスと睾丸をザクザクと切断していくサエカ。不憫な子……まぁ、レミネアの言葉は正論だから仕方がない。

「ふう……終わったわよ」

仕事を終えたサエカが告げた。コルクはその足元に転がるペニスをじっと見つめている。

「……何よ」

「あ、いや、意外と簡単に切れるものなんだなって。さっき、暴れエイプの身体を斬った時は手ごたえがあったんだけど、そういうのがない感じだったから」

「雄の生殖器は人間型ならそんなものよ。皮をむけば柔らかい部分がむき出しになるし、中にはスポンジみたいなものが詰まっているだけだから。だから充血すると大きくなるし、防御力は低いから蹴られればめちゃくちゃ痛い」

「さすがふたなりだけあって詳しい……」

「好きで詳しくならないわよ！　あそこにアレがあると学ぶものなの！　めちゃ痛いの！」

ムキになって叫ぶサエカ。俺もサエカの言葉の後半には顎を上下に激しく振ってしまうほど同意だった。ほんとあそこは痛いんだよ蹴られると……。

そんなふたりを無視して、レミネアはウキウキな感じで三体分の暴れエイプのペニスと睾丸を拾い、油紙に包んでは『道具袋』に放り込んでいく。瞳にはまだ★が散らばっている。

「第一戦で素晴らしい成果です！　コルクさん、この調子でダンジョン内のモンスターを狩ってレア素材を集めていけば、パーティとしての活動費用も稼げるかと！」

「そ、そう……？」

さすがのコルクも引き気味に応じるが、レミネアは朗らかな笑顔で頷く。

「ええ。売り方を考える必要はありますが、それは皆で相談していきましょう」

「そっか。でも朗報だね！　あと、今の戦いもすごかった！　みんな、息がぴったり！」

それは俺も感じていた。突進する敵に対し、イクノの忍術による足止め、レミネアの魔法によるアウトレンジ攻撃、そしてトドメのサエカとコルクの斬撃。全く隙がない。

そして、同時に俺は、ある種の清々しさも感じている。

そう、これだ。この爽快感こそが、冒険の醍醐味！

第〇階層では、コルクはひとつひとつのトラップに丁寧にひっかかり、丁寧に俺にビキニアーマー姿で悶えるのを見せつけてきた。正直、埒が開かないとも思った。

が、今の戦いは、パーティ戦の手本のような流れだった。

もしかしてこのパーティ、いけるのでは!?

変態どもが集まった胡乱なパーティで、ひとりひとりはどうしようもない性癖持ちだが、四人合わされればまた違うのでは!?

俺、そしてコルクの感触は、仲間たちにも伝わっていたようだ。

サエカが表情をこわばらせたまま、勝ち誇ったように告げる。

「あ、あたりまえじゃない？　あたし、伝説の勇者なのよ。これくらい楽勝よ！」

イクノが誇らしげに頷く。

「うむ。母乳を使った忍術は、某の得意技だ。まだまだ新たな技をみせようぞ！」

レミネアが最後のひとつを手にしながら嬉しそうな笑顔を浮かべる。

「はいっ！　登場したのが既知のモンスターで残念でしたが、みなさん無事でよかったです！貴重な素材も手に入りましたし！」

「みんなありがと！　あとレミネアは早く両手の貴重な素材をしまってさすがにニコニコ顔でそれ握っているのは絵面的にしんどい！」

「ぐすん、可愛いのに……」

しょんぼり顔で巨大な猿ペニスを『道具袋』にしまうレミネア。これを『可愛い』と評せるメンタルって……。

「よし。このまま進もう！　エロトラップダンジョンスキルの取得が叶わなかったのは残念だけど、まだこの先にもチャンスがあるはず！　行くよ、みんな！」

「「「おー！」」」

コルク、他の三人が気勢を上げるように右手を掲げた。俺もこれまでにないくらい前向きな気持ちになって前を見る。もしかしたらこの四人なら、かつての俺たちのように、第一階層のボスまで難なくたどり着けるのでは……と。

その時だった……再び先陣を切っていたサエカの足元から「カチッ」と音が生じたのは。

それまで高揚していた四人の士気が一瞬で氷点下まで下がる。

俺は咄嗟に叫んだ。

「まずい、今のは罠だ！　俺たちを油断させてから、次のトラップが……！」

次の瞬間、左右の壁が一瞬で消失し……。

代わりに、無数の触手が横合いから襲いかかった。

5

無数の触手は一瞬でコルクたちに絡みつき、四肢の自由を奪った。

「油断した……！　まさか、二段階の罠とは……！」

イクノが全身を触手に絡み取られながら、悔しそうに呻く。

触手の形状はタコ足そのもので、全身（？）に吸盤のようなものが無数についている。

触手の根本にあたる通路の両側面には、やはりタコの肌のような質感の肉壁が張りついている。おそらくこれが触手の本体なのだろう。

「ちょ、これ、どうするのよ……ッ！」

サエカが悲鳴を上げた。

「このっ！　外れ……ないっ！　服にも肌にも張りついて……っ！」

触手の吸盤の吸着力は強力で、がっしりと少女たちの全身を掴んで離そうとしない。

おかげで、コルクもサエカも、そしてイクノも、手に得物を握りながら、まったくそれを振るえない状態に陥っていた。触手の数も膨大で、先日の第○階層ボスの比ではない。

「みんな、大丈夫!?」

コルクが声を張り上げた。

「落ち着いて！　こいつはただの触手！　四肢の自由さえ取り戻せば、脱出できる！」

「具体的にはどうするのよ!?　これじゃあ剣も振るえない！」

「分かってる！　レミネア、この状態でも印は結べるよね!?　魔法で打撃を与えて！」

コルクはレミネアに向かって叫んだ。

「魔法で弱らせた瞬間に、ボクとサエカが拘束を解いて全部の触手を切り刻む！　イクノはその後、さっきの忍術で壁を覆って！　そして、ボクとサエカで左右の本体を攻撃する！」

立て板に水の指示。最近まで『東方辺境』の最前線で冒険をしていたコルクの本領発揮だ。

意識が状況の打開に向かっているためか、露出癖のスイッチも入っていない。

「今の手順で完全に撃破すれば、こいつからも素材を……って、レミネア？」

コルクは怪訝な声で尋ねた。俺も顔をレミネアに向け……絶句する。

レミネアはうっとりとした表情で、奇跡的に自由となっている両手で、目の前をうねうねしているタコ足触手を触っていた。

その手つきは丁寧で繊細で、まるで精巧なガラス工芸品を愛でているようだ。

「レミネア、どうしちゃったの!? それ触手だよ!?」

「エモーショナル……、これ、いいですねぇ、コルクさん……」

「はぁっ!?」

「考えてみてください。壁一面に触手が生えているんですよ。意味不明じゃないですか。この触手、どうやって生殖しているんですか？ どうやって栄養取っているんですか？ 壁に擬態していたのは幻術の一部として、誰がそれを仕掛けたんですか？ というか、足元のトラップとその出現がどう連動しているのですか？ それも誰が仕掛けたと？」

レミネアの言葉は次第に早口になっていく。

「これぞエロトラップダンジョンの触手そのもの！ エモーショナルです！ こんな生物は『東方辺境』のどこでも発見されていない！ 新種です！ ぜひサンプルを持ち帰り、冒険者ギルド発刊のモンスター図鑑に登録しなくては！」

「あの、レミネアさん……？」

「ただ、この特殊の吸盤の使い方は今のところ単調ですね……なるほど、私たちを弱らせてから、性感帯のある部分を責めて弱らせるつもりですね。それはそれで合理的でH……エモーショナルです！　ぜひとも、その『責め』も体験しなくては……！」

「レミネア、完全にスイッチ入っちゃった……」

コルクが青ざめながら呟く。

レミネアは知的好奇心に弱いらしい。新種の触手に触れたことで、そっちへの興味に心が支配されてしまっている。

これでは魔法を放つことは不可能だ。おそらく先ほどの暴れエイプは、彼女にとって既知の存在だったがゆえに、興味を引かれなかったのだろう。

というかな!?　そんなスイッチの入り方は想像できかねるものでな!?

「つたく、こんな時に……！　イクノ、レミネアを正気に戻せるような忍術はないの!?」

サエカがイクノに振り向く……が、そこで見たものは。

「ちょっとイクノ、何してるの!?」

イクノは自分で身体を動かして、いろんな部分を触手に擦りつけていた。

瞳にはこれまでに見たことがないほど艶っぽさがある。本人も興奮しているらしく、荒い息を吐き出している。

って、イクノまで!?　どういうこと!?

「そうだ、触手ども、もっと某に絡みつけ……！　そして、全部の穴を埋め尽くせ……！　この状況に耐えてこそ、山田流忍術最後のくノ一……！」

「イクノ、何言ってるの!?　普通にこの場を逆転するだけでも本領発揮だと思うんだけど！」

「それでは足りぬ、足りぬのだ……！　山田流忍術の後継者を得るためには、もっと山田流忍術らしい活躍を……このくノ一としての身体を存分に使った活躍を……！」

「そんな活躍しか見せない忍術に後継者は来ないよ!?」

「だとしても、某の全てである山田流忍術の道を歪めることはできん！　責めを受けてこそ、受けきってこその山田流忍術！」

忍者としての美学と後継者が欲しいという願望がごっちゃになってる。真面目なイクノだからこそどちらも捨てきれない中途半端さというか……。

イクノの艶めかしい動きに釣られ、本当に多数の触手がイクノに寄ってきた。

「はぁっ、はぁっ、いいぞ、そこだ……！　どんどんこい！　前でも後ろでも上でも脇でも胸元でも、好きなように蹂躙しろ……！　あ、はぁっ！」

嬌声をあげながら、触手と戯れるイクノ。

いや、もうそういう次元じゃない。触手はあきらかにイクノのデリケートな部分を狙って吸盤を擦りつけている。

「あうっ！　吸盤のザラザラした感じが大事な部分に当たって……！　いいぞ、これぞ触手凌辱！　某としてはもう少しエグい形の触手が好みだが、タコ足も生っぽくてよし！」

「イクノもスイッチ入っちゃったぁ……!?」

絶句するコルク。いつも冷静に（といってもかなり常識外れだったが）意見を口にしていたイクノの変貌だからこその衝撃だろう。

「仕方ない！　サエカ、ボクと一緒に……って、サエカ!?」

「はぁっ、はぁっ、はぁっ……！」

いつの間にか、サエカもイクノに負けず劣らずの婀娜な吐息を吐き出していた。

「なんて、もの、見せる、のよっ……！　こんな、時に……っ！」

「サエカ、まさか……!?」

「おかげで、大きくなって……っ！　はぁっ、はぁっ、ダメって、分かってるのに……！」

荒々しい息を吐き出しながら自分の股下の見つめるサエカ。そこは先日と同じように、ドレスアーマーのプレートの一部が、不自然に盛り上がっている。

おいおいおい！　サエカまで……!?

「ちょ、サエカ、気をしっかり！　ここで負けたら、本当に苗床だよ!?」

「わ、分かっている！　けど……あそこが疼いてたまらなくて……！」

自分から摩擦を求めるように、腰をヘコヘコさせるサエカ。

「そんな、サエカまでスイッチが……あふぅ！」

突然、明らかに感の入った声で鳴くコルク。

「コルク、どうした……!?」

「ボクのまわりの触手も、イクノと同じように、変な動きを始めて……！」

ずりゅずりゅずりゅ……コルクに絡みついていた触手が、明らかに意思を宿した動きを始めていた。具体的には股下に吸盤を擦りつけたり、胸を絞るような動きをしたり……。

コルクの装備はビキニアーマーで肌を覆う部分が極端に少ないから、触手が動き回ることで与えられる感覚も、仲間たちよりもストレートにコルクに伝達されることになる。

「あっ、ひっ、あぐはぁっ！　これ、ダメ、気持ちいいかも……っ！」

「気をしっかり持て！　お前まで官能に呑まれたら、本当に逆転できなくなるぞ!?」

「そ、そうだよね……！　パパもボクの胸元にいちゃ、ボクの恥ずかしい姿をよく見れないわけだし、それは露出癖としての沽券に関わるというか……」

「そんな沽券あってたまるかだが、ともかく……うわっ！」

その時、コルクの豊満な胸が這いまわる触手によって下から上に勢いよく押し潰され、その圧力で俺はコルクの胸からすぽんと抜け出てしまった。

宙に放り出された俺は、コルクの頭上を蠢いていた触手の上に着地することになった。

おかげで、俺がコルクの全身を斜め上から俯瞰するような立ち位置になる。

「「あ」」

全身から血の気が引く。コルクの胸元から押し出されたということは、俺がコルクを客観視できるようになったということで、それって……。

「パ、パパが、ボクを見てる……触手に絡みつかれて、虐められている、ボクの姿を……！」

「コルクー!?」

「Hだよね、Hに決まってるよね!?　ビキニアーマーでむっちり体型のエルフの美少女が触手に襲われているんだからパーフェクトだよね!?　それをパパに見てもらって……ああっ、恥ずかしいけど気持ちいい……っ！　あっ、いっ、あああああっ！」

自分でむっちりとか美少女とか言うなとツッコミたかったがもうそんな状況ではない。

これで四人全員が性癖にスイッチが入ってしまった。絶望的な状況……大ピンチだ。

「はっ！　そうだ。大ピンチといえば……コルク！」

「あっ、ひっ、ふぁっ　何、パパぁ……？」

「今がエロトラップダンジョンスキルの取得のチャンスだ！　負けない、諦めない！　って強い想いを抱くんだ！　お前の時もそうだっただろう!?」

「そ、そういえばぁっ……」

「あと、お前もスキルが使えないのか!?　スキルが使えれば、こんな状況……」

「い、はっ、そ、それ、無理っぽい……」

「無理!?」

「な、なんというか、気持ちが乗らないと発動しないっぽいというかぁ……」

使いにくいスキルだなおい！

「み、みんなぁ……？」

触手に弄ばれながら力なく仲間たちに声をかけるコルク。だが、レミネアは触手の観察を続け、イクノは自分から触手を引き寄せ続け、サエカは勃起したまま疼きに震えている。

全員が性癖に呑まれている。この状況で抵抗の意志を示せるとは思えない。

マズい、このままでは本気でマズい！

と、コルクとイクノが悶え始めたためか、そちらに触手の一部が引き寄せられ、代わりにサエカの両手に絡みついていた触手が離れた。

チャンス！　これでサエカは剣を振るえる！　少なくとも物理的には！

「サエカ、右手の剣で自分に絡みついている触手を斬れ！　お前ならできる！」

サエカは体質こそ両性具有&性欲過剰だが、性癖は『Hなイラストや光景に興奮する』という至って普通のものだ。この状況でも、もっとも冷静な思考が期待できる。

だが、サエカは泣きそうな声で答える。

「む、無理ぃ……！　だって、あそこがジンジンして、ヒリヒリして、身動きとれないぃぃっ！　シコシコしたくてたまらなくて、頭がお●●●●になったみたいぃぃぃっ！」

「だったらヌけ！　右手でもうヌいちまえ！　そうすれば冷静になれる、そうだろ!?」

いわゆる賢者タイムというやつだ。何で知ってるかって？　言わせるなよ……。

サエカは切なそうな顔で首をぶんぶん振った。

「そ、そんなの、イヤ……！　またみんなの前で、恥を晒すなんてぇ……！」

「我儘言ってる場合じゃない！　ここでお前が頑張らないと漏れなく苗床だぞ！」

「で、でも、右手、剣で塞がってぇぇ！」

「だったら左手を使えばいいだろ！」

「左手はイヤぁっ、使い慣れてないからぁぁっ……！」

なんだその拘り！　いや分かるけど！　利き手以外はやりにくいの知ってるけど！

「ああもう、仕方がない！　恨むなよ！」

俺はそれまで乗っていた触手から別の触手に飛び移り、そこからサエカの近くまで走った。

途中で細めの触手を口に咥え、そのままサエカのドレスアーマーの下に入り込む。

「何するつもり!?　え、あたしのを、ショーツの外に出した!?　あふぅっ！」

くるくるくる……ビシィ！

「あひぃっ！　あ、あんたまさか、あたしのナニを触手でぐるぐる巻きにして……！」

「俺が直接触るよりは心の抵抗がないだろ!?　俺だって触りたくないし！」

「人のものを汚らしいものみたいに！　って、まさか、その触手で!?」

「当たりだ！　このぉっ！」

「あっ、ダメ、今、敏感に、あっ、お、あふっ、うふぅぅぅぅぅ！」

サエカの男の部分に巻きついた触手をぐいぐい引っ張る。まさしく『シゴく』わけだ。

「あっ、いやぃ、そんなっ、出る、出る、出るぅぅぅうっ！」

どくどくどく、どくく！

官能が昂り切っていたためか、サエカは三擦り半くらいで達してしまった。

男の射精時に特有の、あの何ともいえない生臭い臭いが、俺のオコジョとしての鋭い嗅覚に捉えられる。というか、一部がドレスの布地を突き抜けて、俺の身体にばっちり付着している。

うぐっ。自分のじゃないあの臭いをモロに嗅いだのは初めてかも……。

が、気にしている余裕はない。サエカは今、賢者タイム突入のはず！

その証拠に、ドレスアーマーの下の勃起は完全に収まっている！

「サエカ、これでスッキリしただろ、動けるか……!?」

「うっ、うぐっ、ううぐっ……！」

サエカは瞳に涙を浮かべ、悔しそうに歯を食いしばっていた。

ヌいたことで冷静にはなったが、おかげで現状を的確に捉えてしまい、羞恥を覚えている。

「うぐっ……よくも、よくもよくもよくも……！」

サエカは泣きながら改めて剣を構えた。表情は怒りに染まっている。

「よくもぉぉぉぉっ！」

それから数十秒とたたず、サエカの斬撃で全ての触手が切断され、ついでに両側面の本体も間髪を入れないサエカの攻撃でズタズタに切り刻まれた。

残ったのは一面に散乱した触手の残骸と、絶命した壁の本体と、状況の急な転換についていけず呆然としているコルクたち三人と……剣を鞘に納め、仁王立ちするサエカだった。

「サエカ、よくやった！　大丈夫か!?」

慌ててサエカに駆け寄る。

次の瞬間、俺はサエカの頭がおかしくなったと思った。いきなり笑い出したからだ。

「あはははははっ！　はははははっ！」

「サ、サエカ!?」

「は、は……。うわぁぁぁん！　なんなのよぉぉぉ！、理不尽すぎるわよぉぉっ！」

今度はぺたんと尻餅をつき、大声で泣きだす。多分、あまりにショックな出来事が連続して、精神が追いついていないのだろう。

「……はぁぁぁぁぁぁぁ～～～」

最後に、疲れ切ったように、深々とため息をつく。

「し」

「し？」

「死にたい……」

6

「ここが……」

イクノの低い声がダンジョン内に響き渡る。

目前には巨大な扉。形状は第〇階層のボス前と全く同じだ。

「主殿、間違いないか!?」

「ああ。この先に第一階層ボスがいる。これを撃破すれば、第二階層に行ける」

「そうか。……コルク殿？」

イクノの問いかけに、コルクは何も答えず、じっと扉を見つめている。

……この第一階層ボスの前に辿り着くまで、俺たちは三度、エロトラップに嵌まった。

ひとつめは、視線を合わせるだけで催眠にかかり装備を全て脱がされる眼球型触手。全員が全裸になりかけたが、イクノが途中で我に返って触手を倒して事なきを得た。くノ一に子供の頃から投与され続けていた催眠対策用の薬のおかげらしい。

ふたつめはスライム沼。水に擬態していた巨大なスライム（発情中）が、部屋の床面を覆っていた区画だ。コルクたちはこれをスライムと看破できず全員が捕縛され、敏感な部分を長時間刺激されることになった。幸い、レミネアが魔法で最初に切り抜け、その後、全員の反撃で突破できた。

最後は発情したゴブリンの群れ、それも『アシュヴェーダ』固有の種……新種の襲撃。

おかげで触手壁と同じく、レミネアが新種との遭遇というシチュに惑わされ、イクノが山田流忍術の本領発揮と自ら嬲（なぶ）られるのを望み、その光景にサエカが性欲をたぎらせてしまうという最初と同じ展開になり、発情した……つまりはペニスをイキりたたせたゴブリンたちに全員が取りつかれてしまった。

なんとかなったのは、俺がコルクの胸から離れず、正気を保ったからだ。

かくして俺たちは今、第一階層のボスの手前にいる。

ただ、ここに来てコルク以外の三人は、明らかに精神的に消耗していた。自信を失いかけている、といってもいい。

レミネアも、イクノも、サエカも、探索開始前よりもげっそりとした顔になり、身体から生気が抜けてしまっている。

連続してトラップに嵌まり、全滅しかけたことが、皆の心を圧し折りつつあった。

「この後、第一階層ボスに挑んで、本当に勝てるのか。あるいは、今後もこんな酷い目に遭いながら、冒険を続けられるのか」

今、三人の脳裏には、そんな疑問が浮かんでいるはずだ。

このままでは、パーティの士気が完全に砕けかねない。

しかし、自信を失ったまま、ここから逃げ出せば……。

「……パパ、第一階層のボスの正体については、言わなくていいからね」

愛弟子の強い口調に息を呑む。三人も絶句しながらコルクを見つめている。

「第一階層はボクたちだけで突破する。でないと、第二階層の突破は無理だし、第三階層の突破も夢のまた夢だ。第三階層には、パパたちを全滅させたボスもいるんだから」

「ちょっと待って！　本当にこの先に進むの!?　しかもノーヒントで!?」

サエカの悲鳴のような声。

「無理よ！　さっきだって、ゴブリンたちにあんな酷い目に……！　第一階層のボスに挑めば、もっとひどい目に遭うに決まってる！　一応、高価な素材はいくつも入手できたんだし、ここで離脱しても……」

コルクはサエカに振り向く。

「安心して。今度こそ、エロトラップダンジョンスキルを得られるだろうから。そうなれば、ボスだって怖くない」

「でも、あたしたち、さっきはあんなピンチになったのに、スキルを得られなかった！　コルクだってスキルを発動させられなかった……これじゃあ、どうしようも！」

「みんななら大丈夫だよ。それに、今逃げ出せば、何をやっても上手くいかないって諦めが身についてしまう。二度とここには戻れないかもしれない」

それはコルクが、本当は俺に言いたかった言葉のように思えた。

コルクは、一度の失敗で現役を引いた俺を、そんな気持ちで見つめていたのかもしれない。

そして、それをどうにかしたいと思っていたのかもしれない。

「ここが踏ん張りどころだよ。ボクたちは『英雄たち(H/EROS)』、なんだから」

「……う、上手いことを言っても、現実は変わらないわよ」

自らが提案したパーティ名を口に出され、サエカは動揺しながら答える。

「……でも、負け癖をつけたくないってのは分かるわ。あたしだって、逃げ出したままでいたくない。家族から、世間から、お前はいらない人間だって言われたくない……」

レミネアとイクノが、無言で足元を見つめる。その無言は雄弁でさえある。

「……大丈夫。いざとなったら、ボクがスキルでなんとかする。それに……」

コルクはその先を口にすることなく、目の前の扉を押し込んだ。


「何、あれ……」

サエカが、この世のものではないものを見たような顔で呟いた。

実際、目の前に浮かぶものは、この世のものとは思えなかった。

直径数メートトもある巨大な眼球が、広間の中心に浮遊している。

眼球の周囲には楕円形の肉体があり、瞼を上下に動かして何度も瞬きをしている。しかし、その他には何もない。

「コルクさん、気をつけて」

レミネアの強張った声。目の前のモンスターは、彼女にとって新種になるはずだが、状況が状況のためか、さすがに平静は失っていない。

「あれも多分、瞳から何かの呪いを発するモンスターです。少なくとも目を合わせては……」

次の瞬間だった……眼球が回転すると同時に、瞳から光の線が放たれたのは。

「……！　みんな、避け……」

コルクの叫び。だが、それは遅きに失し、横薙ぎの光線に全員が接触する。

すぐに眼球は照射を停止。コルクたちに傷はない。

「何だったの、今の……」

サエカが訳が分からないというように呟いた……その直後。

全員の腹部が、ボコッと盛り上がった。

7

「あ、が……！」

四人が膝から崩れ落ちたのは、同時のタイミングだった。

俺を胸に挟んでいるコルクも、思わず剣を取り落としながら座り込む。

コルクのお腹は、まるで妊婦のように膨らんでしまっている。着ているのがビキニアーマーだから、その膨らみようが如実に分かる。腹圧で臍まで浮き出てしまっている。

「これ、何……!?」

コルクが異様な形となった自分のお腹を見つめ、信じかねるように呟く。

「ボクたち、何されたの……!?　どうして、お腹が膨らんで……！　うぐっ！」

ぐるるるる、とコルクの腹が鳴り、表情が苦痛に歪む。

「食あたりの時みたいに、お腹が下って……魔力も、ゴッソリ減った感じ……！」

「魔力排泄……！」

レミネアがはっと呟き、反射的にイクノが尋ねる。

「魔力排泄!?　レミネア殿、それは……」

「魔力排泄はその名のとおり、対象の魔力をゼリー状の物質に変化させ、肛門から強制的に排泄させる魔法です！　お腹の中で膨らんでいるのは、まさにそれです！」

「ちょっと待って、あたしやイクノは、魔法が使えないのに……!?」

サエカが腹を抱えながら叫ぶが、レミネアは首を振る。

「人間には誰しも大なり小なり魔力があります。それを使いこなせるかどうかが、魔法使いか否かの違い……さっきの光線は、全ての人間に魔力排出を強制する魔法なんです！」

「そんな、無茶苦茶な……！　あぐぅぅぅ！」

ごろごろごろごろ……！　サエカは低く鳴り響く腹を抱えながらもんどりうつ。

「ぐぅっ！　こんな、下品な攻撃、よくもまぁ……！　このダンジョンを考えだしたやつ、マジで悪趣味……はぐぅっっ！」

ぐる、ぐるぐるぐるぐる……！

「も、漏れる！　少しでもお尻の力を緩めると……！　これ、どうにかならないの!?」

「常識的に考えれば、あのボスを倒せば、魔法の効果は消失するはずです！　あるいは、いっそのこと漏らしてしまう……」

「漏らす!?　魔力……になったゼリー状の物質を!?」

「え、ええ……！　私やコルクさんは漏らせば魔力が失われ、魔法の使用が難しくなりますが、サエカさんやイクノさんなら、影響はそれほどでも……」

「それほどでも、なはずないでしょ!?　お尻からゼリー漏らすのよ!?　このお腹の感じだと、めっちゃ盛大に漏らすことになるわ!?　イヤに決まってるじゃない！」

「ですが、それしか……！」

「じゃあ、イクノは漏らせる!?　恥ずかしくないわよね、くノ一なら……っ!」

「む、無理だ……」

「は、無理!?」

「某は訓練で、腹に異物が入ると、自動的にお尻の筋肉が締まるようになっている……だから、某の意思では、腹の中の異物を排出できない……!」

「何でそんな意味不明な訓練しちゃってるの……!?」

「そ、そこを鍛えなければ耐えられない拷問があってな……」

「イクノさん、そっちの話はまだダメです!　サエカさんには早すぎます!」

「ふっ、そうだな。あまりにこれは玄人向き、素人にはお勧めできない……!」

「何の話よ!?」

ぐりゅ、ぐりゅりゅりゅりゅりゅりゅりゅ、ぐりゅりゅ!

「あぐふぅっ!　マジ、もう、無理……!」

ぽっこり膨らんだ腹を抱え、床の上をのたうち回るサエカ。

イクノ、レミネア、そしてコルクも必死の表情でお腹の異常……痛みと便意に耐えている。

そう、これが第一階層ボスだ。

俺がかつて対峙した際は、さっきの光線を仲間のひとりが回避、光線の正体を確認しつつ、戦力の温存に成功し、撃破することができた。しかし、コルクたちはそれが叶わなかった。

このボスの光線を食らうと、人間は魔力をゼリー状の物質としてケツから排泄するという恥辱を味わうか、腹痛と便意を延々耐え忍ぶかという二者択一を迫られる。

そして、たとえ排泄で腹痛と便意から逃れても、すぐに次の光線が発射され、元の状態に戻されてしまう。レミネアは排泄すれば動けるようになると言ったが、あの眼球が健在な限り、それは不可能なのだ。

つまり、一度光線を食らえば、魔力が尽きるまで、ひたすら排泄を強いられる。そのうちに体力が失われ、その場で動きが取れなくなる。しかも……。

「……ッ！　腹の痛みで動きが取れなくても……！」

「……ッ！　魔力の残りが少なくても……！」

残された力を振り絞るように、イクノとレミネアが同時に構える。

「『忍法、白蜘蛛苦無投げ』！」

「『サンダーゴ』！」

イクノが母乳で作った糸で針のような武器を投擲、レミネアが電撃を発する。

だが、すぐにボスのまわりに球体の光の壁が生じ、両方とも弾き返されてしまう。

目を見張るレミネア。

「物理と魔法を、両方防いだ……！」

相手の魔法をはじき返す魔法は存在するものの、物理攻撃をはじき返す魔法というと、膨大な量の魔力の放出が必要になる。これを打ち破るには、同じくらいの物理的な衝撃、あるいは魔法の攻撃が必要になる。

光線を浴びるだけで魔力排泄を強いられ、反撃もまともな方法では通らない。

第一階層のボスは、そうした常識外れの相手なのだ。

「やっぱり、無理だったのよ……」

サエカが心を折られたように、悲痛な声をあげる。

「あたしたちじゃ、第一階層も突破できない……！　スキルも手に入れられない……！」

両の瞼には涙が浮かんでいた。これまでで一番多く、辛そうな涙……。

「あたしなんかが夢みちゃ、本当はいけなかった。ふたなりで性欲過多で、頻繁に自慰しないといけないあたしみたいな気持ち悪い人間……変態が……あぐぅっ！」

何度目かの強い便意が襲ったのか、サエカは腰を『く』の字に曲げて悶える。

レミネアもイクノもその言葉を否定しない。ふたりも、己の無力感を味わっている。

「……ッ！　コルク、そこのあんたの師匠に、『テレポス』を使ってって言って！　今なら脱出できる！　これ以上、辛い目に遭わずに済む！」

「…………」

「コルク……！」

その叫びに突き動かされるように、コルクはふらつきながら立ち上がった。

お腹は魔力排出の影響で膨らんだままだ。しかも、コルクの内蔵している魔力を反映して、膨らみ方が他の三人よりも大きい。まるで臨月の妊婦……いや、それ以上だ。

全身は脂汗にまみれで粟立っている。便意と腹痛で、表情は苦悶に満ちている。

だが、それでも、俺の弟子は、娘は立ち上がった。

ボスの眼球から、再び光線が放たれた。今度はコルクだけを狙っている。

一瞬で光線はコルクに直撃、上下のビキニの間に突き出された腹部を直撃した。

「あ、ぎっ、うぐぅぅぅぅぅぅぅぅっっ！」

修行中でさえ聞かなかったコルクの重苦しい呻き。まるで獣のようだ。

みるみるうちに、出っ張って膨れ上がっていたお腹がさらに膨らんでいく。まるで風船のようだ。あまりにお腹が肥大化したため、トップスが上に押し上げられてしまっているほどだ。

コルクのお腹からも「ぎゅるるるる！」と激しい音が響いている。

だが、コルクはむしろ、ボスに駆け出していく……胸元の俺を放り出して。

「コルク!?」

「それが、どうしたぁぁぁぁ！」

コルクは猛然とダッシュ……その勢いを利用して剣で眼球を斬りつける。

バシシシシシッ！　激しい火花、ではなく魔力の欠片。ボスが展開した球体の魔力バリアにより、コルクの剣が弾かれたのだ。

だが、眼球からの光線も同時に停止。ボスは球体バリアと光線を同時に放てない。

まさか、コルクは最初からこれを狙って……!?

「このぉぉぉぉっ！」

コルクは猛然と斬撃を続ける。剣を振り下ろすたびに剣が弾き返されるが、それでもコルクは止まらない。大きくなったお腹を抱えながら、渾身の力で攻撃を続ける。

「ボクは諦めない！　『アシュヴェーダ』攻略も、みんなと一緒に進むことも！」

「コルク……!?」

サエカの叫び。留めるような、そして信じがたいというような響き。

あの光線を食らって、あそこまでお腹を大きくされて……きっと魔力の全てを物体に変えられて、猛烈な痛みと便意にさいなまれて。

どうして動ける？　どうしてそこまで戦える？

「でも、そのためには、四人が一緒じゃないと無理だし、一緒じゃないとイヤなんだ！　ボクは、『アシュヴェーダ』が選んだボクを、そのボクが選んだ仲間を信じる！」

レミネアとイクノ、サエカの瞳に、輝きが再び宿る。

『アシュヴェーダ』が選んだボクを、そのボクが選んだ仲間を信じる。

つまり、コルクの仲間たちも、『アシュヴェーダ』に選ばれしものという証明……。

「魔力排泄？　ゼリー状の物体!?　そんなの、好きなだけお尻から出させてやる！　ボクの夢は、そんなもので終わらない……終わらせない！　みんなだってきっと同じ！」

コルクは剣を打ちつけ続ける。前を向きながら……前だけを向きながら。

そして、いつの間にか右手の甲を光らせ、『エロトラップダンジョンスキル』を発動させながら。

「ボクは、ビキニアーマー好きの露出癖の英雄(H／EROS)、コルク・ロートシルトだぁっ！」

斬撃を打ち込み続けるコルク。バリアに弾かれるたびに、両手の激痛に顔が歪む。頻繁に唸るお腹に奥歯が噛み締められる。

しかし、コルクの攻撃のおかげで、三人の安全は確保されていた。

ふらふらと立ち上がり、俺の前に集まる。全員がコルクに釘づけになっている。

サエカが、理解できない、という顔で呟く。

「どうして、戦えるの……？　お腹、あんなに大きくなって、ごろごろ鳴ってるのに……。いくら鍛え方があたしたちと違うからって……漏れないの？」

「多分、我慢しているのは腹痛だけです。結論を言えば……もう、漏らしています」

レミネアの落ち着いた返答に、サエカはぎょっとなる。

「漏らしている!?　だって、そうは見えな……」

「コルクさん、エロトラップダンジョンスキルを発動しているのに、攻撃に使っていません。別の用途に使っているんだと思います」

サエカは意味が分からないという顔になって……すぐに唖然となる。

「まさか、そんな!?」

「ええ。コルクさんは、お尻に『エロトラップダンジョンスキル』を使って、漏れるのを防いでいるんです」

コルクの『ビキニアーマーマスターＬＶ１』は、ビキニアーマーが映える動きをすると衝撃波が生じる。

コルクの動きがそのルールに従っていれば、衝撃波が生じてもおかしくはない。

「意味分かんない！　要は、お尻の筋肉の動きにスキルで衝撃波をのっけて、漏れるの防いでるんでしょ！　ビキニアーマー関係なくない!?」

「関係あります！　ビキニアーマーはお尻の美しさを際立たせます！　ほら、コルクさんのお尻を見て！　綺麗ですよね!?　キュッと締まってますよね!?」

確かに、コルクのお尻は、布地で覆われていない部分がほとんどだ。おかげで今、コルクがお尻に力を入れているのが如実に分かる。お尻の形も柔らかで、かつ張りがあって健康美そのもの。まさにビキニアーマーの効果だ。

前回の第〇階層序盤での、コルクの台詞がよみがえる。

『ボクのお尻を触った感触、どうだった？　気持ちよかった？　ビキニアーマー装備になってから、お尻も見栄えが良くなるよう、がっつり筋トレで鍛えたんだよ？』

まさかコルクのビキニアーマーと美尻へのこだわりが、ここで役に立つとは……。

「コルクさんは、漏らすことで魔力を全部失っても、かまわない覚悟でしょう。しかし、漏れれば最後、体力も気力も大量に失いますから、スキルで強引に止めているのかと」

「で、でも、それだと、スキルの発動が止まれば……！」

「ええ、盛大に漏れるでしょうね。というか、さすがに全部は無理なのか、よく見ると少しずつ漏れているみたいです。ほら、お尻のあたりに色鮮やかな毒々しい緑色の染みが。あっ、今ちょうどブシュッと」

「えっ……！　うわホントだ！」

「マジか……!?　あごはぁっ！」

サエカに脳天を素手ではたかれた。

「アホ！　娘の脱糞を直で見ようとすな！」

「脱糞じゃねえ！　そしてコルクの脱糞は幼児の頃に頻繁に見ているわ！」

理不尽だ。とはいえ確かに直視は憚られる。俺にそっちの趣味はない。

「でも、コルクさんは戦っている。お尻から固形になった魔力をはみ出させながら、それでも、私たちに諦めるなと伝えながら……」

「…………」

「かっこよくて、綺麗で、可愛くて、Hですよね、コルクさんは……」

レミネアの万感の想いを込めた呟き。

そして、コルクの想いは、他のふたりの仲間にも届いたようだ。

サエカが鳴り続けるお腹を抱えながら、このボス戦で初めて剣を構えた。

「こんな戦い、怖くて、惨めで、恥ずかしくて、もういやっ……！　でも、あたしもコルクみたいに、強くなりたい……っ！」

イクノも、サエカ以上に音を鳴らす腹を抱え、再び得物を握りしめる。

「そうだな、痛みがどうだというのだ……。これしき、山田流忍術のくノ一なら耐え忍んで当然！　友を守るためなら……！」

ふたりに頷くレミネア。膨らんだ腹を左手で押さえ、右手で杖を握りしめる。

「私も、なりふり構っていられないことを思い出しました……。『魔力排泄』、どんとこいです。むしろ、排泄による快感を覚えられるなら、それも一興！」

三人がボスを、今もまだ戦いを繰り広げているコルクの背中のほうを向く。

「私たちも！」

「某たちも！」

「あたしたちも！」

「「「英雄（H／EROS）だから！」」」

途端、三人の右の甲から、紋章の形の光が発する。

「……っ!?　これは……！」

戸惑うレミネア。だが、俺は確信を覚えていた。

「『エロトラップダンジョンスキル』の発現だ！　お前たちにも付与されたんだ！」

「これが……!?」

「何か聞こえないか!?　コルクはこの時、自分のスキル名を聞いたって……！」

三人が息を呑みながら告げる。

「き、聞こえます……！　私のスキルは『エロトークマスターLV1』……！」

「某にも聞こえた！　某は……『責め受けマスターLV1』……！」

「うえっ！　ほ、本当に何か聞こえる!?　あ、あたしは……え、『ふたなりマスターLV1』

……？　何それ怖い、意味分かんない！」

何それ怖い。俺も意味が分からない。

だが、逡巡は後だ。今すぐ彼女たちに新たなスキルを効果的に使ってもらわなければ、コルクが先に力尽き、勝機はなくなる。

そのためのアドバイスを口にできるのは、俺だけ……。

ええい、ままよ！

「みんな！　俺たちでボスのバリアを破壊して、コルクの斬撃を通すぞ！　レミネアは魔法で攻撃、イクノとサエカは直接攻撃！　相手にバリアがあるといっても、エロトラップダンジョンスキルなら、効果は上がるはずだ！」

「は、はい……！　ですが、具体的にはどうやって……!?」

「と、とにかくHな話を盛りこんで魔法を詠唱してみたらどうだっ!?　具体的に、と言われると俺にも分かんないけどっ！」

「わ、分かりました、やってみます……！」

レミネアは右手で杖を構え、左手で印を結びながら叫んだ。

「わ、私、触手は先っぽが男のアレみたいなのが一番好きですが、ミミズみたいに口がついているものや、ブラシ状のものも好きです……『サンダーゴ』！」

詠唱完了とともに杖の先から先ほどよりも威力の高い電撃が発し、ボスのバリアに直撃……爆発とともに、その表面にヒビが入る。

「や、やった、やりました、お師匠様！」

「あ、ああ……」

ごめん、全然意味が分からない。触手の形状の好みとか、どんだけ上級の性癖……？

「そ、それはともかく、イクノとサエカは追撃だ！　バリアを破壊できれば……！」

「分かってる！　でも、あたしたちのスキル、どう扱えば……!?」

「イクノ、あえて相手から痛みをもらえないか!?　『責め受けマスターLV1』がスキル名なら、責めを受けることで能力が向上するスキルのはず……！」

「それならばすでに責められている！　さっきの『魔力排泄』のおかげで、腹が引き裂かれんばかりに痛いからな！」

「そうか、なら、お前はそのまま……」

「承知！　『忍法、白蜘蛛苦無（くない）投げ・極』！」

先ほどと同じように、母乳で作り出した網で得物を投擲するイクノ。

だが、今回の投擲の勢いは前回の比ではない。まるで砲丸投げのように鉄の刃をぶん回し、飛翔させる。

再び直撃……レミネアの作り出したヒビがさらに大きくなる。

「サエカ！　お前はHな妄想をして、ナニを勃たせろ！　多分、それが力になる！」

「はぁぁぁ!?　何言ってんの!?」

「だってお前、むっつりスケベじゃん！」

「むっつりスケベ言うな！　え、Hな妄想!?　急に言われても。何かオカズがないと……」

「オカズならお任せください！　こんなこともあろうかと！」

レミネアがばさっとサエカに紙の束を突きつける。

「き、昨日のHなイラスト集じゃない!?　なんで持ってきてるの!?」

「サエカさんの性欲処理に必要かと思いまして」

「あたしのこと何だと思っているの!?　ああもう、仕方がないわね……！」

文句を言いながらもサエカは古文書を受け取り、パラパラと……ではなく、最初から狙いすましたようにあるページを開く。もうお気に入りのイラストあるんじゃねーか。

そして数秒と経たず、サエカは艶っぽい息を吐き出し始めた。

「はぁっ、はぁっ、確かに力が漲ってくる……！　あたしの興奮が力になってる……！」

「よし、狙いどおり……！　サエカ、その力で剣をあのバリアに叩きつけろ！」

「分かってる！　はぁぁぁぁっ！」

「性的興奮を力に変換できるなら、もっとHな本を見せたり、もっと性的快感を与えれば、サエカさんのスキルは、さらに力を増すということですかね？」

「そうなるな。もう少し、ドぎついのを次回から用意しておくとか？」

「お任せください。サエカさんのために、私が責任をもって準備します！」

「人が頑張ってる中で何言ってんの!?　ああもう、必殺、クレッセント・スラッシュ！」

コルクとの決闘で放った技だ。バリアに飛びかかり、円弧を描くように剣を振り下ろす。

サエカの斬撃で、ヒビだらけになっていたバリアは、ついに粉々に砕け散った。

「今よ、コルク！」

「みんな、ありがと！　こんのぉぉぉぉぉ！」

砕け散っていくバリアの魔力の中を、コルクが剣を構えながら駆ける。

一方、ボスの瞳からは再び閃光。光線で再びコルクの動きを止めようとしているのだ。

だが、それより一瞬早く、コルクが切っ先を眼球に突き刺す。

「チェストォォォォォ！」

ザシュウウッ！　眩しく輝く眼球の瞳孔の部分に、コルクの剣が根元まで突き刺さる。

そして、永遠にも思える一瞬が経過した後。

第一階層ボスは、赤い鮮血を吹き出しながら、地表に落下した。

8

「勝った……!?」

俺の隣で前衛組の戦いぶりを見ていたレミネアが、息を詰めるように言った。

地表に落下したボスは、絶命したのか、そのまま動かない。

代わりに、大広間の奥の壁がゴゴゴ……と動き、上に上る新たな階段が出現する。

第二階層への階段だ。ただ、このまま進んでもいいし、『テレポス』で帰ってもいい。次回からは、入口で第二階層への移動を望めば、その入り口から探索をスタートできる。

「……勝った、な……」

動かないままのボスの死体を見つめ、深い安堵のため息。

ギリギリだったが、勝利は勝利だ。

「……んっ!?　お。お腹が……？」

自分の下腹部を見つめるレミネア。

それまで『魔力排泄』で膨らんでいたお腹が、みるみるうちに元の形に戻っていく。

第一階層のボスが絶命し、『魔力排泄』の効果が失われたのだ。

イクノとサエカのお腹ももとに戻っている。

これで全員、お腹の痛みも便意も消えたことだろう。

「いいいいいえぇぇぇぇぇぇぇぇえい！」

「おわわっ！」

突然、俺はコルクに背中を摘まれ、歓声とともに真上に放り投げられた。

「今回もかなり運に助けられたけど、ボクらの勝ちぃぃぃぃ！　ブイ、ブイブイ！」

「おわっ、おわっ！」

お手玉を扱うように何度も宙に投げられ。最後はコルクの胸元にすとんと挟み込まれる。

「コ、コルク、お前なぁ……！」

「ふふん。そこはナイスキャッチといってよ」

勝ち誇ったように微笑むコルク。そして、いつもどおり天真爛漫な顔で尋ねる。

「で、パパ、どうだった、ボクの頑張り！　見ててくれたよね？　ね!?」

「そりゃ……すごかったとしか」

「だよねー！　えへへ、パパに褒められて、すごく嬉しい！　踏ん張った甲斐があったよ」

「踏ん張りといえば、お前、大丈夫か!?」

「大丈夫かって、何が？」

「いやその」

俺が口ごもっていると、コルクは何かを察し、まさに変態っぽい粘着質の笑顔を浮かべた。

「あー、そういうこと。あのねパパ、お腹の固体になった魔力はボスの撃破と同時に魔力に戻ったみたいだけど、排出されたのはそのままってルールみたい。だから……」

「だから……？」

「……見る？　まだビキニの中に残ってるよ？」

「誰が見るか！」

「えへへ！　一応、ダンジョンから脱出したらすぐに予備のビキニに着替えるつもりだけど、見たくなったらいつでも言ってね。着替えシーンも含めて！」

ニコニコ顔でとんでもないことを言い出す俺の弟子。

やっぱこいつ、本当の露出癖だ。もうちょっと戦闘が長引いていたら、別の性癖の扉が開いてしまったかもしれない。危ない危ない。

「コルクさん……！」

レミネアがコルクに駆け寄る。遅れてイクノ、サエカも。

しかし皆、自分からはコルクにそれ以上の声をかけられず、視線を逸らしてしまう。

自分たちの、先ほどの不甲斐ない戦いぶりを思い出してしまったのだろう。

そんな三人に、コルクは……。

「……みんな、ありがとね」

コルクは、ニコニコ顔で皆の顔を見つめた。

「ある程度計算してたけど、最後の最後は純粋な賭けだと思った。誰かに自分の恥ずかしい所を見られるのを本当に気にしないのは、ボクだけだから」

いざとなれば、自分がその身と恥を捨てて戦い、三人の戦意を奮い立たせる……コルクは最初からそのつもりだったのだ。

「でも、その賭けに勝ったのは、みんなのおかげ。ボクだけじゃできなかった。みんなを信じて正解だった。だから……ありがと！」

「コルク……」

サエカが一瞬涙ぐむが、すぐに涙を指で振り払い、いつものように不機嫌そうに答える。

「……っ！　何言ってんの、あんだけ恥ずかしい思いをしたんだから、当然の結果よ！　っていうか、何であたしのスキルはアレなの!?　納得いかないんだけど！」

「やっぱり、サエカさんは『アシュヴェーダ』にとってのご褒美だからじゃないでしょうか」

レミネアが頬に人差し指を当てて、朗らかに首を傾げた。

「可愛がりがいがあるというか、弄りがいがあるというか……愛されてる証拠？」

「いぎっ！　じょ、冗談じゃないわそんなの！」

「でも、『アシュヴェーダ』がそういうスキルを付与したこと自体、その証拠というか……」

「み、認めないわ、そんなの！　次こそまともなスキルを入手してみせる！」

「うむ！　某としても、次は母乳を使った忍術に関係するスキルが欲しいな！　確かに『責め受け』は某の得意分野だが、それだけでは汎用性に欠ける！　サエカ殿も、同じように体液を使ったスキルが付与されると面白かろうな！」

「体液を使ったスキル……って、誰がんなもの望むか！　意外に体力消耗するのよ！」

「某は母乳を活用したスキルについて話していたつもりだが？　サエカ殿はどの体液を想定して喋っていた？」

「あぐっ！　……そ、そうよ、そのつもりであたしも話したわよ！」

「アッハッハ。サエカ殿は面白いのう」

「今度はサエカさんのスキルの使用がはかどるよう、もうすこしエグい本を持ってきますね♪」

「ああもう、こんな連中と一緒に冒険するなんて、あたし、やっぱり早まったかもー！」

皆の笑いに包まれる大広間。コルクも無垢な笑顔で笑っている。

それは、俺が久しく忘れていて……久しぶりに思い出した光景。

大切な旅の仲間たちと『東方辺境』を冒険して、一緒に喜んで怒って哀しんで楽しんで、そして最後には、いつもこんなふうに『結果良ければ全て良し』って笑って。

一五年前、俺たちが慢心の末に失ったもの。

俺だけを遺して消えてしまったもの。

けれども、あいつらが俺を逃してくれたおかげで、俺がコルクを育てたおかげで、コルクが仲間たちを集めたおかげで。

後悔は消えない。けれども、あの絶望の中であいつらが俺だけを逃したこと、俺だけが生き残ったことは、無意味じゃないような気がしてきた。

この先であいつらに再会したとしても、それだけは伝えていいように思えた。

そのためには何をするべきか、考えるのも悪くはない、とも……。

「パパ！」

コルクがいつものような向日葵みたいに明るい笑顔で胸元を見つめ、俺に言った。

「やっぱり、冒険って、楽しいね！」

「……そうだな」

コルクが「うんっ！」と頷きながら、ビキニアーマーに包まれた胸を機嫌よく揺らした。

俺も一緒に揺さぶられたが、俺はもう文句を口にはしなかった。

……気持ちいいからってなわけじゃないぞ？　うん。多分……。

第四章【千本巻貝／男性用避妊具（0・01ミリ）】

1

「うわっ！　また出た！　『千本巻貝』だよ、みんな！」

薄暗いダンジョンの中に、コルクの叫びが響き渡る。

四人の冒険者が、臨戦態勢に移行する。

目の前には、巨大で不気味なモンスター。直径数メートルの巨大な巻貝から、膨大な数の触手が湧き出て、うねうねと蠢いている。まさに『千本巻貝』という名前どおりの姿だ。

場所は『アシュヴェーダ』の第一階層。第一階層ボスはすでに突破しているが、今は残りの区画の探索を進めているところだ。

俺たちが四人と一匹で攻略を開始してから、一〇日ほどが経過している。

第一階層は思っていた以上に広大で、第二階層に向かう前に、未知の区画を全て潰し、報酬を得られるだけ得てから先に挑むというのが、コルクたちの方針だった。

そんなわけで、俺もその探索に参加しているわけだが……。

「い、いつ見ても、グロい外見ね……」

サエカが剣を構えながら、ひきつった顔で呟く。

「で、どうするの⁉　前回の会敵では、問答無用で炭にしちゃったけど！」

「今回は、できるだけ身体に傷をつけず、仕留めることに集中しましょう」

レミネアが応じる。

「『千本巻貝』が防御力が低く、簡単に倒せるモンスターなのは分かっています。ですから、やみくもに切りかかるより、弱点だけを攻撃して、身体の損壊を抑えましょう」

第一階層の探索には、言うまでもなく、ダンジョン内に隠された財宝や、モンスターから得られる素材の収集、つまりは金銭獲得の目的もある。

今のところ財宝は見つかっていないが、モンスターを倒しての素材集めは順調で、アトラスのいくつかの商会に売れれば、それなりの額になることが予想されている。また、モンスターはなるべく無傷で撃破したほうが、良質な素材が手に入りやすい。

レミネアの言葉は、そうしたパーティの方針を反映している。

なお、『千本巻貝』の名前は、レミネアが持っていた『アシュヴェーダ』についての古文書に、同じような名前のモンスターが掲載されていたことから名づけられたりする。

「じゃあ、イクノの忍術で動きを止めた後、触手の根元の胴体部分をボクとサエカで切断しよう。殻の中に入られると厄介だし、殻は傷つけたくない」

コルクはリーダーらしく、テキパキと指示を出した。

「レミネアはいざというときに備えて魔法詠唱の準備！　前回みたいに雷系の攻撃魔法だと弱点属性を直撃して一瞬で灰になっちゃうから、今度は他の属性で……って、おわわっ！」

突然、『千本巻貝』は触手の先端から何かを射出し始めた。

中に液体の入った水風船みたいなものだ。

ただ、発射速度は遅く、撃ちだされた数もそれほど多くなく、回避は容易のようだ。

命中しなかった水風船らしきものは床や壁に衝突すると、本当に水風船のように弾け、内部のドロッとした液体を散乱させる。

全弾を軽く回避しながら、サエカが叫ぶ。

「これ、何……!?　溶解液か何か……？」

「壁に損壊はありませんから、タダのドロッとした液体と思われます」

「あ、それなら安心……って、どうして食らってるのよ!?」

レミネアはあえて回避せずに直撃を食らい、頭からドロドロになっていた。

「なんでも試してみないと分からないので」

「ウム！　某も試しに食らってみたが、何でもないようだハハハッ！」

「ちょ、あんたまで!?」

イクノも同じようにドロドロになっていた。

「みんなズルーい！　ボクもビキニアーマー姿でドロドロになって、Ｈな感じになりたーい！」

不満の声をあげるコルク。いや、お前がこれ浴びると、俺もドロドロになるんだが。

「多分、相手の動きを封じるために、水風船にハチミツみたいなドロドロの液体を詰めて飛ばしているんでしょうが……あまり意味はないですね」

前髪から液体を滴らせながら、冷静に考察するレミネア。

その後、『千本巻貝』は抵抗もむなしく、コルクたちに瞬く間に倒された。

「とりあえず撃破したけど……レミネア、これからどうする？」

「まずは解体しましょう。体内にどんな素材があるのか確認する必要があります。サエカさん、協力お願いできますか？」

「うぇっ、あたし!?　あたし、いっつも解体役じゃない！」

「パーティで一番解体が上手なのはサエカさんなので。伝説の勇者ですし」

「伝説の勇者関係なくない？　まったくもう、人を魚屋みたいに扱って……」

ぶつぶつ文句を言いながらも、レミネアの指示どおり、モンスターの身体を剣で捌いていく。

イクノも興味深そうにそれを眺めている。

……悪くないよな、こういうの。

ようやく、地に足がついたパーティになってきたというか……。

「なんと……!!」

解体中の『千本巻貝』を前にして、突然、レミネアが声をあげた。

「これは……緊急事態です。コルクさん、第一階層の探索を一旦停止して、このモンスターの死体全てを地上に運ぶことを提案します」

「死体全て!?　このクソでかい触手うねうねの巻貝を!?　分解しても、『道具袋』に一度に入りきらないいんじゃないい!?」

コルクではなくサエカが信じかねるように叫ぶ。しかし、レミネアは「ええ」と頷いた。

「それくらい、これは貴重な存在なのです。もしかすると、一攫千金に繋がるかも」

「一攫千金!?　このキショいモンスターがぁ？」

サエカが疑うように返答するが、レミネアは確信を込めて頷く。

「はい。もしかすると、人類の歴史さえ変えるかもしれません」

2

「で、この触手が、人類の歴史さえも変える大発見……？」

翌朝。食堂での定例ミーティングで、サエカが訝しそうに尋ねる。

パーティの全員が集った食卓の上には、昨日、全員で家に運んだ『千本巻貝』の触手、その一本の先っぽが、まな板に載せられている。

これまで、レミネアは『千本巻貝』の死体を運んだ理由や、そこから得られる素材の正体を説明してくれていない。「まずは家で検証して、その後に」というのが彼女の返答だった。

今からレミネアは、その検証の成果を披露するらしい。

「ええ。今から私が取り出すものを見てください」

レミネアはナイフで触手を切り開き始めた。

中からは平べったい円形のゴムのようなものが出てきた。数は多く、数百個はある。

「……これ、もしかして、あの水風船の？」

「そうですコルクさん。『千本巻貝』はこれに例のドロドロの液体を注入して、敵に向けて触手で撃ちだしているんです。内部では押しつぶされた形で格納されています」

「へぇ～」

「おそらく主食が小動物とか虫で、獲物の動きを止めるにはこれで十分なのでしょう。まぁ、それは脇道で、大事なのは形状です……何かに似ていると思いませんか？」

レミネアは目の前でゴムを引き延ばした。ソーセージの皮のように細長い。

俺はそれが何か一瞬で分かった。

サエカが引き攣った顔で叫ぶ。

「こ、これって、まさか……!?」

「そう、男性用避妊具、コンドームです」

真剣な顔で頷くレミネア。

「現在、アトラスで販売されているコンドームは、動物の内臓を使った製品が主です。この魔法道具店でも置いてあるはず……そうですよね、お師匠様？」

「え、ああ。そうだな……」

一応、コンドームはアトラスの売店でも普通に売っている。

ただ、モノがモノであり、売店の隅の目立たない場所にあったり、客から欲しいと言われないと売らなかったりする。買うほうも恥ずかしいから、大っぴらに商品の話はしない。

コルクは興味深そうにゴム袋を手に取り、伸ばしたり縮めたりしている。

「はえ～、ボク、初めて見たよ。こういうのだったんだね。これをその、ええと……サエカについているものにつけて、いろいろすると」

「はい。サエカさんのもので分かるとおり、勃起状態でしか嵌められませんが」

「なんであたしを例え話に使うのよ!?」

「某も説明なしで分かったぞ。山田流忍術の訓練の際に使っていたな。訓練中に不測の事態があっては困るからな。ハハッ！」

イクノは快活に笑い飛ばした。相変わらずシャレにならない。

「まさかこれを、本当にコンドームとして売るつもり……!?」

サエカは正気を疑うように声を上げる。

「はい。この素材はそのままコンドームとして使える可能性が高いです。ひとつひとつをバラして綺麗に梱包すれば、立派に商品として成り立ちます。原価は梱包材や宣伝費用のみですから、既存の製品よりも経費は抑えられるはず」

「で、でも、コンドームは、普通にアトラスで売ってるじゃない。今さらあたしたちが新規に参入したって……」

「そこがポイントです」

レミネアは得意げに人差し指を立てた。

「現在、アトラスで流通しているコンドームのほとんどは、動物の腸を使ったものです。避妊具としては有用ですが、使い心地はあまり良くないようで、使用を避ける風潮さえあるようです。しかし、この素材は違います！」

手元のバナナに、素材のゴムを嵌め込んで見せるレミネア。俺の家の食材なんだけど……。

「『千本巻貝』由来の素材は、このように優良な伸縮性のため、装着元にぴったりフィット。常に水気を保っているため装着も簡単。何より、薄さは全て、驚愕の０・０１ミリ！」

「そ、それって、すごいの……？」

コルクの素朴な質問に、レミネアは自信満々に頷く。

「ええ。動物の腸よりも断然薄いです。そして断然丈夫でもある。使い心地は空前絶後のものになるはず。人類の歴史がこれで変わります！」

感動をかみしめるように、固めた拳を震わせながら力説するレミネア。

「と、いうわけで、どうですか、コルクさん？」

「え、えーと……うん、面白いとは思う、けど……」

「けど？」

「でも、どうやって売るかが問題というか……というか、売って大丈夫なの、これ？」

「そ、そうよ、公序良俗に関わる問題よ！」

サエカがそれが重要だというように叫ぶ。

「コンドームって、こっそり売るものでしょ!?　それを派手に売ろうなんて……」

「コンドームを派手に売って、何が悪いのですか？」

「えっ……」

レミネアの素朴な問いかけに、サエカが息を呑むように固まる。

「コンドームは望まぬ妊娠や梅毒などの感染症を避けるためのもの。つまりは衛生や医療……人の命や健康に関わるものです。派手に売って流布して……何の問題が？」

「それは、そうだけど……」

「私は、コンドームが人知れず売られている現状が間違っていると思います。私は『アシュヴェーダ』の素材で、その風潮を変えたいのです」

レミネアの口調は優しかったが、その台詞には、彼女が長年ため込んできた想いが詰まっているように聞こえた。

「……パパはどう思う？」

全員の視線が俺……つまりはパーティで唯一の男性に注がれる。

き、気まずい……。

モンスター由来のコンドームを売るかどうかで意見を求められる男なんて、俺以外にいないんじゃないか。サエカは汚物を見るような目で見てるし……。

が、俺はこのパーティの指南役だ。できれば、正直な意見を口にしたい。

「……いけると思う。どこからか文句が出る恐れはあるが、それは『アシュヴェーダ』攻略についても同じだ。早めに実績を稼いだほうが面倒は少ない。それに……」

俺はアマツさんから聞いた、冒険者たちの間で精力剤の需要が増しているという話をした。

　レミネアが嬉しそうに両手を握りしめる。

「なるほど……！　精力剤の需要が増えているということは、コンドームの需要も……！」

「うん。アトラスは冒険者の街だ。冒険者たちにコンドームが普及して、街の衛生に気をかけるようになれば、街としては万々歳だし、冒険者たちの株も上がると思う」

「……よし、みんな、これでいこう！」

　コルクが立ち上がり、拳を握りしめる。

「パーティのお金の問題が解決されるだけじゃなくて、アトラスの住民や冒険者たちの健康も守れるのなら、このプラン、やってみようよ！」

「……仕方がないわね。そうまで言われたら、こっちも反対のしようがないわ」

　不承不承というようにサエカが呟く。イクノも不服がないようだ。

「で、でも、具体的にはどうやって派手に販売するのよ？」

「派手に販売するには、派手に宣伝するしかありませんね」

「派手に宣伝!?　でも、コンドームの宣伝って、見当つかないんだけど……」

「ええ。ですからここは、皆さんの力をお借りしようかと……」

そんなわけで、数日後。

「はーい、みなさーん！　ボクたち、女の子だけの、エロトラップダンジョン『アシュヴェーダ』攻略専門パーティ『Ｈ／ＥＲＯＳ』でーす！」

アトラスの目抜き通り。数えきれないほどの商店が立ち並び、大勢の住民や冒険者でごった返しているそこで、コルクがニコニコ顔でまわりの人々に手を振る。

後ろには、レミネア、イクノ、サエカたちが続いている。俺はオコジョに変身して、コルクの肩に乗っている。

「私たち、一週間後にパーティの公式ショップ、『Ｈ／ＥＲＯＳストア』を開店します！　販売物は『アシュヴェーダ』で入手した素材を利用した、避妊具とか精力剤とか、そういうちょっとＨな商品です！」

「高品質でお値段手ごろ！　今日は記念に、みんなに試供品の避妊具を無料でお渡ししています！　みんな、開店したら遊びに来てねー！　あ、通販もするから、そちらもよろしく！　これ、連絡先が書かれたパンフレット！」

元気よく声を張り上げながらチラシを配るコルクに、人々の視線が釘付けになる。

といっても、その主な原因はコルクの台詞や配っているチラシの内容ではない。

それは何かというと……。

「う、ぐぐっ……！」

「……？　どうしたのサエカ、急に唸り声あげて」

「な」

「な？」

「なんであんたたち、シラフでこんなことができるのよ！　コンドームの宣伝はともかく、よりにもよって……バ・ニ・ー・ガ・ー・ル姿で、なんてぇっ！」

そう、サエカの言うとおり、コルク、そしてレミネアとイクノは、バニーガール姿で街を練り歩いて、声での宣伝を行っていた。

コルクはリーダーとしてただひたすらに愛想を振りまく係。

レミネアは宣伝のためのプラカードを持ち、イクノは試供品……親指サイズの紙袋にはいった『千本巻貝』由来のコンドームを、それを欲しがった人々に渡している。

バニーガール姿はもちろん、肩だしのレオタードとストッキング、頭にウサギ耳のヘアバンドをつけたアレだ。アトラスでは風俗店や高級クラブでよく見かける。

三人のバニーガール、特に、コルクのようなスタイル抜群のエルフのバニーガールが避妊具や精力剤の宣伝をしている光景は、かなりセクシーだ。

さらに極めつけはサエカの恰好で……。

「そして、どうしてあたしだけ、『千本巻貝』の恰好なのよぉぉぉぉ！」

サエカは『千本巻貝』の恰好……というか、その殻を人が入り込めるようにして、かつ、中のサエカの操作で作り物の触手が動かせる着ぐるみを着ていた。

これはもう、ちょっとした祭りの出し物クラスの存在だ。

「もう、サエカさん、理由はきちんと打ち合わせで話したじゃないですか」

子供をあやすように、レミネアが着ぐるみの空気穴に話しかける。

「まず、三人がバニーガールなのは人目を引くためです。これは宣伝ですから」

「だ、だったら水着とかでもいいじゃない！　コルクだったら、ビキニアーマーでも！」

「それらは生々しすぎて悪印象に繋がります。一方、バニーガールは生々しさを感じさせずにセックスアピールができる恰好。コンドームと組み合わせても、健全な印象を示せます」

「じゃああたしは!?」

「サエカさん、バニーガール、着られます？」

「き、着られるはずないじゃない！　アレがもっこり浮き出てモロバレよ！」

「そういうことです」

「そんなの、こいつにやらせればいいじゃない！」

触手で俺を指すサエカ。こいつ呼ばわりすな。

「なんであたしはエロモンスターで、こいつはオコジョなのよ！」

「お師匠様は愛らしい動物の姿になって、マスコットとして愛想を振りまいてもらいます。ほら、ペット好きの人は、ペットが好きな人に悪い人はいないって思いがちじゃないですか。演出です」

「汚ねえっ！　大人は汚ねえよっ！」

「サエカさん、私より年上ですよね……」

そんなやり取りの間にも、三人のバニーガール＋一匹の触手のバケモノ（の着ぐるみ）＋一匹のオコジョの宣伝チームはアトラスの目抜き通りを進んでいく。

かなり異様な光景だったが　おかげでインパクトは絶大で、大勢の人々が足を止めて、コルクたちのチラシを手に取っていく。

レミネアが配るコンドームを受け取る人も意外と多い。それも、男性よりも、女性のほうがむしろ多いのが印象的だ。

コルクは笑顔で肩の上の俺に語り掛ける。

「パパ！　ボク今、すっごく楽しい！　ボクをみんなが見てくれてる！　露出癖としては願ったり叶ったりだよ！」

これ以上ないほど機嫌の良いコルク。バニーガール姿で強調された豊かなバストやヒップをこれ見よがしに揺らしながら、笑顔で人々に手を振っている。

「バニーガールって思っていた以上に素敵だね！　なぜだか知らないけど、みんなが舐めまわすように見てくれる！　特にお尻や足を！　露出していないのに露出してるというか！」

「さすがコルクさん、目の付け所が違う！」

背後からレミネアが嬉しそうにコルクの両肩に手を置く。

「バニーガールって、下半身のデザインの影響で、自然に視線がお尻からつま先に下がるんです！　だから、コルクさんのような美尻と美脚の持ち主だと、余計に視線が集まる！」

「そっか！　つまり、バニーガール姿も露出の一部！　露出道、奥が深い……！」

HEROES

「バニーガールでみんなに顔を覚えてもらって、さらにビキニアーマーを日常で見てもらえれば、アトラスでのコルクさんの注目度もうなぎ上りのはずです！」

「だよね！　それに、こういう時に恥ずかしがらなくて済むから、露出癖は素晴らしい！　バニーガールは着る全裸だね！」

「はい、素晴らしいです！　バニーガールは着る全裸です！」

「パパ、ボクの着る全裸、可愛い？　綺麗？　H？　興奮する？　ムラムラする？」

「え、ああ、バニーガール姿なんだから、そりゃもちろん……って、誰が弟子で娘のバニーガール姿にムラムラするか！」

「またまた虚勢張って～。身体は正直に反応しちゃってるのに～」

「なぁっ!?」

「あはは！　冗談冗談！　パパってば慌てて下半身見ちゃって。可愛い～♪」

「お前……！」

「今日のボクはウサギさんだから、聞こえません～！　えへへっ！」

突っ込みどころしかない会話だが、コルクの笑顔が眩しくて、無粋なツッコミは控えざるを得ない。またひとつ、コルクに露出癖としての自信を植えつけてしまった……。

ただ、コルクの『身体は正直に』云々の台詞は、ちょっと本音を突かれていたのも事実だった。

俺自身、いつもと違うコルクの姿を、魅力的に感じてしまっていたからだ。

じっとコルクを見つめていると、本当に、自然にこれみよがしに突き出たバストからヒップ、さらにそこからムチッとした脚部へと視線が流されてしまい、本当に下半身の血の巡りがよくなる気がしてしまう。

おかげで、今日の俺は、コルクをじっと見ていることができない。

まったく、しっかりしろ俺。コルクは義理とはいえ娘なんだぞ。こんなシチュエーションで興奮しては、俺もコルクと同じ変態になってしまう。

コルクたちの策は結果的に大当たりのようだった。

想像以上に大勢の人々が、路上を歩くコルクたちに注意を向けている。宣伝効果はバッチリだ。

ちなみにコルクたちの『H／EROSストア』は、俺の店を週末限定で借り切っての開店予定だった。その分、店の営業日は減るが、どうせ売り上げに変化はあるまい。

と、そのとき。

「ん、どうしたんだ少年？　某たちに何か用か？」

後ろを振り向くと、バニーガール姿で希望者にコンドームを配っていたイクノの前で、冒険者と思しき少年が、迷うように視線を彷徨わせながら立っていた。

歳は十六歳くらい。いかにも田舎から出て来たばかりの、駆け出しの冒険者といった風貌だ。アトラスでは男女ともに一五歳から大人の扱いとなっている。一六歳なら、コンドームを渡しても問題はないだろう。

イクノが質問を重ねる。

「コンドームが欲しいのか？　黙っていては分からないぞ。こういうものに興味を持つ年頃なのは分かるが……」

「あ、あのっ！　すみません、教えてくださいっ！」

少年はイクノではなく、近くの『千本巻貝』の着ぐるみ、もといサエカに尋ねた。

「……ッ！」

動揺した動きを見せる着ぐるみ。「えっ、イクノじゃなくあたし!?」という驚き方だ。

少年はそれに気づくことなく、勇気を振り絞るように告げる。

「あの……コンドームって、どうやって使うんですか……っ！」

「は、はぁ……？」

気が動転しているのか、素の声で呟くサエカ。イクノも、対応に困惑しているようだ。

あー、なるほど。俺は男だから、彼の悩みが分かった。

彼はコンドームが避妊の道具というのは知っている。おそらく、どんな行為で使うかも。が、使い方が分からない。分からないから、怖くて使えない。行為に及べない。

モンスターの着ぐるみ（＝サエカ）に尋ねたのは、相手が生身の女（＝イクノ）だと恥ずかしかったからだろう。

「じ、実はこの前、パーティを組んでいる彼女と使おうと思ったんですが、上手く装着できなくて、Hにも失敗しちゃって、それから何となくギクシャクした感じになって、でも、また失敗すると思うと怖くて……！」

「は、はぁ……」

「お願いです、俺、彼女とこんなかたちで終わりたくないんです！　次で失敗したくもないんです！　どうか、アドバイスを……！」

「え、えぇ……」

「サエカ殿」

コルクがごしょごしょとサエカの空気穴に耳打ちをした。

「……っ！　それ、あたしがやるの!?　イクノが教えてあげればいいじゃない！」

「少年はサエカ殿からの御高説を希望だ。それに、さすがにバニーガール姿であっても、某が説明しては、少年に刺激が強すぎる」

「わ、分かったわよ！　ったく！　あのね、まず、こんな感じで……」

サエカは触手を上手に操作してイクノから渡されたコンドームを掴み、一本の触手にかぶせ、ずるっと下におろしてはめ込んだ。

文字どおりソーセージのケーシングのように触手がゴムに包まれる。いやまぁ表現を変えれば人間のお●●●●にコンドームを嵌めたような光景になるが。

「……！　……っ！」

少年は感動のあまり声を失いながら、コンドームと一体になった触手を見つめている。

「ご、ごほん！　そこのバニーガールのお姉さんによると、今みたいに、まずは先端だけをかぶせて、そこから一気に引き下ろすのがコツらしいわ」

「は、はぇ〜〜」

「裏表もあるから間違えないように。裏だと行為中に抜けたりズレたりするらしいわ。それと、嵌めるときに破れないように、使用前に指の爪は切っておくこと。分かった？」

「は、はい……っ！」

「あ、あと、使い終わったらすぐに根元を押さえながら引き抜くこと。二度使いもしないこと。全部、間違いを起こさないための大事な点。あんた、何かあったら責任取れる？」

「と、取れません……！」

「いい？　女の子にとって、妊娠って命に関わる大事なことなんだから。お願いだから大切にしてあげて。このコンドームは、あくまでその手段のひとつ。分かった？」

「わ、分かりました……！　ありがとうございます、触手様……！」

「しょ、触手様!?」

「触手様は僕にとって神様です！　今度、必ず買います！」

少年はペコペコとお辞儀をして、触手様もといサエカから去っていく。

イクノがニヤニヤしながら着ぐるみの殻の部分を叩いた。

「サエカ殿も、立派に商品説明がこなせるではないか。某、見直したぞ」

「ばっ……！　あ、あんたが言えって言ったんでしょーが！」

「某がアドバイスしたのは、具体的な使用方法のみだ。避妊に関してはサエカ殿のアドリブだ。

当たり前の事とはいえ、きちんと伝えるのはとても大切なことだ」

「あ、当たり前じゃない！　望んでもいない子供ができるのは、誰にとっても不幸だわ。特に、生むことになった本人や、生まれてしまった子供にとっては……」

「…………」

「だから、きちんと伝えるの。あたしみたいに辛い思いをする子が増えないように」

「……そうだな」

イクノが優しい微笑みで、ゆっくりと頷く。

……サエカは今、とても大事なことを口にした。

俺たちが広めようとしているのは、本当にアトラスのためになるものだ。

宣伝方法は奇抜だが、その想いは、きっと街の人々にも伝わるはず……。

と、思った矢先。

「触手様！　今の、もう一度見せてください！　彼氏が失敗してばかりなんです！」

「触手様！　俺もう一度見たい！　俺、まだ童貞だけど、今度、勇気を出して彼女を誘ってみようと思うんです！　その時に上手くいくように……！」

「触手様！　自分もですわ！　騎士として、いざという時、殿方に恥をかかさぬよう……」

「触手様！」「触手様！」「お●●●●様！」「触手様！」

いつのまにかサエカのまわりには、コンドームの使い方の講座を望む人々が冒険者や住民の区別なく集まり、大騒ぎになっていた。

「えっ、えっ、ええええ！」

戸惑うサエカ。だが、人々は問答無用に押しかけてくる。

「あー、分かった、分かったから！　今から実演してあげるから！　あと今さりげなくお●●●●様って言ったやつ誰よ！　ぶっ殺すわよ！」

イクノはヤケクソじみた大声で叫ぶと、さっきと同じように、コンドームの使い方を触手で実践していく。怒っているのは間違いないが、同時に楽しそうでもある。

「……このあと滅茶苦茶セックスする、って感じですね……」

さすがに予想外の展開だったのか、呆然と呟くレミネア。

コルクが嬉しそうに頷く。

「だね♪　でも、おかげでいい宣伝になってるじゃない？」

「はい。これで素材の販売にも、パーティの蓄財にも希望が持てます」

レミネアが確信するように頷く。

俺も同感だった。ここまで大きな反響があったんだ。開店日には大勢の客が押し寄せて、『H／EROS』謹製のコンドームが飛ぶように売れるはず。

そう思っていた……少なくともこの時は。

4

かくして、開店当日。

「……の、もうそろそろ正午なんだけど」

今日も触手様こと、宣伝用の『千本巻貝』の着ぐるみをかぶったサエカが、納得しかねるという声で呟いた。

「どうしてあれだけ宣伝では大騒ぎになったのに、今日はほとんど客が来ないのよぉぉ！」

ヒュウウウ、と隙間風が入り込み、俺たちしかいない店内の埃を舞い上がらせる。

……そう、この日、コルクたちは気合いを入れて開店準備をしていた。

週末限定という約束で俺が貸した魔法道具店の店内を一度片付け、綺麗に装飾して、『千本巻貝』由来のコンドームをはじめとする数々の『アシュヴェーダ』産の商品を並べた。

商品の陳列場所には分かりすく説明のポップをひとつひとつ並べ、先日要望の多かった使い方についても壁いっぱいにイラストで説明した。

大勢の来客にそなえて会計や販売トークの練習もしたし、行列の形成の手順についても考えた。『ここが最後尾です！』と書いた手持ちの看板だって準備した。

が、客は朝からほとんど来ていない。

「どういうことよっ!?　先日、あたしがあそこまで恥を晒して頑張った意味はどこいったの!?　コルク、リーダーとして説明してよ！」

「いや、ボクに言われても……ハハ、ハハハ……」

サエカのように、先日と同じバニーガール姿のコルクは青ざめた顔で笑った。

「……おかしいですねぇ。さすがにこれは私も予見できませんでした」

不思議そうに首を傾げるレミネア。発案者ではあるが責任者ではない彼女は、コルクよりもいまいち深刻さがないようだ。

「何が悪かったんでしょう？　やはり、サエカさんにはアレをしてもらうべきでしたか……」

「あ、あたし!?　何をさせる気だったの!?　まさか……実演販売とか!?　いくらあたしがふたなりだからって、絶対やんないわよ、んなこと！」

「まさか。そんなことをすればアトラスの都市法違反で捕まりますよ」

「じゃ、じゃあ、なんだっていうのよ」

「もっとサエカさんの着ぐるみの種類を増やすべきでした。例えば、発情状態の暴れエイプとか、こう、真に迫る感じでよかったのでは……？」

「真に迫りすぎよ！　誰が着るか、んなもん！」

「しかしだサエカ殿、数は少ないものの、これまでに来た客は、全員がコンドームをたくさん買って行ってくれたぞ？」

イクノの言葉に、サエカが不信そうに答える。

「ほ、本当……？　あたし、ずっとこの格好で、コルクと一緒に外で販促してたから、どんな客が来たのか把握してないのよね……」

「最初の客は、煽情的なダンス衣装を身にまとった女性だったな。あれは踊りで敵を惑わせる踊り子の冒険者だろう。我々と同じ冒険者が来てくれるとはありがたい」

「それ、本物のダンサー！　風俗街で働いてる、ダンサーと娼婦兼ねてるやつ！」

「ふたり目は何人もの男たちを引き連れた、裕福そうな中年の女性だったな。あれほど屈強な男たちに首輪を嵌めて鎖でつなぐとは、迷子防止のためだろうか？」

「それ男娼向けの奴隷の調教師！　男同士でも感染症対策で使うから！」

「三人目はすぐ近くの集合住宅に住んでいる奥さんだったな。なぜか顔が上気して艶っぽい息遣いで……風邪をひいているかもしれないから、心配だった……」

「それは……その、真っ最中に足らなくなったから大慌てで買いに来たパターン！　ああもう、こいつらやっぱ常識通じねえ！」

着ぐるみのまま頭……というか殻を抱えるサエカ。そろそろ一心同体となってきている。

「……とりあえず、今日のところは店を開いておこうよ」

逡巡しつつ、コルクは前向きな意見を口にした。

「数は少ないけど、それでもお客さんは来てくれているんだし。やっぱり、お客さんの嬉しそうな顔を見られるのは、ボクも嬉しいよ」

「……そうですね。今日は、私たちの大事な第一歩、なのですから」

レミネアも控えめな笑顔で頷く。ふたりとも、サエカとイクノの会話のおかげで、これまでの来客の様子が思い出され、気分を切り替えられたのかもしれない。

ただ、レミネアは続けて、納得しかねるように呟きを漏らした。

「とはいえ、お師匠様から聞いた精力剤についての需要の高まりと、先日の販促時における、道行く人々の好意的な反応……、何か、辻褄が合わないような……」


結局、午後からお客さんはバッタリ途絶え、そのまま夕刻となって閉店時間を迎えた。

「えっぐい結果になったわねぇ……えっこらせ！」

明かりが灯った店の中で、着ぐるみを大仰そうに脱ぎながらサエカが言った。

「で、どうするの、これ。店の奥にも在庫が山のようにあるし……」

「あはは……ま、とりあえずは明日も店を開いて、その結果を見て、どうするかを決めよ」

さすがに落胆気味の顔でコルクが言った。

「もしかして、開店の日時がよく伝わっていなかったのかもしれない。今日、店が開いていることが噂で広まったら、明日は今日よりもたくさんお客さんに来てもらえるかも」

「そうであればいいんだけど……あれ、来客？」

窓の外に視線を向けると、執政院が運営している郵便局の馬車が止まっていた。

「なんだろ？　ボク、行ってくるね！」

コルクは駆け足で外に向かい、すぐに戻ってくる。

そして、机の上にどかっ！　と、何かが大量に詰まったでかい布袋を乗っける。

「コルク、これなんだ？　何か変なもの、お前たちで注文したのか？」

「えっ!?　パパあての荷物じゃないの!?　ボク、何も注文してないよ？」

他の三人も一様に首を振る。不審に思いながら布袋の縛られた部分を解いてみると。

「ちょ、これ、全部、あたしたち宛の封筒……！」

どさどさどさ！　と机の上に雪崩落ちる大量の封筒。数百通、下手をすると千通はある。

「ま、まさか、これ、全部、通販の申し込みの……!?」

「そ、そのようです！　手紙の内容は、全て、コンドームや精力剤の購入依頼と……それと、代金の小為替……！」

サエカが目を見張りながら声を上げる。

「ど、どういうこと!?　なんでみんな、店には来ないのに、通販では買うの……!?」

「恥ずかしいからだろ」

「は？」

俺の一言に、その場の全員が「意味分かんない」という顔になる。

何となくの居心地の悪さを覚えながら、俺は答える。

「あくまで俺の推論だが……結局、コンドームを買うのが、みんな恥ずかしいのさ。だから店舗じゃなく通販で買う。少なくとも店員と顔を合わせないで済むからな」

「で、でも、これは極端すぎない……!?　宣伝の時には、あんなに注目されたのに！」

「お前たちのバニー姿を路上で見るくらいなら、誰も恥ずかしくはないからな。でも、自分が店で購入するとなると話は違ってくる」

レミネアが尋ねた。

「……お師匠様は、この結果を事前に……？」

「さすがにそこまでは。でも、通販希望者が多いかもしれないとは思っていたけどな。俺は男だから、やっぱり、そういう気持ちは分かる」

「……なるほど。まさに殿方の思考ですね。女性だけでは感じ取れないエロに対する心の機微……私としても、まだまだ勉強不足だというのを痛感しました」

自省するように呟くレミネア。

「でも、すごく良い流れだと思うぞ。きちんと質がいい商品なら、必ずリピーターがつく。リピーターになった購入者は、今度は店で買ってくれるかもしれない。そうやって少しずつ、コンドームの利用が広まっていったら……このアトラスの街は、きっとより良い街になる」

「……そうですね」

「……おお、上手にまとめた！　さすがパパ！」

コルクが嬉しそうに手を叩く。

「じゃ、今日はこの勢いで、全部朝までに梱包しちゃおう！　一刻も早くお客さんに届け……」

「いや、さすがに無理でしょ、それは」

サエカの冷静な突っ込み。イクノも封筒の山を見ながら頷く。

「うむ。これだけの量の注文をさばくには、五人で頑張ったとしても数日はかかるぞ。明日も店を開けるのなら、今日のところは就寝し、明日に備えなければ」

「えぇ～、そんなぁ……」

「しかも、この注文の数だと、もう一度、『千本巻貝』を狩る必要があるかもしれません」

レミネアが言った。

「個々の注文数を見ていると、複数買いが基本になっています。みんな、レアなモンスター由来の素材だと踏んで、今回のチャンスに懸けた感じがあります。それに今日一日でこれなら、明日以降も続々と注文が続くと考えるべきでしょう」

「そ、そっかぁ……。ちょっと、大変なことになってきちゃったね……」

今後に必要な時間と労力に考えが及んだのか、肩を落とすコルク。

が、俺の顔を見て、どういうわけかぱっと明るい笑顔になる。

「でも、ま、いっか！　それも楽しいし……。パパ、手伝ってくれるよね!?」

「え、俺もぉ……？」

「もちろん！　今だってきちんと男の人の心境をボクたちに教えてくれたし……やっぱり、パパあってのこのパーティだから！」

「しかたがないなぁ……」

「やったぁ！」

コルクは白い歯を見せて、幸せそうに笑った。

第五章【グレートデーモン（発情）／セックスしないと出られない部屋／性交（Ⅰ）】

1

「それでは、冒険者パーティ『H／EROS』、定例ミーティングを始めます！」

午前のうららかな日差しが差し込む食堂に、裸エプロン（＋下着上下）姿のコルクの元気な声が響き渡る。

コルクの前にいるのは、いつもの三人と俺、つまりは『HEROS』のメンバー全員だ。

パーティ結成から約一か月。

こうしたミーティングの回数も、もう両手では足らないほどだ。

おかげで最近のコルクたちには、『この四人でいるのが普通』という、安定した雰囲気が出てきている。

「まず……公式ショップの、最初の一週間分の売り上げが出ました。これです！」

でででん！　とコルクが書類を掲げた。

結局、開店初日の後も通販の注文が殺到したため、こちらでは処理しきれないということで、翌週から梱包や発送などの作業を外注することになっていた。

この報告書も、街の会計関係のギルドに制作してもらっているはずだ。

三人は書類を凝視して……ぎょっとなる。

「思った以上にゼロがいっぱいありますね……」

「マジ？　この金額、本当に稼ぎだしちゃったの……？」

「さすがにこれは某も予想外だ。御殿が立ちそうだな……」

「アハハ……なんか、すごく儲かっちゃったみたい」

コルクが引き攣った笑いを漏らす。さすがのコルクもこの結果は予想していなかったようだ。

「でも、あんまり楽観はできないね。家賃やパーティ運営のための諸経費はこれで賄えるけど、高価な装備やアイテムを買い漁れば、すぐになくなっちゃう額だし、今後のための貯蓄も考えておかないといけないし、それに、最近は素材集めにも追われがちで……」

「最後のそれ、ほんとそれ！　どうにかしてほしいわ！」

サエカが不満そうに腕を組む。

「今日までにあたしが何匹『千本巻貝』を狩ったやら！　ノイローゼになりそうよ！」

レミネアが困ったように首を傾げる。

「しかし、素材を無傷で持ち帰るには、サエカさんの剣で心臓を一突きしてもらうのが、一番安全で効率的ですし……」

「じゃあ、せめて解体は業者に任せてくれない？　その作業も、あたしやコルク頼みで……」

「外注だと、素材を中抜きされる可能性が……」

「とにかく何とかしてほしいのよっ！」

『千本巻貝』のコンドームには需要が大きいですし、すぐにはどうにもできないかと。ただ、私の新商品の開発が上手くいけば、狩りの頻度は少なくできるかも……」

「ど、どういうこと⁉　良い素材を持った新しいモンスターでも発見されたの？」

仕事の減少に繋がると思ったのか、明るい声で尋ねるサエカ。

レミネアはその「新商品」を手にして笑顔で答える。

「はい。こちら、『千本巻貝』のあのドロドロの液体をそのまま使った潤滑ゼリーの瓶詰です♪　どちらもセックスの時に使い勝手があり……！」

「同じ『千本巻貝』由来じゃない！　下手すれば狩りの頻度が増えるわよっ！」

ドンドンと机をたたくサエカ。

「しかし、潤滑ゼリーはコンドームとセットで使うと、身体への負担が減ります。初心者にはありがたいアイテムのはずで……ひいてはコンドームの需要を高め、民心の理解も促せます」

「だとしてもよっ！　エロトラップダンジョンを攻略しているあたしたちまでエロエロな存在になってどうするのっ⁉」

「ハハッ！　ミイラ取りがミイラになる、ではなく、エロトラップダンジョン攻略パーティがエロトラップダンジョンになる、ということだな！　サエカ殿も上手いことを！」

「言ってないわよ！　そして何処も面白くはない！」

「あはは……まぁでも、この商売が続く限り、ボクたちの衣食住とパーティの運営は大丈夫ということで……サエカもその恩恵は受けているわけだし」

「そ、そうだけど……分かったわよ。でも、とりあえず、『千本巻貝』ばかりを狩らないといけないのは、どうにかしてほしいわ」

「攻略が進めば、より貴重な素材を手に入れられるモンスターが現れてくると思う」

「そう願いたいわ。……で、今日はむしろ、そっちが本題なんじゃない？」

「うん。明日の攻略で、ボクたちは第三階層ボスに挑む」

コルクの言葉で、三人の表情が緊張で強張る。

第三階層ボス。それはかつて俺たちが全滅した、いわくつきの相手。

コルクたちは前回までの探索で、第三階層のボスのいる大広間以外の探索を終わらせた。第三階層のトラップもあらかた解除済だ。

「第二階層のボスは、第一階層ボスと違って、楽に倒せてありがたかったな」

イクノが思い返すように呟く。

「発情状態の半魚人の群れ……水中での戦いを強いられ、厄介ではあったが、『エロトラップダンジョンスキル』のおかげでどうにかはなった」

「道中は大変だったけどね。第二階層も第三階層も」

思い出したくもないというようにサエカが後を受ける。

「空中に浮いたまま襲ってくるディルドの群れとか、強制的に装備の内側に触手を生やす光線とか、トイレの中に触手が潜んでいるとか……もうさんざんよ！　しかも、相変わらずみんな、自分の性癖に正直で、自分からトラップに嵌まって……」

「サエカ殿もその度に興奮して大きくなって、使い物にならなかったではないか」

「あ、あたしは不可抗力っ！」

「あはは……。じゃ、本当の本題。パパ、ボスについての解説、お願いできる？」

「……分かった」

コルクに頼まれていたことだった。第三階層ボスについては、俺が話したほうが説得力が増す。

「第三階層のボスは、グレートデーモンだ。それも、発情状態の」

「グレートデーモン!? まさか、『アシュヴェーダ』にそんなモンスターが……」

青ざめながら呻いたのはレミネアだった。他の三人がレミネアに振り返る。

「レミネア、ボクはそのモンスター、詳しく知らないんだけど、そんなに怖い相手……？」

「はい。コルクさんなら、ガギア高地は聞いたことはありますよね」

「ガギア高地……！ まさか」

ガギア高地は、『東方辺境』の最深部に当たる場所だ。数々の険しい山脈に囲まれたそこは、テーブル状の巨大な台地が並ぶ異様な景観の場所で、しかもそこには、『東方辺境』で最強クラスのモンスターたちが巣食っている。

これまでにガギア高地に辿り着けたパーティは十組程度で、しかもその全てが、高地の入り口付近で撤退を余儀なくされている。俺のかつてのパーティもそのひとつだ。

並みのパーティなら絶対に近づくべきではない禁忌の領域、それがガギア高地。

「グレートデーモンはガギア高地に出現する主要なモンスターのひとつです。数メートルにも及ぶ巨大な体躯、四本の腕による強烈な殴打、触れた対象を一瞬で凍らせるブレス、強靭な防御力……普通に戦えば、私たちに勝ち目はありません」

「でも、パパは一度、ガギア高地に到達したんだよね。グレートデーモンと戦ったことは……？」

「一度だけある。あれは強敵だったが、絶対に倒せないほどじゃなかった。しかし、『アシュヴェーダ』第三階層ボスとしてのグレートデーモンは別物だった」

「別物……？」

「多分、発情状態だからだろう。初手で謎のブレスを吐かれて、それを吸った仲間たちはその場で悶え苦しむようになり、事実上、行動が封じられた」

今でもあのブレスは正体が分からない。全てが一瞬の出来事で、俺には仲間たちの状態を確認する余裕が与えられなかった。

「そして……奴は第三階層ボスとしての、高い再生能力を持っていた」

「……っ！」

「多分、第三階層のグレートデーモンは、かつての俺たちのような、エロトラップダンジョンスキルを持たないパーティを、これ以上先に進ませないための存在なんだろうな……。あの無茶苦茶な強さは、そうでもしないと解釈できない」

「……今の私たちで、勝機はありますか？」

レミネアの固い声。

俺は正直に、答えを……コルクたちとの冒険の中で、ずっと考えたことを告げる。

「勝機はあると思っている。だが、賭けの部分も大きい」

「……とか言って、結論としては、どうせやるしかないんでしょ」

サエカが達観したように肩をすくめる。

「他の相手なら、強敵に挑む前に、別の場所で自分たちを鍛えたり、お金を集めて高い装備を買い揃えたりすることができるけど……『アシュヴェーダ』の攻略は、年齢制限との戦いだし」

「うん。だから、パパの見出してくれた勝機を信じて、明日にでも、第三階層のボスに挑みたいと思っている」

コルクは『アシュヴェーダ』の紋章が痣として刻み込まれた右手を握りしめた。

「……自分で言っておいてなんだけど、なんか、第一階層に最初に挑んだ頃みたいな流れね……。あたしたち、なんでこんなに生き急がないといけないのやら……」

サエカがため息とともに頬杖をついた。

「つたく、侵入できるのが一〇代の女子だけなんて、どうしてそんな制限つけたんだか。『アシュヴェーダ』を作ったヤツは、間違いなく、真正のロリコンの本当のクズね」

「……その意見には、異議を挟みたいですね」

「どういうこと、レミネア？」

「美しいものを汚したい、高位のものを蹴落としたい、若い身体に呪いを刻みたい……という醜い欲望は、老若男女問わず、少なからずの人間の中にあるはずです」

唐突に、レミネアが固い声で喋り始めた。

「確かに、エロトラップダンジョンは加虐的で、私たちに性的な試練を与えます。私たちは未成熟な身体にもかかわらず、理不尽なトラップに嵌められて辱めを受け、尊厳を傷つけられる……でも、それはヒトが誰しも心の底で見たいと思うもので、『アシュヴェーダ』はその欲望を忠実に発散しているだけのように思えます」

「でも、おかげであたしたちは、苦労してるじゃない」

「私たちはダンジョン『アシュヴェーダ』で得た素材で大きな富を得ています。今のところ、十分に取引は成立しています。『アシュヴェーダ』としては、報酬に対する対価を求めているだけといえます」

「それは、そうだけど……」

「最近、よく考えるのです。『アシュヴェーダ』を生み出したものは、何を考えてこの奇怪な構造としたのかと」

レミネアはここではないどこかを見つめるようだった。

「もしかすると例の伝承は、真実を語っているのかもしれません。『アシュヴェーダ』を攻略したものは、淫邪神から知恵と勇気と淫らさを称えられるとのことですが、私たちは実際にそれらを示しながら攻略しています。特に、私たちだけに付与される『エロトラップダンジョンスキル』は、まさに知恵と勇気と淫らさの表出です」

「つまり、『アシュヴェーダ』の頂上には、本当に淫邪神が……神様がいる!?」

コルクが驚きの声をあげる。

教会の聖典では、かつて地上にいた最高神をはじめとする神々は、今は天上で人々の暮らしを見守っているという。まぁ、これは宗教的な文言なので信憑性はないが、少なくともこの世の誰も神の姿を見たことがないのは確かだろう。

だが、本当に『アシュヴェーダ』の頂上に、淫邪神が封印されていて、それが確認されたのなら……世界の常識がひっくりかえる。

「ええ。ただ、神々が地上にいた神話の時代は、『東方辺境』で古代文明が栄えていた頃よりもさらに古い時代なので、淫邪神が生きているかは分かりませんが……その痕跡が見つかる可能性は十分にあります」

「…………」

「でも、それだって大きな発見です。特に教会は、神が実在する痕跡を『東方辺境』でずっと探しているという噂ですし……」

「……あたしとしては、痕跡とはいわず、きちんと生きていてもらわないと困るわ。あたしの願い、叶えてもらわないといけないんだし」

むすっとした顔でサエカが応じる。

「ともかく、誰が何と言おうと、このダンジョンを作ったのはクズのロリコンよ。あたしにとってはそれで充分！　その正体が神様だろうがなんだろうが、どうだっていいわ！」

「ええ、それでこそサエカさんです。だからこそ、私たちの大切な仲間ということで」

「な、なんか、バカにされた気がする……！」

「いいえ、分かりやすい性格で大変ありがたいです。私のような面倒くさい考えの人間は、私だけで十分でしょうから」

「やっぱりバカにしているような……」

「……と、すみません、話を大きくして。今は目前の問題ですね。コルクさん？」

「……えっ、あ、そうだね」

こほんと咳払い後、コルクは改めて俺に顔を向ける。

「じゃあパパ、ボクたちに教えてくれない？　パパが見出したという、第三階層ボスに対する、ボクたちの『勝機』を」

皆の視線が、俺に注がれる。

……今、俺が決断すれば、彼女たちを止められる。

あの惨劇が再現される未来を回避できる。

第〇階層でも、第一階層でも、それ以降でも、ずっと俺が抱いていた迷いだ。

でも、不思議とこの瞬間、その迷いは思い浮かんでこない。

むしろ、この一か月間、苦楽をともにした彼女たちなら、かつての俺たちが得られなかった力を得た彼女たちなら、という想いが強い。

それはただの俺のエゴかもしれない。

けれども、彼女たちがかつての俺たちと同じ冒険者であり、かつての俺たちと同じように、自ら危地に向かうことを望むのであれば……。

「……分かった」

俺は頷き、この一か月間で考え出した、彼女たちの『勝機』を口にした。

2

その日の午後は、明日の決戦に備えて、自由時間となった。

俺とコルクはアトラスの街に買い物に出た。決戦で使用するアイテムを揃えるためだ。

俺の魔法道具店ではポーションやエーテルなど、効果は小さいが安価なアイテムは取り扱っているが、より効果が大きく値段の高いアイテムは、専門店でしか取り扱っていない。

どういうわけか、コルクは至極上機嫌で、トレードマークの向日葵(ひまわり)笑顔を咲かせながら、楽しそうに俺と冒険者用アイテムの専門店を巡っていた。

もちろん着ているものは、これもトレードマークのビキニアーマーだ。

「パパ、医療院が出しているハイポーションと、冒険者パーティ『メディック』が出しているハイポーション、どっちの効果がいいと思う!? ちなみに後者は、回復魔法専門家の魔法使いたちの傭兵パーティね!」

「わ、すごい! ボク、エリクサー初めて見たよ! すごい値段! 今のボクたちでも無理……でもパパの話だと、エリクサーって貴重すぎて、入手しても使わずにため込んじゃうんだよね。そういうの『エリクサー症候群』っていうんだっけ？　ボクらもそうなりそう……」

「パパ、あそこの売店のクレープ買って！　子供の頃からずっと食べたかったんだけど、ちょっと高いから言い出せなくて……えっ、いいの、本当⁉　やった！」

「パパ、ここの店知ってる⁉　最近開店したビキニアーマー専門店なんだよ！　ほら、ボクのより際どいのがたくさん！　試着していっていい⁉　あ、こら、逃げるな！」

……途中からはただのウィンドウショッピングになっていたような気がする。

けれども、コルクはやっぱり上機嫌で、本当に幸せそうに……そして、まるで俺がずっと手を繋いで街を歩いた子供の頃のように、俺との時間を楽しんでいるようだった。

そして、そんなコルクが何を考えているのか……俺にはなんとなく分かっていた。


「おわっ！　ここ、いつ来ても風が強いな！」

「ちょ、パパ！　危ないから、きちんと手すりに摑まって！」

風にあおられて階段から落ちそうになった俺の背中を、コルクが慌てて後ろから支える。

買い物を済ませた後、俺はコルクの誘いで、ホルスの丘に来ていた。

ここはアトラスの街の東端にある大きな丘だ。頂上には展望台があり、アトラスの全景が見渡せる。ただし、展望台に至るには、二〇分ほど、険しい山道を上らなければならない。

「もう……、パパももう少し、身体を鍛えたほうがいいんじゃない？」

「別にいいだろ。場末の魔法道具屋店長に、体力はいらん」

「まぁそうだけど……あっ、だったら、いつものようにオコジョになって、ボクの胸に収まる？　別に『アニマグス』はエロトラップダンジョン限定の魔法じゃないんでしょ？」

「ばっ……！　街中でそんな真似、できるかっ！」

「街中だからこそだよ。オコジョのパパがおっぱいに挟まっていると、ボクのおっぱいの大きさがさらに強調されて、みんなの視線が集まりそうだし！」

「帰るぞ」

「ウソウソ、ジョークだってば～！　露出癖ジョーク～！」

そんなくだらない会話を繰り広げながら、展望台に到着する。

展望台からは、夕日で赤く染まったアトラスの街が一望できた。

広大な市街地と、それをふたつに分かつ大河、街を取り囲む城壁。街の外に延々と広がる荒野、彼方の『東方辺境』。もちろんその片隅には、『アシュヴェーダ』の威容もある。

コルクが幼かった頃、ここによく遊びに来たのを覚えている。

かつてコルクと一緒に眺めた街の景色。コルクが人生の半分以上を過ごした街の景色。

「……変わらないね、この景色も」

「……そうだな」

それ以上、何も言えない。コルクも、ここに来た途端、急に口数が少なくなっている。

理由は、言葉にしなくても分かる。

明日の決戦、勝てば先に進める。負ければ……再びこの街に戻れるか分からない。

いや、俺とコルクについては、もうひとつ変化がある。

勝てば、俺はコルクたちの指南役を降り、コルクたちのパーティから外れる。

それがコルクとの約束で……俺がぎりぎりで下した妥協案。

でも、今は……。

「パパ」

狙いすましたように、コルクが俺のほうを向く。

夕日に染まった街を背景に、コルクが潤んだ瞳で俺を見つめている。

どくん、と胸が跳ね上がる。

理由はよく分からない。コルクの顔はもう飽きるほど見ているはずなのに。ビキニアーマー姿も、もうイヤというほど見せつけられているはずなのに。

でも、どうしても、否応なしに心臓が高鳴ってしまう。

これがコルクとふたりきりで会話する、最後の機会かもしれない……そんな、後ろ向きの想像のせいだと無理やりに思い、心を落ち着かせる。

「パパ、まだ、考えは変わらない？　第三階層ボスを突破したら、指南役を降りるって……」

「コルク……」

「ボクはまだ、パパと一緒に、冒険がしたい。これからも……できれば、『アシュヴェーダ』の攻略が終わるまで……」

それは、半ば予想していた願いだった。

コルクがこの一か月間、ずっとそう思っていたことは、本人の言動から分かっていた。

いつだってコルクはこの冒険を楽しんでいたし、その楽しさを俺に伝えようとしていた。

それが分からない俺じゃない。コルクは俺の義理の娘で愛弟子で……コルクのことは、俺が一番よく知っている。

だから……俺はコルクに言った。

「それは……どうしてだ？」

「えっ……」

「俺が、頼りになる師匠だからか？　それとも、お前から見れば、俺はまだ、過去のトラウマに囚われ続けている、放ってはおけない……救いたいと思う家族だからか？」

コルクが俺を師匠として、父親として強く慕ってくれているのは分かっている。

でなければ、ここまで俺に好意的に見てくれるはずがない。

だが、それはコルクにとって、そして自分にとっても、重荷になりかねない。

もし、コルクがいつか口にしたように、俺のトラウマを完全に癒やすために、共に、『アシュヴェーダ』攻略を完遂しようとしてくれているのなら、それは受け入れがたい。

コルクには夢を果たしてもらいたいが、同時に、いつでもその夢を捨てられる自由を与えてやりたい。コルクの気遣いはありがたいし、応じたいと思うが、俺のために、という理由で無理はさせたくない。

そう思っての、俺からの問いかけだったが……。

「アハハハ……そっか。パパはまだ、そう思っているんだね」

「えっ……」

コルクの乾いた……どこか悲しげな笑顔。

「ううん、こっちの話。……うん、ふたつとも間違いじゃないよ。でも、一番の理由じゃない」

「一番の理由？」

「パパといるのが楽しいから。パパを含めて、仲間の全員で冒険をするのが楽しいから。パパもこの一か月間を、そう感じてくれていたでしょ？」

「………………」

「だから、パパとずっと一緒にいたい……という理由じゃ、ダメかな？」

何となく腑に落ちない言葉。しかし、コルクがそう思っても、不思議ではないとも思う。

気の合う仲間たちとの冒険ほど楽しく、忘れがたいものはない。俺がかつての仲間たちとの冒険の日々を忘れられないように。

俺は重く息を吐き出しながら応じる。

「……俺も、お前たちとの冒険は楽しいと思っている。ずっと続けたいという気持ちもある。今のお前たちと俺なら、かつての仲間たちに……お前の母親に見せても、罪にはならないだろうとも。俺が育てた弟子とその仲間たちは、こんなに立派に育ったんだぞって……」

「パパ……」

「でも、今もやっぱり怖いな、矛盾した感情で悪いが、どこかで変わり果てたあいつらに会うことは、やっぱり怖い。特に、お前の母親には……」

「それは……ママのことが、今・で・も好きだから？」

「……ッ！」

コルクが俺をじっと見ている。どこか悲しそうで……それでいて、強い意志を込めた瞳で。

理由はよく分からない。コルクがこの話題に触れたこと、そして、コルクがこんな顔で俺を見つめたのも初めてだ。

動揺の中、どうにか言葉を紡ぐ。

「し、知っていたのか……？」

「うん。だってパパ、ママの絵が描かれた小さな額縁、いつもお店の机の上に飾っていたじゃない。たまにじーっと見つめて……バレないとでも思った？」

小悪魔のように微笑むエルク。完全に図星だった。

脳裏に去来する、コルクの母親の姿。

俺たちのパーティの偉大なリーダー。女神のように綺麗だった人。ずっと俺の憧れだった人。子供を産んだ後ではあったが、念願かなって相愛となることができた人。

俺が見捨ててしまった人。もう二度と会えない人。

パーティが全滅した後、コルクを引き取ることを決めたのも、まずもって、それが俺の最愛のヒトである、彼女の願いだったから、というのが大きい。

今でも俺の中で、彼女への想いは変わっていない。

「だから……第三階層より先に向かいたくないのは、それが大きいんじゃないかって」

「……そうだな。その気持ちは……ある」

俺の秘めていた想いがコルクに知られた以上、隠す必要はない。

そう、俺は彼女にもう一度会うのが怖い。変わり果てた彼女に会うことも、彼女の死を自ら確認することも。彼女以上に、生き残ってしまった俺が功績をあげてしまうことも。

冒険者を引退したのも、彼女を失ったショックが、一番の理由だった気がする。

「そっか……。でも、大丈夫。そんな辛さ、ボクが、いや、ボクたちが忘れさせてあげる」

「えっ……」

「もう、パパは自由になっていい頃だよ。パパは十分、贖罪（しょくざい）を果たしたよ。何より、ボクをここまで育ててくれた。ボクを救ってくれた。さらに今は、レミネアやイクノ、サエカを救っている。あるいはこの街の人々全ても」

「コルク……」

「それに……考えてみて？　下心なしでボクたちみたいな変態たちに付き合って、エロトラップダンジョンに入ってくれる男なんて、パパくらいなものだよ。加えて、女のボクたちだけでは、『アシュヴェーダ』が何を考えているのか、上手く読み解けない」

「…………」

「ボクたちには、パパの力が必要なんだ」

それは甘美な誘惑だった。かつて好きだった恋人との記憶に区切りをつけ、その娘とともにトラウマを乗り越え、娘たちに必要とされて前に進む。そして残りの人生を有意義に過ごす。

間違っていない。

間違ってはいない、が……。

「……悪いがその答えは、あと一日、待ってくれ」

「パパ……」

「お前の言いたいことは分かっている。お前が弟子として、義理の娘として、俺を救いたいと思ってくれていると。俺を仲間として、攻略の要として必要としてくれていると」

「………」

「でも、今の俺には踏ん切りがつかない。というより、もう一度、お前が言ったような甘い希望を抱いて、それが目の前で壊されるのが怖いんだ。第三階層ボスは、それほどに強い……」

「………」

「だから、今の話は、明日の戦いに勝利した上で答えを出させてくれ。今は、お前たちを先に進ませることだけに意識を集中させたい」

明日の戦いは、俺とコルクだけでなく、パーティ全員の命運がかかっている。

第三階層より先の話は、その命運を切り開いた後に解決しても、遅くはないはずだ。

俺の言葉を聞いたコルクは、辛そうに唇を噛み締め……そして、すぐにいつものように、明るい笑顔を俺に向けた。

「もう、本当にパパはしょうがないなぁ……！　ボクのことを相変わらず、ただひとりの愛弟子とか、大切な義理の娘とか、そういうふうにしか見ていなくて……」

「は、はぁ？」

いや、そう見るしかないだろ、実際にそうなんだし。

「ついでに言うと、これだけ露出癖を全開にしてボクの身体を晒しているのに、一度だって、性的に見てくれていないし……」

「ばっ……！　娘の身体を性的に見る父親とか、それ、ただの変態だろ！」

「父娘っていっても義理でしょ？　ボク、意外と傷ついているんだけどなぁ。ボクの魅力はパパには届かないのかって……」

「そりゃ無理だ。お前の露出癖を満たすために、人間としてのプライドは捨てられない」

「露出癖関係ないけどね、これは」

「えっ？」

「なんでもない。気にしないで、気の迷いだから！」

コルクはカラッと笑って見せた。

「じゃあ約束だよ。第三階層ボスを突破したら、指南役を続けるかどうかの話、きちんと考えてくれるって！」

「分かった。約束する」

「うん！　それでパパ、最後にお願いがあるんだけど……」

コルクは俺に駆け寄った。

「ボクに、勇気の出るおまじないをして！　子供の頃みたいに！」

「勇気の出るおまじない……？　って、まさか、アレか!?」

子供の頃、コルクは今と同じように元気な女の子だったが、時々、年上の男の子にいじめられただとか、剣や魔法の勝負で同級生に負けたりしたとかで、落ち込むことも多かった。

そんな時、俺は「勇気が出るおまじない」として、あることをしていたのだ。

コルクの母親が、さらに幼かったコルクに、そうするのを俺は見ていたから。

コルクが、幸せになりますように、と……。

コルクは子供のように両手足をジタバタさせた。

「パパ、アレ、アレ～！　アレがないと、ボク、勇気が出ない～、明日頑張れない～」

「子供みたいな言い訳を……」

「ふん、どうせボクはパパにとって何時まで経っても子供だもん」

「なんじゃそりゃ。まぁ、それくらいはいいか」

「やりぃっ！　それじゃあ……んっ！」

コルクは目をつむり、右手で前髪をあげ、額を俺に突き出す。

俺はそこに顔を近づけ、軽く口づけした。

かつてのコルクからは、このおまじないの瞬間、幼児特有の甘い匂いがした。

でも今日、俺が嗅ぎ取ったのは、微かな汗臭さと、いつも風呂で使っている石鹸の香りと
……これまで意識したことのない、コルクそのものの甘い香りだった。

その事実に、なぜかは分からないが、俺の胸は再びどくんと波打つ。

「……これで満足か？」

「うん！　ボク、おかげで勇気百倍だよ！　まだ、戦いは終わっていないしね！」

戦い？　明日の決戦のことか？　なんでそんな当たり前の話を？

「じゃ、そろそろ帰ろっか、パパ。みんなが待ってる」

「そうだな……て、おわっ！」

突然、コルクが右腕に抱き着いてきた。

「こら、離れろっ、コルクっ！　危ないだろっ！」

「やーだ！　今日は家に帰るまでこうしているのっ！　子供の頃みたいにっ！」

「や、やめろっ、恥ずかしいだろっ！」

「それが気持ちいいんだよー。パパも少しは、露出癖の良さを味わってみて！」

「誰がそんな……！」

しかし、コルクは今日ばかりは俺がどんなに抵抗しても離れようとはしなかった。俺は仕方がなく、本当にビキニアーマー装備のコルクに抱きつかれながら家まで歩いた。

右手に押しつけられた、柔らかな感触のコルクの気持ちよさと……その間、ずっと俺の鼻孔を刺激し続けていた、コルクの甘い香りを、脳裏に刻みながら。

3

巨大な鉄の扉が開け放たれたその時、すでに決戦は始まっていた。

「いたぞ！　正面、大型のモンスター！　腕が四本、背中に翼！」

「間違いありません！　グレートデーモンです！　こっちに向かってくる！」

「予想どおりだよ！　みんな、手筈どおりに！　サエカ……!?」

「分かってる！　あんたもあたしに息を合わせなさいよ!?」

駆け出すコルクたち。一方の敵……グレートデーモンもこっちに突進してくる。

俺はオコジョ姿でコルクの胸元に挟まれながら、その姿に怖気を感じる。

見間違えようがない。一五年前、俺たちのパーティを全滅させた敵の姿。『強力な悪魔』の名にふさわしい、禍々しい顔と出で立ち。

いかに第三階層ボスとはいえ、いきなりのこの突進に対応できる冒険者は少ないだろう。

一五年前、俺たちはこの突撃に先手を取られ、一方的に叩かれた。

だからこそコルクたちは、自らも開戦と同時に、グレートデーモンに駆け出していた。

かつての俺たちのように、初動で主導権を失わないため……そして、今度はこちらから、強烈な第一撃を食らわせるため！

そう思いながら、改めて前を向いた瞬間……。

「……ッ！　グレートデーモンの口から青い光！」

「氷のブレス！　みんな、回避を！」

サエカの声に、コルクがそれ以上の叫びで応じる。

直後、グレートデーモンの口から、まるで砲弾のように青白い噴流が発射される。

グレートデーモンの通常の主攻撃、氷のブレスだ。ブレスは猛烈なスピードで撃ちだされる。

コルクたちはそのブレスを回避しつつ、なおも接近を続ける。本来ならば回避する筋力がないレミネアも、補助魔法で脚力を強化して三人に追随する。

氷のブレスの効果がないと悟ったのか、グレートデーモンは動きを止めた。そして……。

「続いて口から紫の光！　これが……!?」

「そう、例の謎のブレスの前兆！　来るよ！」

かつて俺たちが浴びた正体不明のブレスだ。効果は不明だが、浴びれば終わり。

「イクノ、お願いーーーー！」

「承知！　はぁぁぁぁぁ！」

イクノはクナイを手にして、グレートデーモンに切りかかる。

ブレス放出姿勢の敵はその場から動けない。代わりに四本のうちの一本の腕でイクノを殴り飛ばそうとする。イクノはそれを避けようとしない。

ガキィィィン！　横合いからのフックを、イクノは手にしたクナイを盾に防ぐ。

「ぐぅぅぅっ！」

苦痛に歪むイクノの顔。だが、それこそがコルクたちの狙いだった。

イクノのエロトラップダンジョンスキルは『責め受けマスターLV1』。責めを食らうほど、通常の技の効果が高まる。

今、イクノはグレートデーモンの責めを受けた。スキル発動の好機！

「『忍法・白蜘蛛縛り改・極み』！　はぁっ！」

両腕で胸をひともみした後、腕の袖から大量の母乳を放出し、敵の顔面にたたきつける。

「ガオフゥゥゥゥゥ！」

上半身に大量の母乳が膜となって張りつく。当然、ブレスは吐けず、腕も封殺される。

悶えるグレートデーモン。その粘膜の先端を引っ張りながら、動きを封じようとするイクノ。

今のところ動きは止まっているが、イクノも長く持ちそうにない。

これが、俺が見出した『勝機』。

状況は千載一遇（せんざいいちぐう）にして、最初で最後のチャンス！

「今だ、サエカ！」

「分かってる！　こんのぉぉぉぉっ！」

コルクとレミネアは同時に跳躍、グレートデーモンの首に左右から切りかかる。

後方のレミネアも詠唱を完了、全身から魔力を迸らせながら、攻撃魔法をいつでも放てる態勢となる。詠唱直後に撃たなかったのは、コルクとサエカの斬撃に合わせるためだ。

右手の甲には紋章の輝き。エロトラップダンジョンスキルを利用して、魔法を放つ瞬間、エロトークを口にすることで威力を高めようとしているに違いない。

コルクの右の甲も同じように輝いている。跳躍の姿勢そのものがスキルの発動に繋がっている。衝撃波がコルクと一体となり、その一部は渦となって剣にまとわりついている。

「切り裂けえええええ！」

コルクの絶叫。ふたりの剣が振り降ろされる。

だが、その時、グレートデーモンの全身が、紫の光を放ちだした。

「まずい！　全員、今すぐ距離を取れ！」

イクノが青ざめながら叫ぶ。

「グレートデーモンは、全身の皮膚からブレスを……！」

次の瞬間、グレートデーモンの全身から、猛然とした勢いで紫色の霧が放出された。


「う、ぐ……っ」

俺はいつのまにか、大広間の床にオコジョの姿のまま転がっていた。

何が起きたのかは分かっている。だが、地面に強く叩きつけられ、痛みで身体が動かない。

意識も朦朧（もうろう）としている。

「コルク……ッ！」

気力を振り絞って周囲を見回し……目に入った光景に絶句する。

視界の中心には、無傷のままのグレートデーモン。大技の発動で体力を消耗したのか、肩で息をしている。

　そして、周囲には倒れ伏したコルクたち。息はあるようだったが、全員がビクビクと身体を痙攣させている。

　一五年前、俺が目撃した光景の……惨劇の再現。

　このままでは間違いなく全滅する。あの時と同じように。

　今度は他の誰のせいでもなく、俺自身のミスで。

「うっ、くぅっ……！」

　一番近くにいたレミネアが、身体を震わせながら、どうにか立ち上がろうとしていた。

　だが、右手に杖はなく、スカートに覆われた股下に添えられ、指先でそこを弄っている。

　まるで、自慰をするかのように。

　……自慰!?　まさか、このブレスは……!?

「レミネア、大丈夫か!?」

　慌ててレミネアに駆け寄る。レミネアは俺の姿を認めたものの、右手の動きを止めない。

「はぁっ、はぁっ……！　なるほど、これを食らったから、お師匠様のパーティは……」

「レミネア!?」

「このブレスは、吸い込んだ人間を発情させるようです。お師匠様が無事ということは、おそらく、人間の女性だけを……」

　レミネアは耐えきれなくなるように膝を折った。指の動きがさらに激しくなる。

「今、私は、自分のあそこを、弄りたくてたまらなくなっています。他に、何もできなくなるくらいに……、っ、ダメっ、あ、ひぁっ……！」

レミネアは右手をスカートの中に入れ、股下に直接触れての自慰を始めてしまった。唇からは涎（よだれ）が垂れ下がり、顔は桃色に染まっている。

「あ、あたしも、ダメ……っ！　我慢、できない……っ！」

「サエカ……!?」

レミネアから離れた場所にいるサエカも、床に倒れ伏したまま、股間をまさぐっていた。

「こ、これっ、男のあそこじゃなくて、女のあそこが疼いて堪らない……っ！　こんなの、初めて……っ！　あひっ、ひっ、気持ち、いいっ……！　んあはっ！」

「無念……っ！　某の身体でも、このブレスには耐えきれないか……！」

「イクノ……!?」

イクノも膝をつきながら、右手で股下を弄り、左手で自分の乳房を揉みしだいていた。両手からは白い液体が流れている……発情により、母乳が自然に分泌されてしまっている。

「はぁっ、はぁっ、ん、あっ、はぁっ！　い、あっ、んあああっ！」

イクノの苦しげな息遣いが、次第に艶がかかった淫靡なものに変わっていく。

「ひあっ、あふっ、ううぅっ……！あ、主殿、某たちに構わず、早く、逃げ……っ！」

「……！　そんなこと、できるはずが……！」

「だが、このままでは……っ！　んっ、はっ、ああああああっ！」

背中を仰け反らせながら、胸を握りつぶすように揉み込むイクノ。それくらいしなければ、もはや処理できない疼きなのだろう。

「あっ、いっ、はぁっ！　いけませんっ！　立ち上がら、ない、と……ひあぁっ！」

「い、あっ、止まんない……っ！　あっ、あっ、あああっ！」

「あぐっ、ふっ、うんふっ！　指の動きも、母乳も、止まら……あくぅっ！」

ぐちゅぐちゅ、くちゅくちゅ……。

大広間は三人の指と陰部が奏でる湿った音と、卑猥な喘ぎ声に満ちていく。

心が真っ黒な絶望に染まっていく。

俺たちの負けだ。ここが行き止まりなのだ。一五年前と同じように。

「……ッ！」

……だが、一五年前と違うこともある。

それは、俺にもう二度と、逃げるつもりはないということ。

この姿でも、あのグレートデーモンの近くを跳ね回ることで、注意は引ける。その隙に他の全員が集まってレミネアが『テレポス』を使えば、俺以外は確実に脱出できる。

俺は戻れなくていい。この後、どんな運命が待ち構えようとも納得はできる。

コルクたちを守れるのなら。

そう思いながら、俺が立ち上がった、その時。

ひとつの人影が、俺の盾になるように、グレートデーモンに立ちふさがった。

「コルク……ッ！」

コルクだった。他の三人と違い、姿勢を崩さず、両足で立っている。

「コルク、無事か!?　発情は……なっ!?」

慌ててコルクを正面から見据え……俺ははっとした。

コルクもまた、艶っぽい息を吐き出しながら、左手で股下をさすっていた。

瞳はグレートデーチンを捉えているものの、官能に蕩け切る寸前の感がある。全身には汗が玉のようにびっしりと浮き立ち、全身はぷるぷると震え、腰も前後に揺れている。

発情ブレスの影響を受けていることは明らかだった
だが……コルクはなぜか、凄絶な微笑みを浮かべていた。

「この攻撃は藪蛇だったね、グレートデーモン」

口端から涎を垂らしながら、さらに唇の歪みを大きくするコルク。

「ボクは今、確かにキミのブレスを食らって、あそこを触りたくてたまらない……でも、その本当の意味が分かる？　ボクが今、ビキニアーマー姿のまま欲望のまま自慰を始めたら、大好きなパパに興奮してもらうために、本気でオナニーを始めたら、何が起こるのか……」

「……っ！　コルク、まさか……！」

「パパ、見ていて、くれる……？」

コルクが切ない声で俺の名を呼びながら、俺の瞳を見つめる。

俺はコルクの考えが手に取るように分かった。

ならば、答えはひとつしかない。

「……ああ。もちろんだ。きちんと見てやる。だから……頼む！」

「……っ、うん！」

コルクが嬉しそうに頷く。

「分かった……。じゃあ、いくよ……」

これまでのコルクでは考えられない、妖艶な微笑みを浮かべた後、コルクはボトムスの鼠径部の隙間に右手を差し込み、激しく撫で始めた。

「いっ、ひっ、あっ、はぁっ、あああああっ！」

切ない声をあげながら、必死に秘部を弄るコルク。

「あっ、はっ、き、やっぱり、これ、気持ちいい……っ！　あああああ！」

やっぱり、これ……つまりコルクにとって、自慰は初めてではないということ。

しかも、ボトムスからちらちらと覗く陰部も、第○階層で同じ部分を曝け出した一か月前と比べて、赤い肉花の部分が広がっている。この一か月間、俺や仲間の目が届かない場所で、自慰を繰り返していたに違いない。

おかげでコルクの左手の動きに迷いはなく、身体もそれに従うようにブルブルと震える。乳房も、お尻も、太ももも、サイドにまとめられた金色の髪も。

コルクの動きがあまりに予想外だったためか、グレートデーモンはその場から動けないでいる。レミネアたちも、呆気に取られた顔でコルクを眺めている。

「ひっ、あっ、いい、いいよぉ、パパァ……っ！　あっ、ひっ、あふぅぅっ！」

俺に流し目を送るコルク。口元から涎が垂れ下がり、胸元に糸を引いて滴っていく。

ぐちゅぐちゅぐちゅ……ぐちゅんぐちゅん！

次第にコルクの指の動きが大きくなり、股下からも淫らな音が響き始める。

太ももから膝へと伝っている透明な液体は、決して汗の類ではないだろう。

「あっ、ひぁっ、ふっ、あああっ！」

自慰が進むとともに、コルクの腰の動きも激しさを増す。俺に見せつけるように鼠径部を突き出し、足をガニ股にさえしている。

そんな、淫らな姿のコルクに……。

俺は、欲情を覚えていた。

コルクは完全に俺を異性として見ていて、異性として興奮させようとしている。そして、そんなコルクを、俺もまた異性として捉え、興奮している。

コルクの義父として、師匠として、抱くべき感情でないのは分かっている。

だが、コルクはそんな常識など忘れさせるように、俺に見事なまでのその淫靡な姿を突きつけてきて……俺の身体と心も、男として素直にそれに反応してしまっている。

コルクは綺麗で可愛い。そしてエロい。

乱れたコルクを見れば見るほど、精神と性欲は昂っていく。

本当ならコルクに抱いてはいけない禁忌の感情。しかしその背徳感さえ、さらに俺を滾らせ

るスパイスになっている。

いつしか俺の陰部も（オコジョの姿ではあったが）、固く充血していた。

「パパ……、あっ、はっ、いっ、あっ！」

コルクもそれを確認し、嬉しそうに口元を歪ませ、さらに激しく指を、腰を動かしていく。

ぐちゅ！　ぐちゅぐちゅ、ぐちゅちゅ！

「んっ、あっ、コ、コルクさん、一体、何を……」

自らも自慰を続けながら、レミネアが呟く。

「……コルクは、自分から俺に見せつけるための自慰をして、反撃しようとしている」

「えっ……」

「コルクの『エロトラップダンジョンスキル』は『ビキニアーマーマスターＬＶ１』。ビキニアーマーを映えさせる行為をすることで、衝撃波を発生させるスキルだ。今、あいつはビキニアーマーが映えるような自慰をすることで、敵を攻撃しようとしている」

「……ッ！　そんなことが……！」

「できる。きっとコルクなら……誰よりもビキニアーマーを愛するコルクなら……！」

俺の断言を後押しするように、コルクの右手の甲の紋章が再び輝きだす。

それがきっかけとなり、グレートデーモンも遅まきながら、コルクに突進する……が。

「あっ、ひっ、あああああっ！」

強い快感を覚えたのか、ひときわ大きく腰を折り曲げて悶えるコルク。

一瞬後、巨大な衝撃波がコルクから生じ……グレートデーモンを吹き飛ばす。

「アグウァァァァ！　グァッ、ガアアアアアアッ！」

コルクが自慰で身体をくねらせるたびに衝撃波が生じ、グレートデーモンを吹き飛ばしていく。連続した衝撃を受け、グレートデーモンはついに壁に叩きつけられる。

コルクの攻撃が、グレートデーモンにダメージを与えているのは確かだ。だが、敵に致命傷を与えるにはまだ足りない。どこか、弱点があれば……。

その瞬間だった……俺の目に、グレートデーモンのある部分が映り込んだのは。

そうだ、ここなら……！

「コルク、気持ちよくなっているところ悪いが、衝撃波を一点に集められそうか!?」

「ふええっ!?　あっ、くっ、たぶん、できる、けど……、あんはぁっ！」

「だったら、グレートデーモンのあそこに、特大のを食らわせてやれ！」

「あ、あそこ……!?　お、お●●●●ってこと……!?」

「そうだ！　そこなら防御力が他の場所よりも低い……！」

第一階層攻略の初日、暴れエイプを撃破した際の会話が思い出される。

陰部はまさに雄の急所。それは人間も、グレートデーモンも変わりない！

「つあ、分かったぁっ……！　ボク、そろそろ、だからぁっ！　特大の、出すからぁっ……！」

ガクガクと腰をふりながらコルクが答える。

「あっ、出る、出るよ……ッ！　パパ、おっきいのが、出る、出る、出るぅぅぅぅぅっ！」

　コルクはひときわ大きな声で叫んだ。背中をのけぞらせ、股下のビキニの脇から、透明な飛沫を迸らせる――絶頂に至ったのだ。

　同時に巨大な衝撃波が渦になって全身から生じ、グレートデーモンに突き進む。

　衝撃波はすぐに剥き出しの陰部に直撃、巨大な男根を根元から抉るようにねじ切った。

「アガァァァァァァッ！」

　グレートデーモンは絶叫とともに吹き飛ばされ、四本の両手で股間を押さえる。

　同時に、気をやったコルクも、膝から崩れ落ちるように転倒する。

「イクノ！　レミネア！　サエカ！　もう一度だ！」

　俺は三人に叫んだ。

「コルクはもう動けない！　だが、今なら……みんな、頼む！」

「……ッ！　承知……！」

　最初に返事をしたのはイクノだった。脚をよろめかせながら立ち上がり、両腕を再び胸に添え、その後にグレートデーモンに向ける。

「『忍法・白蜘蛛縛り改・極み八連』!!　はぁぁぁっ！」

　イクノの両腕から四本ずつ、合計八本の蜘蛛の糸となった母乳が発射される。それらはグレートデーモンの四本の腕と両足、そして首と胴体、尻尾に巻き付き、動きを完全に封じる。

　グレートデーモンのズタズタになった下半身が正面に曝け出される。

「レミネア殿、サエカ殿ォォォォ！」

「わ、分かっています……！　んっ、はぁっ、あっ、ひっ、いく、いくいくいく、いっちゃいましゅぅぅぅぅぅぅう、『サンダーゴ』ぁぁぁー！」

巨大な閃光……レミネアの杖から巨大な電力の球体が発し、それが電撃となってグレートデーモンの下半身に突き刺さって爆発……さらに損壊を大きくする。

「はぁっ！　い。イケました！　『エロトラップダンジョンスキル』、喘ぎ声だけでも！」

「えっ!?　今の声、確かにすごくエロかったけど……それだけでスキルは発動させたの!?」

「はい！　さっきのコルクさんを参考にしました！　めっちゃエロかったので！」

「そりゃそうかもしれないが……じゃあ、今のは演技!?　それとも本当に……!?」

「それは秘密です！　そんなことよりサエカさん!?」

「わ、分かってるっ……！」

サエカも剣を両手で握って駆け出していた。右手の甲はこれまでになく輝いている。

「凄まじい輝き……、それだけスキルが大きく発動している!?」

「元から女の子の部分が発情していた上に、コルクさんのオナニーで、男の子の部分も充血しちゃったのでしょう。ほら、股のアーマーがいつになく持ち上がっています」

「あ、ほんとだ。ガチガチだな、あれは」

「外野うるさい！　おかげで凄い力が発揮できそうなんだから！　こんのぉぉぉぉ！」

ダッシュの末に飛びかかり……両腕で剣を振り上げる。

「必殺、『クレッセント・スラッシュ』！　切り裂けえええええ！」

ズバシャァァァ！　サエカの剣が文字どおり三日月のように振り下ろされ、無防備となっていたグレートデーモンの腹部を真一文字に切り裂く。噴出する大量の鮮血。

サエカは手を緩めず、今度は剣を下段に構え、力の方向を反対に切り替える。

「これでトドメ！　『フルムーン・スラッシュ』ウゥゥッッ！」

サエカの剣はグレートデーモンの腹部から脳天までを真上に切り裂き、その後、まさに満月を描くように、後ろに円弧を描きながらバク転するサエカとともに離れていく。

「はぁっ！」

着地と同時にグレートデーモンが左右に分断され、大量の血飛沫とともに崩れ落ちる。

分断されたグレートデーモンは、しばらく手足をバタつかせていたが、やがて動きを止めた。

「はぁっ、はぁっ、はぁっ……、はぁぁーーーー！」

剣を構えたまま荒い呼吸を繰り返していたサエカが、ひときわ大きく息を吐き出し、その場にへたり込んだ。

顔色は元に戻っている。例の発情ブレスは、本体が死ぬと効果が切れるようだ。

「勝ったぁ……！　どうにか……！」

レミネアとイクノも視線を交わし、ほっと肩の力を抜く。

「ぎりぎりでしたが……どうにかかなりました」

「ああ。コルク殿と……それに、主殿のおかげでな」

「俺は何も……って、コルク、大丈夫か、コルク……！」

大慌てでコルクの肩から降り、床に倒れたままのコルクに近づく。

「コルク、大丈夫か!? 勝ったぞ、勝ったんだ！」

「勝った……？」

「ああ。お前のおかげだ！ お前は、俺やお前の母親が成しえなかったことを成し遂げたんだ！」

「……パパ、嬉しい？」

「えっ？」

「ママたちの仇を討てて……好きだった人の無念を晴らせて、すっきりした？ ボク、パパがずっと苦しんでいたこと、知ってたから……」

「……ッ、ああ、ああ！」

俺は何度も頷きながら、両手でコルクの右の小指を強く握った。

「……よかったぁ」

コルクは優しく微笑んだ。

「ボクも、これまで頑張ってきた甲斐があるよ……これだけのことをしても、ボクの本当の願いには、届かないのが悔しいけど……」

「本当の願い……？」

第〇階層のボス戦でも、コルクはその言葉を口にした。

コルクの願いは、母親を超える冒険者になり、母親の夢を自分で果たすことだったはず。

本当の願いとは、それ以外の願いのはず。なら、それは一体……。

「お、お師匠様……！」

突然、レミネアが声を震わせて叫んだ。

「あれを……大広間の奥を……ッ！」

そこには信じられないものがいた。

女の子が立っていた。

背格好は十代はじめ。コルクと同じように耳が長いエルフだが、肌は褐色で、髪は白銀。神官を思わせる、露出の大きい服を着ている。

絶対に冒険者ではない。

というか、褐色のエルフなど、俺は見たことも聞いたこともない。すでに絶滅したヒトの一種としか思えない。

冷めきった……感情がこもらない瞳でこちらを見つめている。

「な、なんで、こんなところに人が……!?」

サエカの叫び。イクノも、コルクも、完全に固まっている。

僅かな沈黙の後、突然、頭の中から声が聞こえた。

《第一領域の幾多の罠を切り抜けてきた、お前たちに告げる》

「……ッ！　某の脳に直接語り掛けてきた……!?」

「そんな……、そんな魔法、聞いたことが……！」

イクノとサエカが絶句するように声をあげる。

古代の魔法かもしれない。ただ、それより今は、少女の表情が無機質で無感情なこと、声が俺たちの言語を無理やり翻訳したような、妙なイントネーションなのが気になった。

《私は統率者のオニカ。我が主、創造主の命により、お前たちに新たな試練を与える》

「!?　創造主……!?」

ひときわ高いレミネアの声。俺も全身に寒気を感じる。

創造主。意味が上手く摑めないが、この『アシュヴェーダ』の創造主ということか。

そして、目の前のオニカと名乗る少女の、統率者という自称。何を統率しているのかは判然としないが、人間の姿をしていることを踏まえると『アシュヴェーダ』に配置したトラップたちを統率している、と考えるのが自然だ。

つまり、彼女は、今も『アシュヴェーダ』を支配する創造主……伝説の淫邪神の従僕の可能性が高い！

と、少女はおもむろに右手を持ち上げ、人差し指でコルクを示した。

《お前》

「えっ……？」

そして少女はコルクに、想像を絶する言葉を放った。

《そこの雄と交配せよ》

……は？

《これよりこの広間は閉鎖空間とする。以後、お前たちが直接に交配し、雄がオーガズムに達するまで、お前たちはここから出られない》

《お前たちが第一領域に踏み込んで以降、私が捉えた感情の中で、恋愛感情が確認されたのはお前だけだった。そしてその対象は、常にそこにいる雄だった》

《封印されし我が主を慰撫するため、この『せっくすしないとでられないへや』で交配し、汝の愛の深さと、雌としての身体をもって、この場で最上の官能を示せ》

《交配せよ》

4

「何を……言ってるんだ？」

凍りついたような空気の中、俺が捻り出せたのは、その一言だけだった。

本当に、何を言っているのか分からない。

五人の中で恋愛感情があるのはコルクだけで、その対象は俺？　で、『アシュヴェーダ』の支配者の魂の救済のために、コルクの愛情を、俺との交配で……セックスで示せ？

理解できない。

百歩譲って、ここはエロトラップダンジョン。俺たちが、今、褐色エルフの少女……オニカと名乗る娘が口にした『セックスしないと出られない部屋』に閉じ込められたとしても……まぁ、戸惑いはするが納得はする。

俺はパーティで唯一の男だから、その片方に選ばれたとしても、それもまた同じ。

だが……どうしてその相手がコルクに？

俺の弟子で……義理の娘に？

血は繋がっていないが、俺の大事な家族であるコルクに？

「ははは……面白い冗談だな、それ」

俺の震えが混じった笑い。オニカは無表情でこちらを見ている。

「で、でも、勘違いするのも無理はない。コルクは俺の弟子で、義理の娘で、俺に懐いているのだから、そう見えてもおかしくはない。そ、そうだよな……コルク？」

「…………」

「コルク!?」

「えっ……、あっ、うん、そ、そうだね……！」

突然、現実に引き戻されたように、慌てているコルク。

顔が引きつっている。

「キミ、何を勘違いして……。いくら『アシュヴェーダ』の人だからって、そんな……」

へらへらと……空虚な笑顔で俺の一番弟子は続ける。

「ボクがパパを好き？　まさか。パパはボクの師匠で、義父で、大切な家族で……恋心なんて抱いたら、全部が全部、終わっちゃう関係で、パパだってずっと想っている人がいるのに、そんな感情をぶつけられてもただただ迷惑なだけで……絶対に許されない感情で……そんなのを抱いたボクは、露出癖の持ち主以上のド変態で、救われるべきじゃなくて……」

「コルク……？」

愕然となる……なぜなら、コルクがぼろぼろと涙を流していたから。

「あっ、あれ……？　どうして、涙が……あれ、おかしいな。えへ、えへへへ……」

玉粒を頬から零しながら、へらへらと笑うコルク。いつものコルクとはかけ離れている。

オニカは、そんなコルクを醒めた目でじっと見つめ……が、突然に視線を脇にそらした。

直後、何もない空間に、平面の映像が浮かび上がる。

「……ッッ！」

映像に映し出されたのは、あろうことか、先ほどのグレートデーモンとの戦いの最中、反撃のために自慰にふけるコルクの姿だった。

そして、コルクが実際に発していた喘ぎ声に重なるように、もうひとつのコルクの声が、脳内に響き渡る。

「パパ、見てっ……！　ボクの苛烈なオナニー……ッ！　パパが好きだから、みんなの前で、こんな恥ずかしい真似ができるんだよ……！」

「パパ、ボクね、いつもこんなふうに、パパを想いながらオナニーしているんだよ……！　いけないって思いながら、許されない想いだって知りながら……！　でも、そう思うと余計に興奮しちゃって……！　ね、上手でしょ？　パパを想いながら気持ちよくなるよう、いっぱい練習したんだよ。練習してたから、こんな土壇場でできるんだよ……！　パパ、褒めて！　パパ、しっかり見て！　そして、ボクのイヤらしい姿で興奮して……！」

「パパ、好き、大好き……！　たとえこの想いが届かなくても……この気持ちだけは、本当だからぁっ……！　パパ、好き、パパ、好き、好きぃぃぃっ……！」

……誰も何も言えない。あまりに展開が衝撃的すぎる。

まさか、これがコルクの心の声だっていうのか……？

信じられない。だが、ある意味で答え合わせでもある。コルクが隠れて自慰を繰り返してきた理由が、今の言葉なら……。

コルクはこの世の終わりのような顔で、自分の痴態と、自分のふたつの声を耳にしていた。

どちらも喘ぎ声だが、込められた意味は全く違う。

レミネアも、イクノも、サエカも、あまりの展開に言葉を失い、その場で固まっている。

コルクが掠れた声で呟く。

「こ、こんなの、作り物……」

《……第一領域におけるお前の心の声は全て記録している。まだ必要か？》

オニカの声が覆いかぶさる。コルクの瞳がさらに絶望に染まる。

《あるいは、今この瞬間のお前の心の声を、全員に聞かせてやってもいい》

「そ……れ、は……」

《お前たちの体液から、遺伝情報も採取した。お前とその雄に親子関係は見つからなかった。お前たちの間に、繁殖に伴う生物的なリスクは存在しない》

「……ッ！」

《どのみち、創造主の命を断れば、お前たちは、ここから二度と出られない。創造主はお前たちが、己の感情に従い、正常なかたちで性を交わることを望んでいる》

オニカの声を聞くコルクは、もう泣いてはいなかった。

代わりに、オニカを睨みつけながら、荒く息を繰り返している。

「コ、コルク……？」

「……ッツ！　よ、よくもぉぉぉっ！」

突然、コルクは立ち上がり、両手で剣を握りしめ、褐色の少女に駆け出した。

「よくもボクの、本当の気持ちをぉぉぉぉ！」

「コルクッ……!?」

コルクの表情は怒りと悲しみに満ちていた。一度も見たことがないような悲壮な表情。完全に激昂している。

理由はもはや考えるまでもなかった。

オニカの言葉も、あのコルクの『心の声』も、全てが真実だということ。

コルクは俺を異性として見て、恋愛感情を抱いているということ。

おそらく、コルクの口にしていた本当の願いは、この言葉に関わっていること。

「よくもぉぉぉぉぉぉっ！」

だが、次の瞬間、オニカの右手が複数の触手に変化、その全てがコルクに向かい……。

「があああっ！」

コルクはあっけなく少女の触手の群れに絡まれ、身動きを封じられた。

「う、くぅぅっ！」

「……ッ！　コルクを、離せぇぇぇ……！」

「サエカさん……!?」

サエカの怒りに任せた叫びとレミネアの静止の声。同時にサエカが飛び出そうとして……。

「がぁっ！」

すぐに反対側へと弾き飛ばされる。

「痛ぁ……っ！　って、何が……!?」

顔を持ち上げるサエカ。表情が青ざめる。

サエカたちの目の前に魔力の壁が生じ、俺とコルク、サエカたち三人を分断していた。

これでは、サエカたちはコルクや俺を助けることができない。

「ちょっと、どういうつもりよ！」

怒りに任せて魔力の壁を殴りつけながら、オニカに叫ぶサエカ。

「いきなりコルクにこんなムチャ言って、あたしたちを遠ざけて！　ふざけないで！　あんた、このダンジョンを作った淫邪神の手先!?　やっぱり、こんなダンジョンを作る奴は……」

次の瞬間、今度は褐色の少女の左手が触手に変化。魔力の壁をすり抜けながらサエカの眼前に伸び、猛烈なスピードでサエカの頬を掠め、背後の壁に突き刺さる。

一瞬遅れて、ブシュ……！　とサエカの頬が一文字に破け、血が噴き出る。

《私の前で、その忌まわしい名前を使うな》

オニカは、今までの無表情から一転、強い憎しみの感情を浮かべていた。

《ただ、心の自由を望んだだけで、淫らで邪な神と称され、民の全てに否定され、この地に封印された我が主を侮辱するものを、私は許さない》

触手を壁から引き抜き、元の左手に一瞬で戻す。

再び絶句するサエカたち。戦っても勝ち目がないのは、今の一撃で明白だった。

オニカの怒りは尋常ではない。おそらく、彼女の言葉には、『アシュヴェーダ』の謎を解く重大なヒントが隠されている。だが、今の俺たちにそれを読み解く余裕はない。

《それで……お前の結論は》

首に巻きついた触手を握りしめながら、オニカを睨むコルク。

目元からは再び涙……表情もただ悲痛に歪むだけだ。

《……皆の前では言葉にできないか。そういえばそこの雄も、ここでは人の姿に戻れないか。我が主も矛盾した命を下している。ならば》

「……ッ！」

突然、コルクの足元に、魔力で作られた魔法陣が出現する。『アシュヴェーダ』の入り口、そしてコルクたちの右手の甲に描かれたものと同じだ。

魔法陣はそのまま上昇……コルクを飲み込んでいく。

「……ッ！　コルク……！」

俺の叫び。だが、コルクは瞬く間に、上昇する魔法陣に飲まれ、消えてしまった。

その後、魔法陣は九〇度回転。俺たちに正面を向け、数倍の大きさに広がった。

《別空間を用意した。この中であれば、雄も人の姿でいられる。そこの雄も入り、先ほどの雌と存分に交配せよ》

俺に向けて無機質な視線を向けながら、オニカが告げる。

《交配についての条件がクリアされたら、別空間から私が引き出す。それまで、お前たちはこの広間からも、別空間からも出られない》

「……っ！」

《交配せよ。官能こそヒトをヒトたらしむるもの。官能こそ無明(むみょう)に光ともすもの》

その言葉を最後に、オニカはそこからいなくなった。俺たちを分断していた壁も消える。

残されたのは、俺とレミネアたち三人、そしてオニカが作り出した魔法陣だけだ。

入り口のドアを見つめると、そこにも魔法陣が張りついている。おそらく、あちらの要望を満たさなければ、解除はされないのだろう。

「…………」

俺はふらつきながら、魔法陣に近づこうとした。

正直、目の前の現実に、俺の心が追いついているとはいえない。

しかし、今、コルクを救い、この状況を打開できるのは、俺だけだ。

だから……。

「お師匠様……！」

レミネアが咎めるように声をかける。

俺は立ち止まり、振り向きながら尋ねた。

「……レミネアは、気づいていたのか？　コルクの本当の気持ちに……」

レミネアは顔を逸らし、辛そうな表情で答える。

「……はい。気づいていました。コルクさんはずっと、お師匠様を……貴方を見ていました」

仲間たちも気づいていた……もはや勘違いはあり得ない。

「貴方を見つめるコルクさんの瞳は、師匠や父親を見る瞳ではなく、想い人を見る瞳で……いつだって一緒にいたいという気持ちが込められているようでした。コルクさんは、本当に楽しそうに、幸せそうに、貴方を見つめていましたから……」

昨日の展望台での会話が思い出される。

あの時のコルクの台詞、コルクの素振りの全てに理解が及ぶ。

俺と、ずっと一緒にいたいというコルクの言葉。あれは、俺が男性として好きだから、ずっと傍にいたいという、まさに恋する乙女の言葉……。

俺はそれに気づけなかった。気づいてあげられなかった。

「もちろん、コルクさんはそんなこと、私たちに一言も話していません。先ほどの反応を見るに、コルクさんの中でも、ずっと胸にしまっておくべき想いだったはず……」

「…………」

俺は何も答えられないまま、さらに足を踏み出そうとする。

「……ちょっと、待ちなさいよ、あんた！」

今度はサエカが、俺を咎めるように叫んだ。

俺がサエカに振り向くと。本人はわずかに躊躇った後、意を決した顔で言った。

「……本当に、できるの？」

「できるのって……」

「あんた、コルクとしたいって、本当に思えているの……？　あたしは両性具有だから、そのあたりは分かる……あんたにその気がなければ、それは無理なはずよ」

さすがサエカ、俺にとって痛い所を的確に突いてくる。

「……分からない。ただ、したいかどうかとなると……それは否になるな」

「……っ！」

「俺はコルクの師匠で父親だ。そこから先に進むことは禁忌そのものだ。でも、そうしなければ、俺たちはここから脱出できずに全滅する。だから……」

「……はぁ。まぁ、それが普通の反応よね。分かるわ。でも、あえて言わせてもらうわ」

サエカはつかつかと俺に歩み寄り……俺の身体を右手で鷲掴みして叫んだ。

「ふざけないで！　あたしたちを『する』理由にするなんて、絶対に許せない！」

「……！」

「コルクがあまりに可哀想だわ！　パーティのため、なんて理由でコルクの心をないがしろにしてされちゃ、こっちも迷惑よ！　コルクの気持ちを第一に考えてあげて！」

「コルクの、気持ち……」

俺は自分が口にした言葉にはっとなった。

正直、今の俺は冷静じゃない。こんな流れで冷静なら、そいつはまともな師匠や親じゃない。

でも、コルクの気持ちを第一に考えていなかったのは、間違いのない事実だ。

コルクの気持ち。俺を好きだという気持ち。

師匠なのに、父親なのに、家族なのに、俺が自分の母親をまだ好きだと知っているのに、それでも俺をずっと想い続けてきたという、想像するだけで辛く、切なくなる気持ち。

その気持ちを大切にしてあげるには……俺はどうするべきか。

答えは、出せないこともない。

でも、もし、それでコルクを救えなかったら……。

「……某としても、この流れに納得はいかぬが、言いたいことはある」

イクノが人差し指を立てて、達観するような微笑みを浮かべていた。

「主殿とコルク殿がどのような結論を出したとしても、某はかまわない」

「イクノ……」

「某たちは、主殿とコルク殿がいたからこそ、ここまで辿り着くことができた。某たちはふたりに恩義がある。だから……主殿が最善と思える道を進んでみるといい」

レミネアとサエカも、うんうんと頷いている。異論はないらしい。

俺は三人に背中を押してもらった気がした。同時に、情けない気分にもなる。

「……俺はダメな指南役だな。お前たちに、こんなふうに逆に指南されるなんて」

「はっ！　自信過剰も良い所ね！」

サエカが腰に手を当て、快活に笑った。

「色恋沙汰の話だったら、あたしたちのほうが断然上手（うわて）に決まってんだから。エロトラップダンジョンのエロについてはあんたが専門だろうけど！」

「そうだな……。ただ、俺はお前たちにも、今のうちに言っておきたい言葉がある」

俺は三人全てと視線を合わせ、頷きながら言った。

「お前たちには、コルクと同じくらい感謝している。ここまで俺を連れてきてくれて……そして、俺の無念を晴らしてくれて。これからどうなるにしろ、それだけは間違いない……」

「……その気持ち、コルクさんにも伝えてあげてください」

レミネアが優しく微笑んでくれる。

「それがきっと、お師匠様の答えになると思います。コルクさんの答えにも……」

「分かった。ありがとう」

「それと……もしもの時のために、これを」

俺はレミネアから布袋を渡された。中身を見て……苦笑する。

「なるほど。確かにこれは必要だ。でも、どうしてこんなものを？」

「ここはエロトラップダンジョン、いつか『セックスしないと出られない部屋』にぶつからないとも限らない、と思っていたので……」

「準備万端だな。でも、どうしてそんな考えに……？」

「男同士が愛し合う作品の世界では、『セックスしないと出られない部屋』ネタは普遍的なので！　実は私、こんな状況ですが、ちょっと盛り上がっています！　これが、噂の、と！」

「これまでのシリアスな流れが台無しになるセリフだな。レミネアらしいけど……」

俺の言葉に、三人が揃って笑い、俺も釣られて顔を綻ばせる。

そうだ。俺たちはこんな雰囲気が好きで、これまでやってこれたんだ。

必ず取り戻さないといけない。コルクの笑顔も、この雰囲気も。

「じゃあ、行ってくる！」

俺は魔法陣へと駆けだし……その手前でジャンプして、その先へと突入した。

5

魔法陣を抜けたそこには、見慣れた景色があった。

「……寝室？」

そう、俺の寝室だ。それも、コルクたちが居候(いそうろう)する前の……今ではレミネアの資料置き場になっている場所。コルクが幼い頃から、ずっと俺のベッドが置かれていた。

俺は人間の姿に戻っていた。おそらく、この空間を作り出したあの少女がそうしたのだろう。

裸ではなく、一応普段着。

そして、俺のベッドの上には、見慣れた姿があった。

「コルク……」

コルクはベッドの上に体育姿で座り、顔を両足の間に埋めていた。

先ほどと同じ、ビキニアーマーを装備している。剣はベッドの脇に立てかけてある。

どうして場所がここなのか、何となく分かる。

「……パパ」

顔をうずめたままのコルクが呟いた。

声が掠れ、鼻水を啜っている。ずっと泣いていたらしい。

「……驚かないんだね、この部屋に」

「……お前が俺とひとつになりたかった部屋……ってことだろ？　多分、ずっと前から……」

コルクは答えない。しかしその無言は雄弁だった。

コルクが俺と繋がりたいと思っていたのなら、それは他のどこかではなく、自分の家のどこかであるはずだ。コルクにとって、この家がもっとも心安らぐ場所だろうから……。

コルクは顔を上げない。コルク自身、何を話せばいいのか分からないのかもしれない。

俺の気持ちも同じだった。

けど、レミネアたちとのおかげで、心の整理はついている。

何をするべきかも……少なくとも、自分では分かっているつもりだ。

「……コルク、お前と話がしたい」

「…………」

「隣に座っていいか？」

「……うん」

コルクは素直に頷いた。俺はコルクの隣に腰を下ろす。

その途端、昨日嗅いだコルクの甘い体臭と、これまでの戦いで生じた汗の匂い、そして、先ほどまでの自慰によるものだろう、酸味のある香りが感じられる。

俺が隣に座って、コルクはようやく首を持ち上げ、顔を見せた。

コルクの細くて白いうなじが、長くて細い耳が、首筋が、鎖骨が、ビキニアーマーのトップスに包まれた胸元とその狭間が、自然に俺の視界に入ってくる。

早くもドキドキしてきた。まったく不埒極まりないのは自覚しているが、それでも、胸の高鳴りは止まらない。いや、立場からくる背徳感が、余計に興奮のスパイスになっている。

この一か月、コルクの姿は毎日のように見ていたはずなのに。

こんな話、コルクと素面でするなんて、思ってもみなかった。

でも、俺はコルクと話さないといけない。俺のためにも、コルクのためにも、皆のためにも。

それに、この俺の反応は、きっと都合がいいはずで……。

「……ごめんね。ボク、パパをびっくりさせちゃったよね」

コルクは、思い詰めた表情で口を開いた。

「おまけに、あんなみっともない姿を見せて……えへへ、もう笑うしかないよね。答え合わせを自分でしちゃったみたいで……」

コルクは自嘲するように、中身のない微笑みを見せた。

「だから、つまりはそういうことで、だから……」

「……俺を好きだったたってわけか。ずっと前から」

「……うん」

　コルクははっきりと頷いた。

　俺との会話で、気持ちが整理されつつあるのかもしれない。

「いつ頃かは忘れたけど……少なくとも、剣の師匠の元に行った五年前には、そうだった気がする。ボクは、パパをパパとしてじゃなくて、異性として、男として好きなんだなって……」

「そうか……」

「露出癖が出て、前のパーティを追放された後、パパの元に帰ってきたのも、パパの傍にいたいと思ったからで……。パパなら、こんなボクでも受け入れてくれるだろう、傍にいさせてくれるだろうって甘えがあったのは確かだけど。でも、一番大事なのは、それだった」

　やはり、昨日のコルクの願いは、コルクの恋心に根差した願いだった。

　好きな人の傍にいたい……そんな、恋をした人間が抱く、当たり前の感情として……。

「でも、やっぱり、その気持ちが特に強くなったのは、この一か月かな。パパと再会して、一緒に冒険して、一緒に泣いて笑って……やっぱり、ボクはパパの傍にいたいんだなって。その、パパを想って、頻繁に自慰するようになっちゃったし。おかげで、さっきは助かったけど……」

「…………」

「あ、もちろん、『アシュヴェーダ』を攻略しようと思った理由はそれだけじゃないよ。ママを超える冒険者を目指していたのは本当だし、パパを立ち直らせたいと思ったのも本当。あっ、でも……その裏には、冒険でママのことを忘れさせてあげたい、って想いもあったかな。ボク、ママには負けたくなかったから……」

だから昨日、コルクはあんな流れで、母親の話を切り出したのか。

俺を自分の母親との記憶から解放したいという想い。それは、母親への嫉妬も含んでいた。

「ごめん。こんな話、パパ、困っちゃうよね。だからボクも秘密にしていたし。でも、心の底では、いつかパパが、ボクをひとりの女の子として、異性として見てくれるよう願っていて……」

「まさか、それが……？」

「うん。ボクの本当の願い。さすがにこんな願い、『アシュヴェーダ』攻略の報酬としては望めなかったよ。不埒すぎて……だから、ボクがパパの傍にずっといることで叶えたかった」

えへへ、と笑うコルク。コルクらしさからは正反対の、あの空虚な微笑み。

「ほんと、笑うしかないよ。こんな展開。しかも、ここは『セックスしないと出られない部屋』……？　バカにしてるよね。人の純情を弄んで……ボクとパパの関係も知らないで……」

「コルク？」

コルクはベッドから立ち上がり、両腕を腰に当てた。憤懣やるかたなしという声で告げる。

「ああ！　なんか腹立ってきた！　なんでボクとパパがこんな目に遭わないといけないの!?　さっき目いっぱい怒ったけど、パパに本当の気持ちを話したら、余計に怒りが湧いてきた！　理不尽だよ！　そう思わない、パパッ!?」

「え……？　いや、理不尽なのはまさにだが、ここはエロトラップダンジョンで……」

「だとしても度が過ぎるよ！　まだ一方的に触手に凌辱されたほうがマシだよ！　あの銀髪の黒いエルフ……オニカって子？　今度会ったらとっちめてやるんだから！」

「そ、そうだな……」

現状で、『アシュヴェーダ』の謎は深まるばかりだ。あのオニカという少女の話にしても、何を意味しているのか、皆目見当がつかない。

コルクたちがそれを解するには、ダンジョンの先に進まなければならない。

だが、そのためには……。

「じゃあ、頑張ろっか、パパ」

「頑張るって、お前、まさか」

「こんな状況に追い込まれたら、するしかないよ。セックス」

コルクは、先ほどと同じ、中身がないような口調で、事もなげに言う。

「ボクとパパは、本当は異性として交わってはいけない関係。義理とはいえ、親子同士のセックスっていう、露出癖以上の禁忌（タブー）。みんなから気持ち悪いと罵られるのが当たり前の変態的な行為。でも、みんなを脱出させるためなら、この一回だけなら……」

「一回だけって……」

「あはは。さすがにこんなことをした後、パパとこれまでどおり過ごせるなんて思わないよ」

コルクは空虚な……必死に自分に演技を強制しているような、乾いた微笑みを浮かべる。

「パパとの旅は、ここでおしまい。だって、パパはまだママのことが好きだし、ボクとパパはこれからしてはいけないことをするから。どう考えても、もう一緒にはいられないよ」

コルクの瞼に再び輝きが……零れんばかりの涙が生じる。

「大丈夫！　ボクたちだけで、ここから先はなんとかしてみるよ。それに、もしもう一度、こんなトラップにはまり込んで、その時、あの子がボク以外の子を指定してきたら……それこそ、パパには迷惑をかけちゃう。そういうことも考えなくちゃ、リーダーなんだから」

「コルク……」

「だから、これが最初で最後。ボクも今日のことは忘れるし、パパも忘れて。それで、もう一度戻ろうよ。これまでどおりの関係に……それ以外、どうしようも……」

ぼろぼろと泣き出すコルク。言葉にできない感情が涙になって溢れ出しているようだ。

コルクが本心で、そんなことは望んでいないのは、俺にも分かる。

でも、それしかないんだ。元の鞘に収まるためには。

だからこそ、俺は……。

「コルク、お前の考えはよく分かった……」

「パパ……」

「だが断る！」

「……は？」

「俺もお前みたいな変態になる！　弟子に、義理の娘に……お前に欲情する変態に！　だから……お前もこれまでと変わらず、父親が好きな露出癖の変態であってほしい！」

「は、はぁぁぁっ!?」

呆気にとられるコルク。さすがに予想していない言葉だったらしい。

俺だって、普通、こんな言葉は吐かない。

だが、今は俺たちの命運が左右される瞬間。本気で本音を口にしないといけない。

ここはエロトラップダンジョン。こんなふざけたトラップに、負けるわけにはいかない。

「ど、どういうこと……!?　パパ、ボク、意味分かんないんだけど……」

「正直に言う……俺は、お前をすでに、異性として意識している」

「えっ……!?」

「お前に腕を抱かれるとドキドキする。お前の胸を見るとドキドキする。さっきも、俺はお前の自慰に興奮して、下半身が反応した。お前の露出癖が……お前の知恵と勇気と淫らさが、俺の理性を壊しつつある」

再び目を丸くするコルク。自分のアピールが本当に通じていたとは、コルク自身も思っていなかったようだ。

だが、俺は事実を口にしている。

コルクのことを娘として大切にしたいと思っているのに、俺はコルクを異性として見始めていて、性欲の対象にし始めている。その背徳感さえ心地よく思えてきている。

明らかな矛盾。筋の通らない二律背反。でも、それが俺の今の感情だ。

「そして、ここまで来られたのは、お前が俺を冒険に誘ってくれたおかげだ。お前が俺の人生を救ってくれた。俺はその恩を返したいと思うし、だからこそお前の想いにも応えたいと思う」

コルクを抱きしめる手に、さらに力を込める。俺の言葉が、嘘偽りないと伝えるために。

「だから、俺の恋人になって、俺と恋人同士のセックスをしてくれ……！」

「うえええええ!? そ、それはそのっ、嬉しいけど、嬉しいけどっっ!!」

願いが叶ったにもかかわらず、大混乱の顔で叫ぶコルク。

俺も無茶を言っていることは自覚している。二度と引き返せない道だということも。

でも、これしか答えはなかった。

コルクは戸惑いもあらわに応じる。

「で、でもっ、昨日の話だと、パパはまだ、ママのことが好きなんだよね……！　ボクのためにその場しのぎの発言してない!?　あと、仮に本当だとしても、ママに不義理じゃない!?」

「うっ！　や、やっぱ、そう思うよな……」

俺だってそう思う。昨日の今日でこの変節ってどうよ。しかも母親から娘に乗り換えとか……。

倫理観ゼロのクズ男といわれても仕方がない。

けど、コルクに言った言葉は、嘘偽りのない本心だ。

理由だって、きちんとある。

「で、でも、さすがにもう一五年経ったし、あいつも生きてはいないだろうからな……。だから、俺のなかで、そろそろけじめをつけたいんだ」

今さっきまでグレートデーモンと戦っていた大広間に、コルクの母親をはじめとする、仲間たちの躯はなかった。かつての戦いの痕跡も残されていなかった。

それを踏まえれば、コルクの母親たちは、噂どおり、モンスターたちの苗床にされたと考えるべきだ。

その上でできることは、俺が彼女たちの介錯をつとめることくらいだ。

迷いなくそれを行うためにも……俺は彼女を吹っ切りたい。

ひとつのけじめとして。

「それに、俺だって、お前のことは嫌いじゃない……というか、家族なんだから人間的に好きだし、男としても好きになりかけている……だから、お前の押しに屈するのも、悪くはないかなって。お前とのセックスだって、したいって気持ちは本当にある……」

「そ、そうなの……？」

「俺にだって性欲はあるし、この一五年間、お前の母親への義理もあって、誰ともそういうことはしていなくて、ちょっとは辛かったからな。この一か月間、お前に煽られてたわけだし」

さっきまでは、俺が本当にコルクの身体を求められるか、自信がなかった。

なにしろ近親相姦一歩手前の行為だ。コルクを異性として認識しているのは確かだが、その禁忌をどこまで破れるのか、自分でも分からなかった。正直、嫌悪感がなかったわけでもない。

でも、今はコルクが好きで、コルクを抱きたいという明確な気持ちがある。

言いたいことを全て言って、ストレスが発散されたからかもしれない。あるいは、ビキニアーマー姿のコルクを今まで抱きしめて、その肌の柔らかさと温かさを直接に感じていたからかも。これもビキニアーマーの効用というべきか。

「ただ、まぁ、本当に上手くいくかどうかは、やってみないと分からないが……」

さすがに一五年ぶりの行為。作法は忘れていないが、果たしてどうなるか。

間の抜けたやりとりで緊張がほぐれたのか、コルクは、にへらぁ、と笑った。

「へ、へへ……、そっか。ボクのこの一か月間は、本当に無駄じゃなかったんだね……」

コルクの心の底から嬉しそうな微笑み。

俺はこれを見たかったのだと思う。コルクからこの笑顔が失われたら、彼女からコルクを預かったこと、ここまで育て上げたことの意味もなくなってしまう。

だから、この感情は正しい。

俺はコルクを好きになって、残りの人生の全てを、この子のために使う。コルクがそれを受け入れてくれるなら。

たとえ、俺たちふたりが、これから禁忌の領域に堕ちようとも……。

コルクは、今度は自分から俺を引き寄せると、胸元に額をくっつけた。

「ありがとう、パパ。ボクもパパに好きになってもらえそうで嬉しい。ボクもパパとひとつになりたい。パパと……Hをしたい」

コルクは頬を朱に染めて顔を持ち上げた。

「でも、どうしよ……？　このままだと、さすがに問題があるような……」

「問題？」

「いや、その、ボク、今日、実は危ない日で……。確か今回のルールだと、パパがボクの身体で達しないと解除されなかったはずで……それだと……」

「そのことか。それなら、ここにこれが」

俺はポケットの中にしまってあった、レミネアから渡された麻袋を取り出した。

「……って！　これ、コンドームじゃない、ボクたちが売っていた……！」

「今回みたいなトラップに嵌まることを予想して、レミネアが持ってきていたそうだ」

「そっか。さすがレミネア……、いや、これがここにあるのは、みんなのおかげだね……」

感嘆深く呟くコルク。俺も同じ気持ちだった。

俺がここまで来られたのは、あの三人のおかげだ。

コルクとその仲間たち、全員の頑張りが、未知の領域への扉を開こうとしている……。

「じゃあ、パパ、しよっか」

コルクは俺の上半身に胸元を預けたまま、微笑みとともに俺に顔を近づけた。

人の姿のまま、久々に間近で見るコルクの顔面。俺のかつての想い人によく似た顔つき。潤んだ瞳。火照った頬。長い耳。熱く湿った吐息。

綺麗で可愛くて……エロい。

心臓がドクドクとはねる。

「ここはエロトラップダンジョン……このトラップを脱出するには、しかたがないよね」

「コルク……」

「ボクも……そしてきっとパパも、自信がないだろうけど……みんなのために頑張ろう。大丈夫、パパとボクなら、きっと上手くいく」

重なる両手。俺がぎゅっと握りしめると、コルクもぎゅっと握り返してくる。

「ボクたちは師弟で、親子だけど、ボクはパパが大好きだから……パパが、この気持ちに応えてくれるなら……」

そうして俺たちは、決して許されない口づけを交わした。

6

最初の口づけは、お互いの唇を重ねただけだった。

くちゅっという水気のある音とともに、俺とコルクの唇が触れ、そのまま動きを止める。

コルクの鼻息が、微かにむず痒い。

数秒と経たず、コルクは口を離した。

頬をこれまで以上に朱に染めて、恥ずかしそうにはにかむ。

「えへへ……、パパと大人のキス、しちゃった。ずっと夢だったから、ちょっと感動」

「ずっと夢、だったのか？」

「うん。子供の頃から、おでこにはおまじないでよくしてもらったけど、唇と唇というのは、ほとんどしてもらったことがないと思ったから……それができるのは、想いが通じ合った時だけだろうと思っていたから……」

コルクの初心な仕草、愛らしさに、胸が痛くなる。

「そうか……、でも、これはまだ、お子様のキスだな」

「そ、そうなの……!?」

「本当の大人のキス、してみるか？」

「うん」

俺はコルクの頷きを見て、再びコルクと唇を重ねた。

再び接触する唇。その粘っこい感触を数秒ほど楽しんだ後、俺はおもむろにコルクの口の中に舌を伸ばした。

「んふっ……！」

コルクは驚いたように身体をびくんとさせたが、すぐにこちらの意図を察し、自分からも舌を絡めてくる。

俺はそれに応じて、ねちっこくコルクの舌を自分の舌で弄びながら、口の中の唾液をコルクの舌先に送り込んでいく。

ぴちゃくちゃぴちゃ……淫らで湿った音が響く。

「ふっ、んんふっ、んくっ……！」

ゆっくりと、だが確実に舌を絡める勢いを増していく。コルクの息が荒くなっていき、繋いでいた両手にも力がこもる。

わざと舌の力を抜き、コルクの舌を俺の口の中に誘うと、コルクは誘われるがままに口内に舌を這わせる。俺が押し返してコルクの口の中に向かうと、やはり抵抗せずにそれを許す。

お互い、どこまで禁忌を犯す覚悟があるのかを確認するように。

「ん……っ、ぷはぁっ……」

しばらくディープキスを繰り返した後、俺は自分から唇を離した。

お互い舌に絡まっていたふたり分の唾が、つぅーとU字の橋のように伸びて、途中でぷつりと切れてコルクの口元と豊満な胸元にへばりつく。

コルクはそれを驚いたように見て、にへらあと笑う。

「えへへ……今の、すっごくHだったね……」

「そうだな……」

「今のが大人のキスなんだね。ボクも今ので、心が昂っちゃった。すごくドキドキしている」

「…………」

「パパ、こんなにキスが上手だったんだね。やっぱり、ママといっぱいしていたから？」

「ば、バカ……！」

「ふふ。冗談。本当だったとしても、パパの上手なキスをいきなりもらえたんだから、ボクのほうが得しているよね」

さりげなく自分の母親にマウントを取ろうとするコルク。女性の情念って怖い……。

と、コルクが右手を俺から外し、俺の下半身に伸ばした。股下を探る。

コルクが、指先に生じた感触にほっとしたような吐息を漏らす。

「どうした？」

「あっ、その……、一応、大きくなってくれてるんだねって……」

「まぁ、さっきまで抱き合っていたし、たっぷりキスしたからな……」

「男の人って、それだけで大きくなるの？」

「時と場合による。基本的には性的に興奮したり、気持ちよくなるとこうなる」

「そうなんだ……」

「今の状態でも、最後までできるとは思う。ただ、本音を言えば、もうちょっと硬くなったほうがいいかな。コルクは痛いかもしれないが……」

昔なら、今の軽い前戯だけで十分な硬さになったと思う。でも、俺はもうおっさんだし、これから義理とはいえ自分の娘とセックスをするという禁忌感が性欲に歯止めをかけている。

「ボクのことは気にしなくていいよ。鍛えてるし。でも、もうちょっとパパを興奮させて、ここをガチガチに硬くしたほうが確実なんだね、どうしよっか……あ、そうだ」

「コルク？」

「ベッドにあおむけになって。大丈夫、パパのためにすることだから」

「……？」

「見ていて」

コルクはベッドの上にあおむけになった俺にまたがると、おもむろに、自分が身に着けていた装備を次々に外し始めた。まず、腕の覆い、次は腰の鎧、次はブーツというように。

そして、最後に残ったビキニアーマーのトップスとボトムスも外してしまう。ことさらにゆっくり、俺に見せつけるように外していくのは、まさに俺の興奮を誘っているのだろう。

ほどなくコルクは、俺の目の前で一糸まとわぬ姿となる。

「……っ！」

コルクの裸は、それこそ子供の頃から見ていた。けど、十分に成長したコルクの身体を、これほど近くで見たのは初めてだ。

「どう、パパ……？」

コルクが頬をあからさまに上気させながら、俺を下に見て尋ねる。

俺の視線の先には、コルクの見事なまでに形が整った釣鐘型の乳房がある。ピンク色の乳首はピンとたち、その周囲につぶつぶと控えめな大きさの乳輪が広がっている。下乳の部分は汗ばんでいて、その香りが鼻孔を刺激する。

「綺麗だ……コルクの胸……」

「ありがと。ずっとそう言ってもらいたかった。でも、まだ本番じゃないよ」

続いてコルクは今度は両手を頭の上に伸ばした。そしてサイドの金色の髪を縛っているリボンをはずした。

　ふわっ、と、カーテンが風になびくように、コルクの髪が下に広がり、流れる。

「……!!」

　そこにいたのは、コルクであってコルクでない、全裸で金髪を揺らめかせる美少女だった。

　窓の外からの陽光を受け、長い黄金の髪が、穂をつけた小麦畑のように輝いている。

　どくん！　俺の心臓が跳ね上がる。下半身への血流が盛んになる。

　俺は興奮とともに困惑を覚えた。コルクの姿は、俺にとって見覚えがある誰かに似ている。

「どう？　刺激的でしょ。全部を『露出』した今のボク」

「あ、ああ……」

「ずっと考えてたんだよ。パパをどうしたら、ボクの虜にさせられるか……」

　妖艶に微笑むコルク。いつもの快活なコルクと、今の妄りがましいコルクとのギャップに、頭とあそこが狂いそうになる。

　俺を虜にするため、こんな奥の手を隠していたとは。さすが露出癖……。

「ねえパパ、ママにそっくりのボクを見て、どんな気持ち？　パパがいつも見ていたママの絵、こういう髪型だったよね？」

「そ、それは……」

「答えなくていいよ。パパがボクで興奮してくれているのは分かっているから」

　そう言ってコルクは、自分のお尻を、真下の俺の股下にぐりぐりと擦りつける。

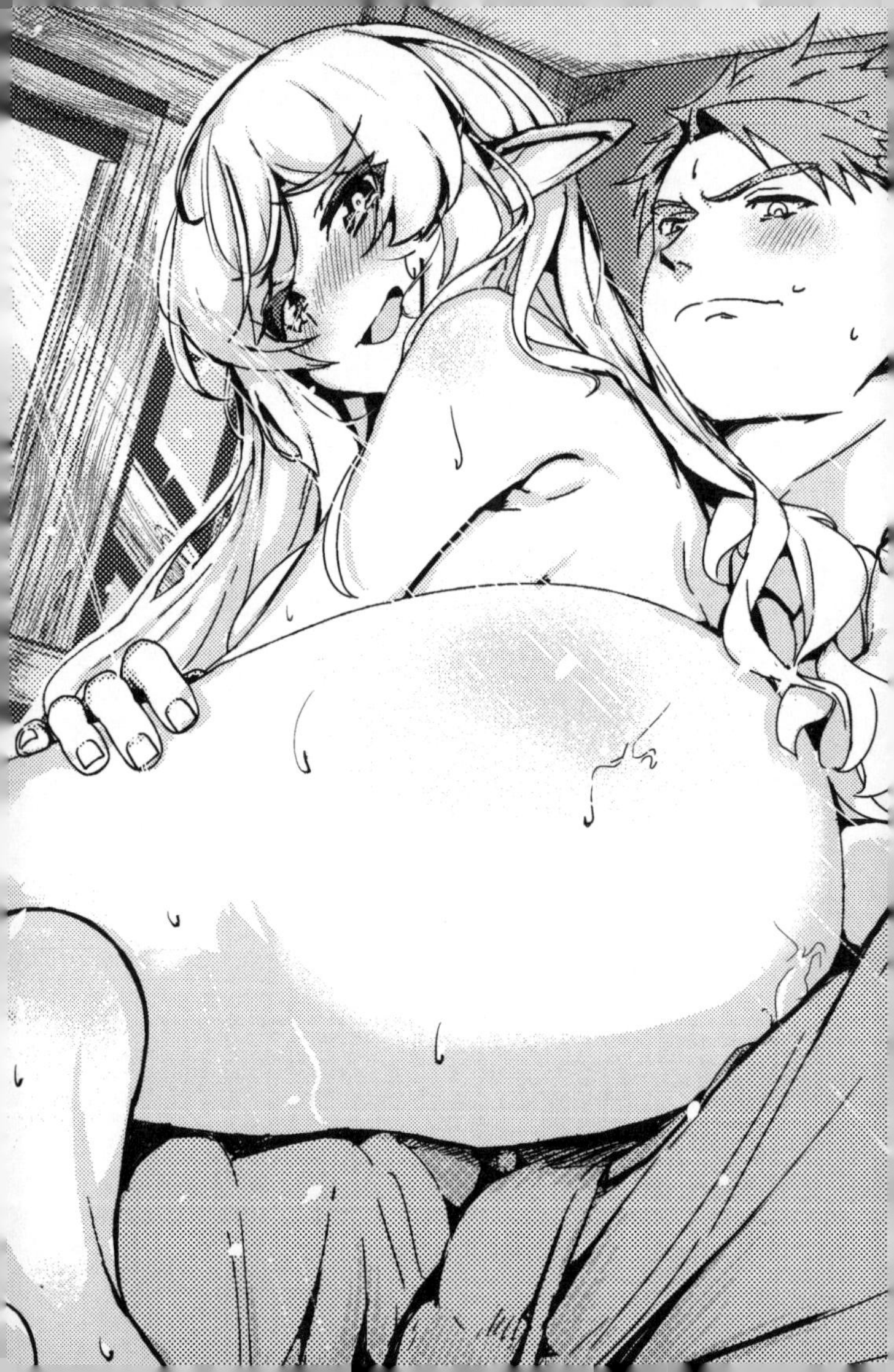

髪を解いたコルクの美しい裸体、そして股間への刺激で、俺の分身はいつの間にかガチガチに硬くなっていた。

「ここ、熱かくて硬くて、気持ちいいっ！　これが、男の人の……っ！」

コルクは自分から腰を上下左右に動かして摩擦を欲する。あそこから愛液が漏れ出て、俺のズボンを濡らしながら、くちゅくちゅくちゅ、と音を立てる。

「ねぇ、パパ、挿れていい？　ボク、もう、我慢できない……っ！」

「ああ、大丈夫だ。っていうかお前、やっぱり慣れてるな……」

「だってぇ……、パパのことを思って、これまでたくさんオナニーしてたからぁ……っ！　家でも、街中でもぉ……っ！」

家はともかく街中では止めてほしかったが、そのおかげでグレートデーモンを倒せたのだから強くは咎められない。

コルクは右手で俺のナニをズボンから引き出した。不慣れな手つきでゴムを嵌める。

「自分で……できるか？」

「だ、大丈夫。レミネアの持っていた本で、ボクもイメトレ、してたから……」

お前もエロ本隠れて読んでいたのか、と突っ込む間もなく。

「ん、はぁあっ！」

ぐちゅぷ。湿った音とともに、コルクの右手で上に向けられたゴム付きの俺の分身が、コルクのあそこにゆっくりと沈んでいく。

言葉にならない気持ちよさが、分身から全身へと突き抜けていく。

俺にとっては一五年ぶり、コルクにとっては初めてのセックス。

久々だっていうのもあるだろうが……コルクの中、壮絶に気持ちいい……！

「はっ、あっ、こ、これが、セックス……！　気持ちいい……っ！　あっ、ひゃあっ……！」

腰を上下させるコルク。腰がグラインドするたびに、俺の陰部が摩擦され、鋭利な快感をもたらす。

さすがに初めての経験だからか、コルクの中はかなりきつかったが、おかげでヒダの一枚一枚がピストンを繰り返すごとに俊敏に巻きついてくる感じがある。

「あ、ふっ、ひぁ、あああああっ！」

「痛く、ないか？　コルク……!?」

「んあっ！　ちょっと、痛いけど、大丈夫……っ！　というか、どんどん、痛みが、和らいでいるような……！」

幸い、あそこから血は出ていない。コルクは初めてでも、あまり痛みを感じないタイプのようだ。激しい運動をこなす戦士系では、よくある事と聞いたことがある。痛みが和らいでいるのは、あそこから愛液が溢れ出ているからだろう。

「はぁっ！　い、いいよ、いいよぉ、パパ、パパァ……！」

ずちゅん、ずちゅずちゅ、ずちゅちゅん！　ずぶちゅちゅ、くちゅぶちゅ！

コルクは両足をがに股に開き、俺と両手を繋いだまま、全身の筋肉を使って激しい上下運動を繰り返す。コルクの口元からは涎が糸となって跳ね、全身からは汗と愛液が飛び散る。俺のあそこも猛烈なスピードで摩擦されて、全身が粟立つほどの快楽に支配される。

そして下半身の奥底から生じる、込み上がるような何か。俗にいう射精欲というやつだ。これをコルクの中で解き放てば……あのオニカの課した条件はクリアされる。

「ひあっ、あふっ、な、なんか、パパのアレ、膨らんできたような……！」

「さすがコルク……と言いたいところだが、そのとおりだっ！　もう、そろそろ……！」

「出そう？　パパ、出そうなんだね。いいよ。ボク、もぉ……そろそろ、だからぁ……！」

コルクも達する寸前のようだ。これまでの自慰で、かなり感じやすい身体になっている。

「パパ、大好きっ！　ずっと、子供の頃から、ずっと、これからも……っ！」

「コルク……ッ！」

「出る、出る、出るぅぅぅっ！」

コルクが甲高く叫びながら身体を背中側に弓なりに逸らした。

同時にあそこがきゅ～っと締まり、その快感で、俺が一気にはじける。

どぴゅっ、どぴゅぴゅぴゅぴゅっ、どぴゅぴゅっ！　ど……ぴゅっっっ！

「うっ、く、コ、ルク、俺も、出、た……っ！」

「ひ、あぁぁぁぁ……」

コルクは身体を反らせたまま、びくん、びくん、と身体を痙攣させ……やがて俺と繋がったまま、俺の胸元に倒れ込んだ。

しばらくの間、コルクはそのままの姿勢で荒い息を繰り返していた。

やがて息が整うと、再び腰を持ち上げ、仰向けのままの俺と向き合う。

「……パパ、イけた？　ゴムしてるからか、ボクからじゃ分かんないや……」

「ああ、大丈夫だ。無事にイった」

「ボクの中、気持ちよかった？」

「ああ。もしかすると、あいつよりも……」

「お世辞はいいって。でも、そっか……そうだよね」

俺の失言を咎めることなく、コルクは汗だくの顔でニカッと笑った。

「とりあえず今のパパは、ボクのものってことで」

俺は何か返答をしようとしたが、それは叶わなかった。

なぜならば、視界の隅に、これまでになかったものを見たから。コルクもすぐにその存在に気づき、大慌てで俺から飛びのく。

「……ッ！　キミは……！」

「オニカ……！」

あの褐色のエルフ少女……オニカが、ベッドの脇に浮かびながら、俺たちを睥睨（へいげい）していた。

瞳は、出会った直後と同じく、無機質のまま。

コルクが警戒感をむき出しにして、手元の剣を手に取る。

「条件はクリアしたよ。パパ、証拠」

「えっ!?　あ、はい」

情けない声で答えながら、まだ勃起したままの自分の分身からコンドームを引き抜き、内部が精液にまみれたそれをオニカに見せる。

オニカはじっとそれを見つめた後、小さく頷いた。

《確認した。というより、お前たちの身体の様子はこちらで見ている。オーガズムに達したことも把握している》

「そりゃどうも。それで、これからは？」

《お前たちは条件をクリアした。これより元の空間に帰還させる。この魔法陣から出ろ。着替えずともいい。入った時の姿に戻る》

オニカはベッドの脇に、あの転送用の魔法陣を出現させた。ここから出れば、第三階層ボスの大広間に戻れるのだろう。俺は出た瞬間にオコジョに戻るだろうが。

……が、コルクはすぐには動こうとしなかった。じっとオニカを見つめている。

「コルク……？」

「……キミに聞きたいことがある。どうせ、まともに答えてはくれないだろうけど……」

コルクはオニカとまっすぐに視線を交わし、真剣な声で尋ねる。

「キミたちも、ボクたちと同じなの？」

わずかにオニカの表情が揺らぐ。俺も、コルクの思いがけない言葉に驚きを覚える。

「さっき、キミはこのダンジョンの主について『心の自由を望んだために、淫邪神って名前をつけられ、この地に封印された』って意味の言葉を口にした。つまり、ボクたちみたいに人とは違う何かを持っていて……それが原因で苛められて、そう呼ばれるようになったんだよね」

オニカはじっとコルクを見つめている。

「ボクもその気持ちは少し分かる……。幸い、ボクは仲間に恵まれて、自分の性癖が原因で苛められはしなかったけど、それでも、ボクが普通じゃないってことはいつも思い知らされる」

《…………》

「ごめん、話が上手くまとまらないや。つまりね。もし、ボクたちのような変態が頑張る姿を、キミの大切なヒトに見せて、その心を慰めることが願いなら……だからこそ、ボクたちだけに特殊なスキルを付与して、先に進ませようとしているのなら……」

コルクはキっとオニカを睨み、思いの丈を言葉に込める。

「ボクたち、頑張るから。どんな辱めにも負けないし、どんな苛めにも心折れないから。キミの望みどおり、ボクたちの知恵と勇気と淫らさで、このダンジョンを攻略するから。その姿を、しっかり見せてあげるから……」

《…………》

「だから……相応の報酬を、ボクたちに約束して」

オニカはしばらくコルクに視線を向けていたが、小さく息を吐き出し、こう答えた。

《分かっている。全ての領域を踏破した場合、お前たちの望んでいるものを渡す》

「……っ！」

《だが、思い上がるな。あくまでそれは、我が主への慰めに対する報いだ。それ以上でもそれ以下でもない。心の自由を許されるお前たちに、我が創造主の非命、分かるまい》

「創造主の、非命……」

《話は終わりか？　なら……》

「ちょ、ちょっと待って！　最後にもうひとつだけ！」

コルクは必死の顔で叫んだ。

「ボクのママは……デエサ・ロートシルトは生きてる!?」

「コルク……!?」

「十五年前にここで失踪した、今のボクそっくりのエルフ！　パパの大切な人！　ボクたち、どうしてもその人に、もう一度会いたいんだ！」

《…………》

オニカとコルクの視線が再び交錯する。俺も息を呑みながら、オニカが口を開くのを待つ。と、オニカは少し迷うように視線を泳がせた後、短く答えた。

《生きている》

「「……!!」」

《以上だ。また会うこともあるだろう。お前たちが深層を目指す限り》

次の瞬間、オニカは空間に溶け込むように消えた。後に残ったのは、脱出用の魔法陣だけ。

しばらくふたりで唖然としていたが……突然、コルクは俺に背中から寄りかかっていた。

「おわっ、コルク……！」

「あう～、頭を使う話をしたから、ボク疲れちゃったよ～。ボク、今みたいなの、苦手……」

「そ、そうだろうな……」

ただ、今のコルクとオニカの会話でも、クリティカルな情報はいくつかあった。

コルクは俺の背中に体重を預けながら、心からの安堵を浮かべて言った。

「パパ。ママ、生きてるんだって。まだ、このダンジョンで……」

「よかったね。もしかするとボクたち、もう一度、ママに会えるかもしれないよ。どんなかたちでかは分からないけど、もしかすると……」

もしかすると、モンスターの苗床にされず、五体満足で今も生きているかも。

俺たちは再び彼女と対話をすることが叶うかもしれない。

だが、その時俺は、コルクとコルクの母親という、ふたりの愛する人と相対することになる。

俺はコルクと恋人になると約束したのに、そうなったら、俺は……。

コルクが俺の右手に手を重ね、優しく握りしめる。

「気にしないで。ボク、エロトラップダンジョンにも、ママにも負けるつもりはないから。きっと、ボクの夢も、みんなの夢も叶えてみせる」

「コルク……」

「それに、さっきのあの子の話を聞いて、さすがにボクも他人事じゃなくなっちゃったよ」

コルクは苦笑を浮かべた。

「もし、『アシュヴェーダ』を作り上げた創造主が、ボクたちのような特殊な性癖の持ち主だったとしたら、そして、ボクたち以上に、みんなに理解してもらえない不幸を味わっていたのなら。それもあって、『アシュヴェーダ』はこうなのかなって……」

コルクが何を考えているかは、なんとなく分かった。

コルクは、仲間たちだけでなく、『アシュヴェーダ』さえも、救いたいと思ってしまったのかもしれない。同じ変態として。

エロトラップダンジョンに同情するなんて……と思うが、コルクはどうしたってそういうやつだ。助けを求めているものを助けずにはいられない性格……母親と同じように。

だからこそ、コルクはここにいる。

「分からないことだらけだけど、ボクはボクのまま進むよ。だから、パパ……」

「……分かってる」

俺はコルクの掌を優しく握り返した。

俺も、コルクたちを深層に辿り着かせてやりたい、と強く思う。

四人の願いを叶えるためだけじゃない。俺の願いのためだけじゃない。

コルクたちのような特殊な性癖の持ち主で、普通のパーティにいられないようなヒトでも、立派に冒険者として生きていけると示したい。コルクたちのように、人々の幸せに貢献できる英雄（H/EROS）になれるんだと。

エロトラップダンジョンが、俺たちを受け止めてくれるなら。

それがこの世にも猥褻(わいせつ)な洞窟に込められた、祈りのような気もするから。

「……帰るか、コルク。みんなのもとに」

「うん……！」

エピローグ【導かれし英雄たち(HEROS)】

「ダイチさん、起きてください。ダイチさん！」

「んあ……？　って、あっ、すみません……」

麗(うら)らかな朝の陽ざしの中、魔法道具店の店番をしていて、いつの間にか眠りこけてしまった俺の前には、見慣れたアマツさんの顔があった。

アマツさんは、眉間に皺を寄せ、不機嫌そうに俺を見つめている。

「もう……、今日の商談の時間を決めたのは、ダイチさんなんですよ。せめて、意識を覚醒させて待っていてください」

「ごめんごめん……。最近、本当に忙しくて……」

生あくびを噛み殺しながら、アマツさんに答える。

アマツさんは、はぁっ、とため息をつく。

「まぁ、最近のダイチさんの活躍を考えると、分からないことはないですが……」

「俺の活躍？　俺は何も……」

「またそんな謙遜を。ほら、昨日のギルド日報にも、ダイチさんたちの活躍、載ってるじゃないですか」

アマツさんはそういって、手元の紙の束の第一面を俺に見せつける。

そこには、冒険者ギルドの日報編集チームによる、コルクが率いる冒険者パーティ『H／EROS』へのインタビュー記事が掲載されていた。

一週間前、コルクたちが『アシュヴェーダ』第三階層突破後にアトラスの街に帰還し、その結果をギルドに報告すると、冒険者界隈は大変な騒ぎになった。

何しろ、『アシュヴェーダ』第三階層といえば、俺がかつて所属した最強の冒険者パーティ『ブリーシング』でさえ突破が叶わず、全滅した難所なのだ。

コルクたちはその日のうちに一躍街の有名人になっていた。コルクたちのグッズショップの注文数もうなぎ上りだ。

そのためこの一週間、俺たちは第三階層突破の喜びを味わう暇もなく、素材集めのためのモンスター狩りや、未調査区域の探索に追い立てられていた。第四階層には、今日の午後にようやく向かうことになっている。

冒険者ギルドも、『東方辺境』で久々に話題性のある成果をあげたということで、俺たちの活躍を好意的に受け止めているという。

コルクとその仲間たちは、本当に英雄(H／EROS)たちになったのだ。

ただ、冒険者ギルドとしては、ひとつだけ不服なことがあったようだ。

「……でも、こんな話、公表のしようがありませんよ」

日報の編集を手伝ったというアマツさんは、疲れたように息を吐いた。

「ダンジョン内の数々の卑猥なトラップ、発情状態で襲ってくるモンスター、強大で淫靡な各階層のボス、特殊な性癖の女の子だけが手に入れられる『エロトラップダンジョンスキル』、謎の少女と『創造主』、そして『セックスしないと出られない部屋』……全部をありのままに公表したら、アトラスは大騒ぎになりますよ」

「まぁ……それは確かに」

「特に最後の『創造主』云々の話は、とてもじゃないが公にはできませんね。下手をすれば、執政院が『アシュヴェーダ』の管理に乗り出してくるかも」

謎の少女……オニカとの会話により、『アシュヴェーダ』が淫邪神に作られたのではなく、古代文明のヒトの手で作られたという可能性が出てきてしまった
もし、これが本当なら、オニカは現状で確認されている唯一の、今を生きるヒトと対話が可能な、古代文明の遺産ということになる。

ちなみに、俺たちが閉じ込められた『セックスしないと出られない部屋』での出来事については、さすがにギルドにもボカして伝えてある。

あの場で何があったかは、今のところ、パーティ内だけの秘密だ。

「でも、だからといって……」

「ええ。冒険者ギルドとしては、冒険者パーティ『Ｈ／ＥＲＯＳ』には、今後も『アシュヴェーダ』攻略に集中してもらえれば、と思っています」

アマツさんは俺を安心させるためか、柔らかく微笑みながら言った。

「コルクさんたちの『アシュヴェーダ』攻略は、アトラスの街の冒険者たちと、街で暮らす市

民に、明確な利益をもたらしています。どうかこのまま、最深部まで到達してください」

「もちろんそのつもりです。で、すみません、商談の話、なのですが……」

「ああ、そうでした。これが次の納品希望のリストです」

「はい。ええと、どれどれ……」

俺はアマツさんから渡されたリストの紙をしげしげと眺めた。

「……アマツさん」

「はい」

「冒険者ギルドからの注文のほとんどが、『アシュヴェーダ』で獲得できると俺たちが伝えた、精力剤やら避妊具やら潤滑ジェルの類なのですが。しかも、数はかなり多く、その代わりに希望の価格は俺たちが販売している値段よりもかなり安い……」

「ええ。ですから、冒険者ギルドは、『H／EROS』に、大いなる期待を寄せています」

アマツさんはにっこりと告げた。

「冒険者のカップルたちが、『アシュヴェーダ』で得られたアイテムをギルドで購入して、それを使って愛をはぐくんで、家族になって、子供を産んで、その子供が冒険者になって、さらにこの『東方辺境』を冒険してくれたのなら……素敵じゃないですか」

アマツさんの視線が俺に、そして机の上の額縁の中のエルフに、一瞬だけ向けられる。

「愛は、広がっていくものなんですよ。どこにいても、生きていれば……」

貴方が育てたあの子と同じように。

アマツさんの笑顔には、そんな言葉を含まれているように思えた。

「すまん、遅れた……！」

正午過ぎ、中央噴水広場にすでに集まっていたコルクたちに俺は駆け寄った。約束の時間に僅かに遅れている。

「あ、パパ、お疲れ様！　大丈夫だよ、ボクたちも今来たとこだから」

コルクが嬉しそうに手を振って俺を迎えた。レミネア、イクノ、サエカの三名もいる。全員がいつもの冒険用の装備。コルクは言うまでもなくビキニアーマーだ。

「悪い。店を閉めようとしたら、何人もの客が来て、お前たちの商品を平日でも取り扱っていないかって問われて、説明に追われてな……」

「あはは。それは大変だったね。ありがと。こっちもアイテムや食料を無事買い揃えられたよ。昼食も、歩きながら食べられるものをテイクアウトしておいた」

「そうか」

「まったく、いろんな店に入るたびに注目を浴びちゃって……たいへんだったんだから！」

サエカがプリプリと腕を組んで怒る。

「みんな、人目がある中ではあたしたちを遠巻きに見ているだけなんだけど……そうじゃない場所では何人かの男女はこっそり近づいてきて、『アシュヴェーダ』ではどんなHなトラップに嵌まったのかとか、どんなHなモンスターがいるのかとか聞いてきて……ふん、大っぴらにのよ、それくらい！」

「でも、サエカさんは伝説の勇者の末裔、とギルド日報でも紹介されましたし、例の着ぐるみの中身だとも取材で伝えましたから。みんな、話しかけやすいのでしょう」

「サエカ殿が自分の両性具有を公言しなかったのは残念だがな！　それがあれば、両性具有者への世間の理解にもつながっただろうに」

「そ、そんなの、それこそ大っぴらにできるはずがないでしょ！」

「某はきちんと喧伝させてもらったぞ！　山田流忍術がいかに素晴らしい淫術かを！」

「あのドエロな忍術解説の話を読んだら、普通の人は引くわよ！」

「イクノさんが羨ましい……私など、『アシュヴェーダ』で遭遇した全ての発情モンスターのペニスの形について熱く語ったら、全削除されましたから……」

「それは削除されて当たり前よ！」

いつものノリで会話を繰り広げる三人。俺とコルクは瞳を合わせて笑い合う。

……あの、『セックスしないと出られない部屋』で俺とコルクが何をしたのかについては、その後、ふたりで相談の上、全員に詳細を伝えた
レミネアたちは、特に話を聞きたがらなかったから（おそらく、俺たちに気を使ったのだろう）黙っていることもできたが……オニカとの会話があった以上、それは許されないと思った。

加えて、俺たちが挑むのはエロトラップダンジョン。今後も、こんな淫らなトラップはたくさん控えている。もしかすると、今回のような度を越した難題を突きつけられるかもしれない。

三人の、俺とコルクの行った行為についての反応はさすがに淡白だったが、オニカとコルクの会話については、誰もが色めき立った。

少なくとも、ふたりの会話で『アシュヴェーダ』の正体の一端が明かされ……そして、ダンジョン突破の報酬があることが証明されたのだから。

今のところ、俺たちはオニカとの会話について、深く検証していない。

このままダンジョン攻略を進めれば、いつかまた、彼女に出会うだろう。

それまでは……各々の中で、考えをまとめればいい。

『アシュヴェーダ』の正体が何であれ、俺たちの進む道は変わりないのだから。

「じゃあ、そろそろ行こっか」

コルクが声をかけ、全員が歩き出そうとした……その時。

「……いえ、その前に確認するべきことがあります。それもふたつ」

レミネアの言葉に、全員の視線が集まる。

「まず、余談なのですが……お師匠様はあの時、コルクさんに、『自分も変態になって、義理の娘の恋人になる！』といって、交配を受け入れたのですよね？」

「いいいっ!?　そ、そうだけど……だよな、コルク」

戸惑いながらコルクと目を合わせる。コルクは……顔を朱に染めて黙っている。

「う、うん……。それは、前に話したとおりだよ、レミネア。でも、本当にパパが、あの時の言葉どおり、ボクをずっと好きでいてくれるかどうかは、まだ分からないというか……」

「それについては疑問がありません。お師匠様の心中を察すれば、それは無理からぬ話……ただ、ここで重大な問題が生じます」

「はぁ……」

「今後もふたりはHを続ける間柄になるのですか？」

「いいいいっ！」

「はええええっ!?　ちょっとレミネア、いきなり何言ってるの!?」

素っ頓狂な声をあげる俺とコルク。いきなりこの質問は卑怯で卑猥だろ！

レミネアが諫言（かんげん）を説くように続ける。

「いえ、これは大事な話です。愛し合う、あるいはこれから愛し合おうとするふたりの邪魔を私たちがするわけにはいけませんので。なので、お互いの認識を把握しておきたいなと」

「いや、そんなことを言われても……」

戸惑いながら答える。コルクは……さらに顔を赤く染めてそっぽを向いている。

サエカの不満そうな声。

「……何その初心な反応。今さら過ぎてアレなんだけど。特にあんた、男ならそのあたりはっきりしなさいよ、はっきりと！」

「う、うるさい……！　俺だって、まだ気持ちの整理がついていないんだよ！」

コルクも、恥ずかしそうに苦笑いを浮かべながら応じる。

「……さ、さすがにそういうのは、ボクとしても当分は自重かな。ここでパパを無理やりに手籠めにしちゃったら、それはそれで、違う気がするし……」

「……！　義理の娘に快楽堕ちさせられる父親！　尊厳破壊の極み！　新ジャンル開拓の予感！」

「やめてくれレミネア！　それはシャレにならない！」

実際、コルクと俺が戦えばコルクの圧勝だ。本当に手籠めにされたらと思うと怖気を覚える。

俺はコルクの身体に性欲を覚えるようになってしまっているわけだし……

「でも、大丈夫！　これからもパパはここにいるし、想いはいつか届くって信じてる」

コルクは元気よく答えた。

「だから、ボクもじっくり、パパを攻略していくつもりだよ！　『アシュヴェーダ』だけでなく、パパの理性も完全に突破することが、ボクの新しい本当の願い！」

そして、含みをもたせた微笑みで俺を見つめる。

俺は……あえてそっぽを向いて、体面を取り繕う。

こうなった以上、俺とコルクは戻れない道を行くしかない。

でも、それでいいのだ。コルクの願いを叶えることが、俺の願いなのだから。

お前も、きっとそれを望んでくれるよな……と青空を見上げながら思う。

サエカが不安そうに眉を顰める。

「そ、そう……なんか、人間関係に爆弾抱えた感じで、それも怖いわね……」

「まぁまぁ……して、レミネア殿。もうひとつの確認というのは？」

「確認というよりは提言ですね。コルクさん、以前の約束では、お師匠様は第三階層の先で、指南役を降りる予定だったんですよね」

「そうだけど……」

「もちろん、不満はありません。ただ、きちんと契約の更新はしたほうがいいんじゃないかと。コルクさんとお師匠様の、お互いの言葉で」

レミネアが何を言いたいのか、コルクには分かったようだ。嬉しそうに頷く。

イクノもサエカも、微笑ましそうに見守っている。

俺もそれが必要な気がした。俺とコルクたちを繋ぐ、再びの約束として。

そしてコルクは俺に向けて、向日葵みたいな笑顔を浮かべ、こう言った。

「パパ、ボクと一緒に、エロトラップダンジョンを攻略しようよ！　もう一度！」

《了》

あとがき

コルク「いぇーい！　本作メインヒロインにして、一巻で早くも主人公を攻略しちゃったボクっ娘美少女エルフのコルクだよー！　褒めて褒めてー！」
サエカ「うっ！　これは古のラノベ文化として伝承される『登場キャラ掛け合いによるあとがき』……！　あんた今の時代を何時だと思ってんの！　令和よ令和！」
コルク「でも作者はずっとこういうのやりたかったんだって！　心の故郷だから！」
サエカ「売り上げ下がったらどうすんの!?　あとがきから読む人だっているのよ！」
コルク「エロトラップダンジョンをテーマにしている時点で捨て身だよぉ。エロシーン満載だし、ボクなんかすごいことになったし！　みんな、ボクの例のシーンどうだった？　ムラムラできた？　ヌケた？　ＳＮＳでいっぱい感想とか呟いてね！　次回に繋がるから！」
サエカ「ぶっちゃけすぎぃ！」
コルク「ぶっかけたりぶっかけられたりの体液バトルラノベだからね！」
サエカ「あんたもう黙れ！　ええと、一応作者から伝言を預かっているわ！」
『本作は様々な方々の助力で完成しました。イラスト担当のやまぶき先生、編集に携わっていただいた工藤様、一二三書房様。誠にありがとうございました。そしてもちろん、本作をお手に取っていただいた皆様への感謝も尽きません。皆さま、本当にありがとうございました』

サエカ「……だそうよ！」
コルク「そういえば今の話の流れで聞くけど、ぶっちゃけ射精ってどんな感じ？」
サエカ「帰れ！」

内田弘樹

唯一無二の最強テイマー
～国の全てのギルドで門前払い
されたから、他国に行って
スローライフします～
原作：赤金武蔵　漫画：田村紘一
キャラクター原案：LLLthika
異世界還りのおっさんは
終末世界で無双する
原作：羽々音色　漫画：ダンタガワ
オルクセン王国史
～野蛮なオークの国は、如何にして
平和なエルフの国を焼き払うに至ったか～
原作：樽見京一郎　漫画：野上武志

山田流忍術のくノ一
御堂イクノ
女体を駆使する暗殺術・山田流忍術の継承者。多彩な忍法を繰り出して戦う『くノ一』だ。
自称勇者の女剣士
サエカ・クリスティー
変幻自在の太刀筋を見せる18歳の女剣士。自らの特異体質を治すためパーティに参加。

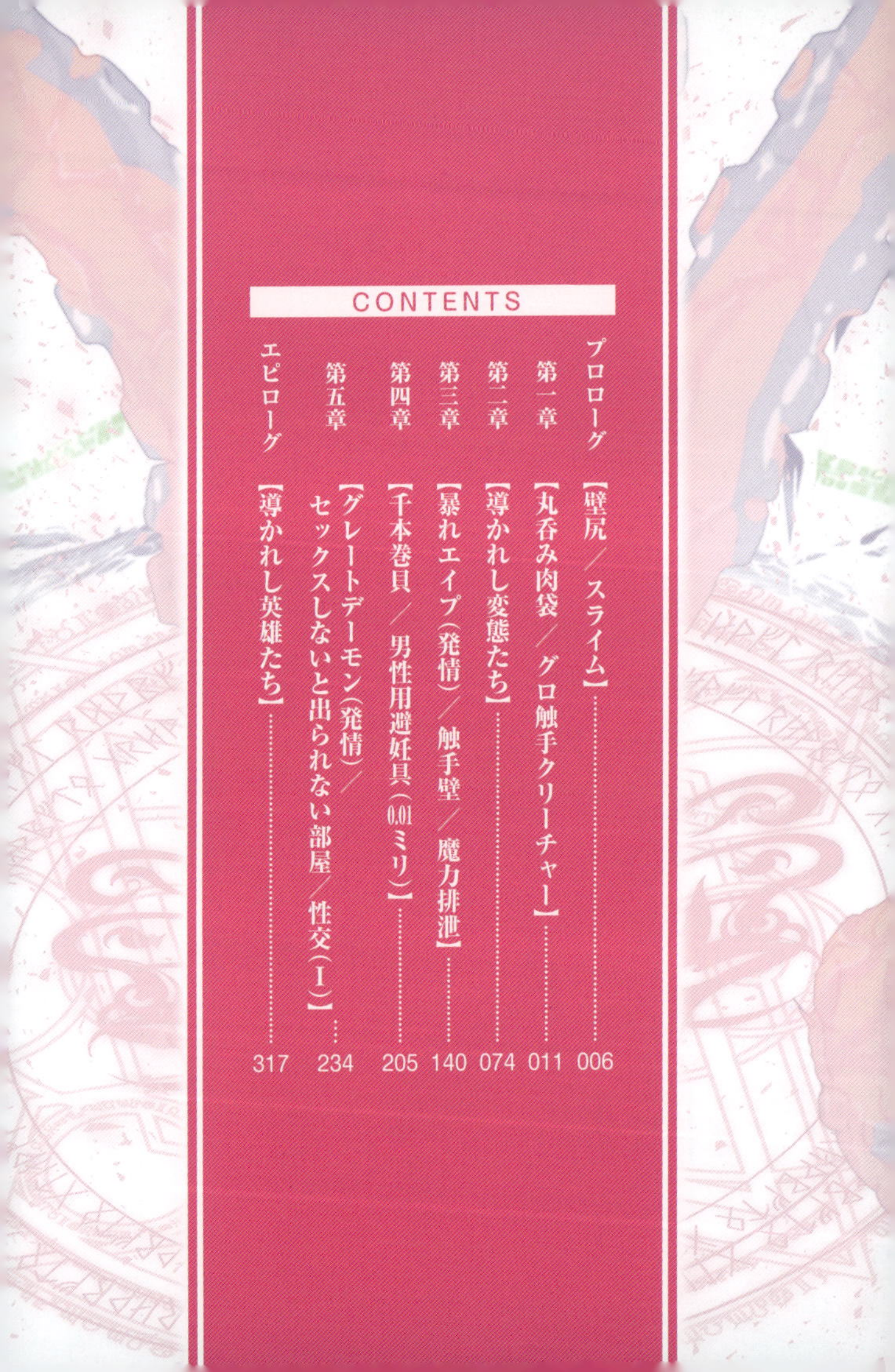

CONTENTS

エルフの魔法戦士
コルク・ロートシルト
とある理由でパーティを追放されてしまい、育ての親のダイチと禁断の迷宮攻略に挑む。
引退した伝説の冒険者
ダイチ
コルクの師匠であり育ての親。迷宮内ではオコジョに変身してパーティを導く。
名家から勘当された魔法使い
レミネア・セーラム
名家のセーラム家から勘当された冒険者で、Hな話題が大好きなパーティの知恵袋的存在。